L'ENVERS DE L'ESPOIR

Mechtild Borrmann est née en 1960. Elle vit à Bielefeld, dans le Rhin inférieur. Après une formation en thérapie par la danse et le théâtre, elle s'est lancée dans la restauration. Elle se consacre désormais à l'écriture. Ses cinq livres publiés en Allemagne ont été salués par la critique. *Rompre le silence*, son premier roman traduit en français et paru aux éditions du Masque en 2013, a obtenu le prix du meilleur roman policier en Allemagne (Deutscher Krimipreis, 2012). *Le Violoniste* a reçu le Prix des lectrices de *Elle* en 2015.

W0305125

Paru au Livre de Poche :

ROMPRE LE SILENCE

LE VIOLONISTE

MECHTILD BORRMANN

L'Envers de l'espoir

TRADUIT DE L'ALLEMAND PAR SYLVIE ROUSSEL

ÉDITIONS DU MASQUE

Titre original :

DIE ANDERE HÄLFTE DER HOFFNUNG
Publié par Droemer (Allemagne).

© 2014 by Droemer Verlag, Droemersche Verlagsanstalt Th. Knaur Nachf. GmbH & Co. KG,
Munich, Germany.

Cet ouvrage a été proposé à l'éditeur français par l'agence EDITIO DIALOG, Lille.

© Éditions du Masque, département des éditions Jean-Claude Lattès, 2016, pour la traduction française.
ISBN : 978-2-253-09241-4 – 1re publication LGF

L'espoir est la seconde âme des malheureux.

Johann Wolfgang von GOETHE

1

Zyfflich, dimanche 14 février 2010

Matthias Lessmann s'immobilisa dans la cour, l'assiette de grains à la main. Ignorant les poules qui se bousculaient autour de lui en caquetant, il plissa les yeux pour scruter la route. Une femme – ou était-ce une gamine ? – arrivait le long de l'étroit ruban asphalté. Elle se dirigeait vers le village. Parfois elle s'arrêtait, se retournait comme si elle cherchait quelque chose, semblant hésiter, chancelait.

Lessmann secoua la tête d'un air résigné. Les jeunes d'aujourd'hui. Ils étaient de plus en plus dingues. La fille avait sans doute fait la fête jusqu'au petit matin et bu plus que de raison. Mais ce n'était pas son affaire.

Depuis trois ans qu'ils avaient transformé la grange de la ferme du Chêne en discothèque le week-end, des voitures passaient en trombe la nuit devant sa maison, et des jeunes éméchés faisaient du tapage sur la départementale.

Il jeta les grains sur le sol avec de petits mouvements circulaires. Plusieurs mésanges s'envolèrent des branches nues des pommiers et des cerisiers du verger, et se posèrent parmi les poules pour en récupérer quelques-uns. Il alla à la bergerie, ouvrit la porte et libéra les moutons, qui se ruèrent dans le pré gelé et filèrent en bêlant jusqu'à la barrière, espérant y trouver leur foin et leur eau. Il les suivit tranquillement, flanqué de Bella, son vieux berger allemand. Les deux seaux qu'il avait remplis la veille étaient recouverts d'une épaisse couche de glace.

Il jeta un nouveau coup d'œil à la route. La fille s'était rapprochée.

Est-ce qu'elle était timbrée, celle-là ? Une mince petite robe noire à bretelles. Plutôt une combinaison. Par moins dix degrés.

À présent, Bella l'avait flairée et s'était mise à japper, courant nerveusement le long de la clôture qui séparait le pré de la route.

Ce n'était pas possible : elle était pieds nus ! Qui c'était, celle-là ? La petite des Wegner ? Non. Jessica Kröger ? Non. Non, elle n'était pas d'ici. Pourquoi est-ce qu'elle n'arrêtait pas de se retourner ? Est-ce qu'elle attendait une voiture ? Qu'on la raccompagne chez elle ?

Il souleva les seaux d'eau, les cogna contre l'un des poteaux de la barrière jusqu'à ce que la couche de glace se détache du bord, puis vida leur contenu dans le bac. Il alla chercher une botte de foin dans la grange, de l'autre côté. Quand il regarda de nouveau, elle avait disparu. Bella aboyait, tournée vers la route. Il balaya du regard la plaine, les prés et les champs scintillants sous leur voile de gelée blanche. À l'est, la courbe du soleil levant était cernée d'un halo pâle aux reflets violacés, signe que le froid et les chutes de neige allaient persister.

Où était la fille ?

Il prit son couteau dans sa poche de pantalon, coupa les deux bandes qui maintenaient le foin et le répartit sur le râtelier. Les moutons cessèrent de bêler.

Il entendit un bruit de moteur. Un 4×4 noir passa au pas sur la route.

Quand la voiture eut disparu dans le virage, il la revit. Elle sortait à quatre pattes du fossé bordant la chaussée et s'arrêta à une bonne vingtaine de mètres de lui. La chienne glapissait, énervée. Il avança jusqu'à la haie qui délimitait son terrain. La fille serrait ses bras autour de son corps frêle et tremblait comme une feuille.

— Au secours ! murmura-t-elle. Aidez-moi, s'il vous plaît !

Lessmann cria « tais-toi ! », et la chienne se calma aussitôt. Son premier réflexe fut de retourner auprès des moutons. Le village se trouvait à deux kilomètres. Elle pouvait marcher jusque là-bas. En quoi ça le concernait ? Elle ne lui apporterait que des ennuis et des problèmes. Et puis elle avait cet accent, certainement une étrangère. Si ça se trouve elle ne comprenait même pas sa langue.

Il pointa son index vers le clocher.

— Le village n'est pas loin, dit-il. Deux kilomètres à peine.

Il entendit de nouveau le bruit de moteur et sut, avant même qu'il soit en vue, que c'était le 4×4 qui revenait. Elle l'entendit également. Elle se mit à courir vers l'entrée de la ferme. Bella s'élança aussi, et il la rappela. C'est alors que Matthias Lessmann fit quelque chose qui ne lui arrivait jamais : il agit sans réfléchir.

Il ouvrit le portail, lui prit le bras et l'entraîna dans la grange.

La voiture ralentit, s'approcha et s'arrêta.

— Surveille-la ! lança-t-il à Bella.

La chienne courut se poster à l'entrée de la cour et se mit à gronder à l'adresse du véhicule.

La jeune femme s'accroupit derrière un amoncellement de bottes de foin. Il l'entendait claquer des dents.

Il passa la main dans ses cheveux gris trop longs. Qu'est-ce qui lui avait pris ? Lui qui ne voulait que sa tranquillité, il allait s'attirer des ennuis dans sa propre ferme. Peut-être que c'était un père qui cherchait sa fille, ou un mari. Peut-être qu'elle était mariée, mais que ça n'allait pas entre eux.

Dissimulé derrière la porte ouverte de l'écurie, il regarda par l'interstice entre les gonds. Il y avait deux hommes à l'avant de la voiture, qui scrutaient les environs et cherchaient. Le conducteur joua de la pédale d'accélérateur, faisant vrombir son moteur à plusieurs reprises ; enfin il redémarra et ils s'éloignèrent lentement.

Il suivit des yeux les feux arrière. Quand ils eurent disparu, il pénétra dans la grange.

Elle était recroquevillée comme un petit paquet au milieu des bottes de foin. Ses dents s'entrechoquaient, et ce claquement régulier lui rappela la vieille machine à coudre de sa femme, quand elle cousait des rideaux ou des vêtements.

Elle leva sur lui ses grands yeux bruns, telle une bête traquée face au chasseur.

Il tendit les mains, paumes vers le bas :

— Tout doux, dit-il, comme avec ses bêtes quand elles avaient peur. Je ne vais rien te faire.

Elle avait le souffle court.

— La voiture est partie ? demanda-t-elle.

Il crut reconnaître un accent d'Europe de l'Est.

— Oui, oui. La voiture est repartie.

Il dansait d'un pied sur l'autre, indécis. Il fallait qu'il aille dans le pré porter de l'eau fraîche aux moutons. Il fallait qu'il lui fasse comprendre qu'elle devait s'en aller à présent, mais il était tracassé par les hommes de la voiture et il s'entendit proposer :

— Viens avec moi dans la maison ! On va appeler la police ; c'est la meilleure solution.

La phrase n'eut pas l'effet d'apaisement escompté.

— Non ! Pas la police..., non. S'il vous plaît, je m'en vais, mais pas la police ! articula-t-elle difficilement, grelottant de froid.

Lessmann ôta la veste fourrée qu'il portait par-dessus son gros pull et la lui donna. Il ignorait pourquoi il le faisait.

Elle la prit avec une certaine hésitation, l'enfila et s'en enveloppa.

Elle était d'une maigreur terrifiante. Peut-être qu'elle avait faim ?

— Viens avec moi ! dit-il, conciliant. Je vais te faire un thé bien chaud et une tartine. Ça ira mieux après.

— Pas la police ! l'implora-t-elle de nouveau.

— D'accord. Pas de police. C'est bon, grommela-t-il.

Ils passèrent par la porte de derrière et traversèrent l'atelier. Il retira ses bottes en caoutchouc et se glissa dans ses vieilles pantoufles marron. Dans la cuisine, il prit la bouilloire sur la cuisinière, la remplit et alluma le gaz.

— Ça va être un peu long, dit-il en pointant son index vers l'horloge ronde en plastique jauni. Assieds-toi donc !

Elle semblait inspecter la pièce. Celle-ci n'était pas habituée à recevoir des visiteurs. Plus depuis six ans. Depuis la mort de sa femme, Vera.

Il ôta la pile de journaux du banc, épousseta le coussin vert usé jusqu'à la corde et lui fit signe de s'asseoir.

Puis il lorgna de nouveau ses pieds nus et se rendit compte qu'un thé ne suffirait pas. Il fallait qu'elle prenne un bain.

— Un bain chaud, dit-il, le mieux serait un bain chaud…

Ce n'était pas une véritable proposition ; plus une pensée formulée à voix haute, comme il en avait pris l'habitude au cours des dernières années.

Elle avala sa salive, baissa les yeux et hocha la tête.

Il se frictionna la nuque nerveusement, partagé entre l'impuissance et la gêne.

— Mais après, il faudra que tu partes, compris ? dit-il avec plus de véhémence qu'il ne l'aurait voulu.

Dans la salle de bains, son lourd peignoir rayé gris et bleu pendait au portemanteau derrière la porte. Il tourna le robinet, régla la température, décrocha le peignoir et le lui apporta.

— L'eau est en train de couler. Tu peux enfiler ça en attendant.

Elle tenta de sourire pour le remercier, mais les commissures de ses lèvres tremblaient, et le sourire se brisa.

Soudain, il fut ému. Par ce tremblement, par sa silhouette fragile, par la façon dont elle s'en remettait à lui.

La bouilloire siffla. Il chercha la théière, la trouva dans l'évier parmi la vaisselle sale et la rinça sommairement.

Sur la table, il écarta des papiers, enleva des tasses, rangea des bouteilles de bière vides dans un panier. Il retourna à la salle de bains, ferma le robinet, testa la température et revint, satisfait.

— Ça y est, c'est prêt, dit-il avec un geste de la main.

Elle avait passé le peignoir par-dessus la veste en agneau. Et quand elle sortit de la pièce, le bas du vêtement balaya le sol en linoléum usé telle la traîne d'une reine déchue.

Il la suivit et s'arrêta sur le seuil, indécis :

— Quand on… quand on a eu très froid, qu'on est gelé, l'eau chaude, ça fait mal. Tu dois rentrer très progressivement, bredouilla-t-il pour la mettre en garde.

Elle hocha la tête sans un mot.

Baissant le front, ses longs cheveux bruns lui couvrant le visage, elle retira le peignoir et la veste. Sa tête sembla plonger encore davantage quand elle saisit la fermeture à glissière de sa robe légère.

— Attends ! s'exclama-t-il, effrayé.

Il quitta précipitamment la pièce et tira la porte derrière lui.

Il resta à l'affût dans le couloir, l'écoutant inspirer et expirer bruyamment au contact de l'eau brûlante. Puis il n'y eut plus de bruit.

Rassuré, il retourna dans la cuisine, coupa une tranche de pain qu'il garnit d'un épais morceau de gouda et la posa sur une assiette. Dans la chambre, en haut, il y avait encore des vêtements de Vera. Il n'avait pas ouvert son côté de l'armoire depuis sa mort, mais il y avait certainement un manteau, et peut-être même des chaussures à sa taille, qu'il pourrait lui donner. Vera en aurait fait autant.

Il lava deux tasses. Contemplant la vaisselle sale empilée dans l'évier, il eut soudain honte de l'état de sa cuisine. Il dégagea le bac et le remplit d'eau savonneuse. Quand il eut essuyé et rangé le tout dans le placard, il commença à s'étonner de ne pas entendre de bruit de la salle de bains. Il regarda l'horloge. Presque une heure. Le bain devait être froid à présent. Il fallait au moins qu'elle ajoute de l'eau chaude, sinon elle risquait l'hypothermie.

Il revint dans le couloir et frappa à la porte.

— Ohé ?

Pas de réponse.

— Ohé, tout va bien ? demanda-t-il, mal à l'aise.

Pas de réponse.

Il ne pouvait tout de même pas entrer comme ça. L'inquiétude balaya ses scrupules, et il abaissa la poignée.

— Tout va bien ? répéta-t-il en poussant la porte.

L'eau était rouge, et l'une de ses lames de rasoir était par terre, au pied de la baignoire.

2

Zone d'exclusion, octobre 2010

Du jour au lendemain, l'hiver a mis sa robe de mariée, et le paysage scintille dans le soleil du matin. Rayonnant de beauté.

Valentina le contemple par la fenêtre du coin cuisine.

Octobre. Quand le froid arrive aussi tôt, c'est qu'il va s'installer durablement.

Ludmila, son ancienne voisine de Troïchina, lui a fait passer du sucre, du sel, de la farine et de l'huile par son fils, Artemi, quelques jours plus tôt. Il y avait même quatre œufs. Artemi est douanier : il surveille l'accès à la zone d'exclusion, travaillant par cycles de quinze jours dans un poste de contrôle situé sur l'une des routes qui mènent en Biélorussie. Pour obtenir ce travail, ils ont dû faire jouer leurs relations et verser beaucoup d'argent.

Une fois par mois, il apporte à Valentina les sacs consciencieusement remplis par sa mère. En contrepartie,

Valentina a laissé son appartement de quarante mètres carrés de Troïchina à la fille de Ludmila, qui l'occupe avec son mari et leurs deux enfants. Elle n'arrivait plus à payer les factures d'électricité, de gaz et d'eau, qui n'ont cessé d'augmenter au cours des dernières années.

Artemi lui a construit l'étagère en briques et en planches grossières qui sépare le poêle et le petit meuble d'évier du reste de la pièce. Elle contient quelques bocaux de cornichons, de tomates, de haricots, de champignons et de prunes. Les pommes de terre, les choux et les pommes sont entreposés sous la trappe du plancher.

Des branches de menthe et de camomille séchées pendent au plafond. Tout vient de son jardin ou des alentours. Le bois de chauffage coupé ne suffira pas pour le long hiver qui s'annonce, mais ce n'est pas le bois qui manque dans les environs.

Kisa, la chatte tigrée, miaule et se frotte contre sa jambe. Elle la prend dans ses bras et sort du coin cuisine. Le fauteuil placé derrière l'étagère a belle allure avec la couverture en acrylique bleue rapportée de Troïchina. Le lit étroit et la vieille armoire sont plaqués contre le mur du fond. Et devant la deuxième fenêtre, elle a disposé la chaise et la petite table ornée de la nappe blanche trouvée dans l'armoire, qui avait échappé au pillage de la maison. Ses bordures brodées de fleurs rouges et bleues sont typiques de la région de Polissia. Elle n'a pas réussi à éliminer complètement les taches d'humidité au lavage. Il reste quelques marques brunâtres entre les fleurs.

La veille au soir, elle a posé sur la table le cahier avec sa reliure cartonnée verte, un crayon à papier terminé par une gomme et un taille-crayon en métal. Il y a cinq ans, elle avait inscrit « Mon journal » en jolis caractères sur sa couverture et l'avait offert à sa fille, qui ne l'avait jamais utilisé. Elle l'avait laissé à Troïchina.

Avec sa mère.

Ce matin, Valentina s'est levée aux premières lueurs de l'aube : elle a balayé la neige de la porte jusqu'aux latrines et rempli un seau d'eau à la pompe. Si le froid se maintient, la pompe ne tardera pas à geler. Mais alors il y aura la neige, et le fleuve n'est pas loin non plus.

Elle fait bouillir quelques feuilles de menthe sur le poêle et verse la décoction dans une tasse.

Après, elle n'a plus rien à faire. Cet instant, elle l'a soigneusement préparé, mais à présent elle voudrait le repousser et cherche d'autres tâches à accomplir. Le sol est balayé, le bois pour la journée est rangé dans le panier à côté du poêle et le pain qu'elle a cuit hier lui durera quelques jours.

Elle s'installe à la table avec sa tasse, ouvre le cahier et prend son crayon. Pendant plus d'une heure, elle fixe le papier aux lignes fines, qui finissent par devenir floues et se fondre sous ses yeux. Elle se lève, va et vient de l'étagère à la porte en tentant de mettre de l'ordre dans ses pensées. Il y a un mot qui revient, toujours le même : bonheur !

Ce mot, qui lui trotte dans la tête depuis des jours, qu'elle décompose, tourne et retourne dans tous les sens, s'est toujours transformé en son contraire, dans sa vie. Elle s'en rend compte à présent.

Malheur.

Elle a la bouche sèche quand elle se rassoit sur la vieille chaise en bois et prend le crayon pour écrire les premières lignes :

Ma petite Katerina, c'est l'espoir qui a troublé ma raison. L'espoir d'un avenir meilleur. Mais l'espoir, je l'ai compris bien trop tard, est un poison qui paralyse et nous incite à persévérer courageusement. Quand j'y repense, j'ai l'impression d'avoir attendu toute ma vie. Attendu le lendemain, le surlendemain, un jour quelconque. Ce soir-là, il y a un an, j'ai cru que toute cette attente allait enfin payer. Je me suis dit : peut-être qu'à partir de maintenant nous allons enfin avoir droit au bonheur !

Elle repose le crayon et regarde par la fenêtre. Le revoilà, ce fameux mot. Quand l'avait-elle appris ? Dans son souvenir, il avait toujours été coloré et éclatant, synonyme de souhaits qui se réaliseraient dans l'avenir. Dans son enfance, il était indéfectiblement lié aux grands objectifs de l'État ouvrier et paysan.

Elle avait grandi non loin de là, à Ritchytsia. Après 1986, elle y était retournée chaque année, le jour de la fête des morts, pour se recueillir sur la tombe de sa mère, au cimetière situé à la lisière du village. Elle avait nettoyé la tombe envahie par les mauvaises herbes, repeint la clôture en fer qui l'entourait, avait mangé et bu avec la défunte, comme le voulait la tradition. Elle déposait des mets devant la stèle et, dans les premières années, lorsque Glev, son mari, l'accompagnait encore, il versait un verre de vodka sur la tombe pour chaque verre qu'il buvait. Après ça, ils se hâtaient de quitter la zone d'exclusion. Elle n'avait jamais trouvé le courage de pénétrer plus avant dans le village et de pousser jusqu'à la maison de son enfance.

Ce n'était qu'au printemps dernier, lors de son retour définitif, qu'elle était entrée dans Ritchytsia, en espérant s'installer dans la maison de ses parents. Mais le village avait été à moitié détruit par un grand incendie en 1996. Dans ce qui avait survécu au pillage et au feu, des plantes grimpantes avaient pris possession des toits effondrés et s'étaient infiltrées dans les ruines par les fenêtres cassées et les portes dégondées. De l'asphalte explosé des rues et de la cour d'école, des bouleaux, des saules et des pins rabougris avaient jailli entre les herbes folles et les pissenlits. Et partout, ironie du sort, fleurissaient des églantiers blancs.

Avec précaution, elle avait poussé la lourde porte, autrefois bleu ciel, de l'école. La peinture des murs se décollait par larges plaques, révélant le bois qui pourrissait en dessous. Quelques chaises et bancs avaient survécu aux pillages. Des cahiers et des livres, exposés toutes ces années aux intempéries et rongés par les souris, jonchaient le sol. Les lourds tableaux noirs avaient été démontés et vendus, et, quelque part dans le pays, des instituteurs écrivaient leurs opérations sur des tableaux radioactifs sans se douter de rien. La mosaïque qui ornait le hall d'entrée, une scène de moisson à la gloire de l'État ouvrier et paysan qu'elle adorait quand elle était enfant, était encore là. Dans l'une des salles de classe, elle s'était assise à un pupitre. Elle ne sait plus combien de temps elle était restée là, dans le silence absolu, mais elle se souvenait bien de ce sentiment de solitude qui n'avait rien à voir avec l'absence d'êtres humains. Un vide, dans lequel il n'existait nulle place pour le passé et l'avenir. Juste la petite fenêtre temporelle de l'instant et cette douleur, quand elle comprit qu'il n'y avait plus rien à attendre.

Elle serre frileusement l'épais gilet de laine vert contre sa poitrine, reprend le crayon et gomme les premières phrases. Elle ne laisse que « Ma petite Katerina ».

Le mieux est de commencer par le commencement. Tu n'as jamais posé de questions sur tes grands-parents ni sur mon enfance à Ritchytsia. Sans doute as-tu senti que je ne voulais pas en parler. La zone d'exclusion, qui existait déjà depuis plus de cinq ans quand tu es née, était une sorte de no man's land *dans ma tête. J'ignore à quel moment j'ai décidé de faire comme si elle avait toujours existé. Une région inhabitable. Par nature. Au même titre qu'un désert ou un marécage.*

Ton Deda était mécanicien pour machines agricoles au kolkhoze, et ta Baba était trayeuse. J'étais leur unique enfant. Nous habitions une maison modeste à Ritchytsia, assez semblable à celle où je vis désormais. Mais celle-ci est à l'écart, alors que celle de tes grands-parents était au cœur du village. Là-bas aussi, le point d'eau était à l'extérieur, la pompe était gelée en hiver et les latrines se trouvaient au fond du jardin. Tes grands-parents ont connu, enfants, la collectivisation et la famine des années 1930, puis la Grande Guerre patriotique. J'étais bien sûr au courant de la Grande Guerre patriotique, par l'école. Tes grands-parents, eux, ne racontaient rien de cette époque.

Les années de famine, j'en ai entendu parler pour la première fois à l'âge de huit ou neuf ans. C'était lors des cérémonies de commémoration de la grande révolution socialiste d'Octobre. Le voisin, Ivan Kyjan, est monté sur la scène et il a hurlé : « Les vrais Ukrainiens ne célèbrent pas le jour qui a causé la mort de millions d'entre nous à cause de la faim ! » Il était ivre. Je me souviens du silence qui a suivi, de Baba qui m'a prise par la main et m'a entraînée dehors, et de mes questions à Deda, le soir, pour savoir ce que le voisin avait voulu dire. Il m'a empoignée par les épaules, m'a secouée comme un prunier et a crié : « Tu oublies ça tout de suite et tu n'en parles plus ! » Jamais il ne m'avait rudoyée comme ça.

Le lendemain, le voisin n'était plus là. Sa femme et ses enfants sont partis peu après. « Chez des parents », murmurait-on. Nous n'avons jamais eu de nouvelles et le sujet n'a plus été abordé. L'un des fils, Vitali Kyjan, était dans ma classe. On s'aimait bien, on allait toujours ensemble à l'école, et il y a quelques mois…

Elle boit une gorgée de son thé à la menthe devenu froid. Étrange, comme certains fils de la vie se perdent, puis se retrouvent. Mais il ne faut pas anticiper…

Elle va devoir éviter les digressions, se concentrer sur l'essentiel, sur ce qu'elle a fait et ce qu'elle n'a pas fait. Peut-être que tout a commencé ce jour-là, en réalité. Le silence terrifié sur la place du village. Le regard à la fois effrayé et menaçant de Deda. Peut-être est-ce le moment où elle a appris que l'on ne pouvait pas poser certaines questions ni tout dire.

Elle biffe les derniers mots.

... ensemble à l'école.

L'été, nous, les enfants, allions nous baigner dans la rivière toute proche. En fin de journée, les adultes nous rejoignaient parfois. Tandis que le soleil couchant embrasait la rivière, nous plongions d'un arbre dont les branches s'avançaient loin au-dessus de l'eau. Les femmes nous chuchotaient à nous, les filles, que la baignade dans la lumière du soir nous rendait belles, et nous sautions à qui mieux mieux dans les reflets scintillants jusqu'à ce que le soleil ait complètement disparu.

Pendant les quatre premières années d'école, nous arborions fièrement sur notre uniforme l'étoile rouge avec la tête de Lénine enfant qui nous identifiait comme enfants d'Octobre. Devenir pionniers était notre ambition suprême. À dix ans, nous prêtions serment. Dès lors, tous les matins, il fallait repasser le foulard des pionniers, et l'odeur sucrée de la soie synthétique chaude flottait dans la cuisine. Tous les matins, on se rassemblait dans la cour de l'école et on saluait la journée en proclamant : « Pour la lutte en faveur de la cause du Parti communiste d'Union soviétique, soyez prêts ! Toujours prêts ! » En classe, l'institutrice nous parlait avec dévotion du Petit Père des peuples, des conquêtes de l'État ouvrier et paysan et fustigeait les ennemis de l'Union soviétique qui menaçaient notre pays et notre brillant avenir. Ensuite, on chantait debout, le bras levé et le coude plié : « Plus haut les feux de joie, les nuits bleues. Nous, pionniers, sommes enfants de la classe ouvrière... » J'aimais ce sentiment d'appartenance, j'aimais nous savoir unis dans une vision supérieure.

Dans le village, des affiches nous rappelaient que l'ennemi n'était pas loin, que des espions se trouvaient parmi nous. Je me souviens encore de l'image d'une ouvrière agricole coiffée d'un foulard rouge, l'index sur les lèvres. Au-dessous, on pouvait lire : « Les saboteurs sont parmi nous. Prends garde à qui tu parles ! »

Tous les jours, je passais devant la mosaïque du hall d'entrée. Elle mesurait au moins trois mètres de haut sur cinq mètres de large. Elle montrait des hommes en train de faucher des épis et des femmes qui liaient les gerbes. Ils nous souriaient à nous, enfants, dès que nous entrions dans l'école ; ils rayonnaient de satisfaction et de bonheur. « Mon travail. Ma contribution au socialisme et à la paix », disait le slogan inscrit au-dessus.

Elle s'arrête, relit l'avant-dernière ligne. Le revoilà, ce fameux bonheur ! Elle connaissait donc déjà le mot à l'époque. La mosaïque avait été comme une promesse. Pourtant, bien qu'elle illustre le travail au kolkhoze, l'enfant qu'elle était ne faisait pas le lien avec leur quotidien au village. Peut-être parce que le père jurait souvent car les pièces nécessaires pour réparer les machines se faisaient attendre pendant des semaines ou qu'elles n'arrivaient jamais. Peut-être parce que les parents ne rayonnaient pas de cette confiance et de cette gaîté, mais qu'ils rentraient épuisés à la maison, tard le soir. Peut-être parce qu'on devait faire la queue des heures durant pour dénicher un peu de lait ou un morceau de lard, alors que le kolkhoze possédait plus de cent vaches, et beaucoup de bœufs et de porcs.

Ce doit être en 1969 ou 1970 qu'une rumeur s'est murmurée dans le village : on construisait quelque chose à proximité de la ville de Tchernobyl, au bord de la rivière Pripiat. Il a d'abord été question d'une grande usine, puis le mot « centrale nucléaire » est revenu souvent, et on a bientôt parlé de plusieurs réacteurs. La centrale nucléaire a été annoncée officiellement pour la première fois en 1972 – je m'en souviens parfaitement – par le camarade président de la cellule locale du Parti, lors d'un discours à l'occasion d'une fête. Les réacteurs feraient de notre région l'une des plus importantes d'Union soviétique et apporteraient la prospérité à tous. Un effort colossal dont seule l'Union soviétique était capable. Les spécialistes employés là-bas auraient leur propre ville, moderne et bâtie sur mesure.

Dans les semaines qui ont suivi, on a entendu parler d'appartements avec eau courante, chauffage, salle de bains et même téléphone. La ville nouvelle devait s'appeler Pripiat, comme la rivière.

L'institutrice nous répétait que seuls les meilleurs auraient une chance d'être embauchés et d'habiter là-bas, et que c'était Moscou qui décidait. J'étais bonne élève : désormais j'avais un objectif et j'ai redoublé d'efforts.

Les parents étaient fiers de mes bons résultats scolaires et ils m'encourageaient dans mon projet de travailler à Pripiat.

Comme tous les enfants de mon âge, je passais peu de temps avec eux. Les cours s'arrêtaient dans l'après-midi ; ensuite, nous étions mobilisés par nos activités de pionniers. C'est sans doute la raison pour laquelle j'ai tant tardé à me rendre compte que l'atmosphère avait changé dans le village et à la maison. Jusqu'à ce soir de 1974 où le responsable du kolkhoze est venu nous voir, accompagné du camarade de la cellule locale du Parti.

3

Zyfflich, 15 février 2010

Ce qu'il fit ensuite, et dans quel ordre, Matthias Lessmann ne s'en souvint plus après coup. Attraper des bandes de gaze dans l'armoire à pharmacie, sortir la gamine décharnée de la baignoire et lui poser un garrot sur les avant-bras. Mettre des pansements compressifs sur les entailles lorsque le sang eut cessé de couler.

Seule la peur lui resta en mémoire. Une peur qu'il n'avait plus éprouvée depuis que sa femme avait succombé à un cancer, six ans plus tôt. La peur pour la vie d'un autre être.

Il se précipita sur le téléphone pour appeler une ambulance, mais dès qu'il eut composé les premiers chiffres du numéro des secours, il remit le combiné en place. Comment allait-il expliquer ça : une jeune fille dont il ignorait le nom, vêtue d'un bout de tissu, à peine plus qu'une combinaison, gisait nue sur le carrelage de sa salle de bains après s'être ouvert les veines ?

Il la porta en haut, dans sa chambre, la posa sur son lit et lui tapota doucement les joues.

— Hé ! hé ! tu m'entends ?

Elle ouvrit brièvement les yeux, et il lut dans son regard une résignation qui le fit tressaillir. Puis elle se rendormit.

Pendant toute la matinée, il resta assis à son chevet et contrôla les pansements de ses poignets, tout en se traitant intérieurement d'idiot et en étudiant les traits de son visage. Il n'aurait jamais dû s'en mêler ! Pourquoi l'avait-il fait entrer ?

Quel âge pouvait-elle avoir ? Vingt ans, au plus. Probablement russe ou polonaise. En tout cas, originaire d'Europe de l'Est, ça, il en était sûr.

Passant sa main calleuse sur son visage buriné, il pria en silence pour qu'elle survive, et pas seulement pour elle – mais cela, il ne se l'avoua que bien plus tard. Il ne cessait de se demander comment il justifierait la présence d'une fille morte dans sa maison, dans son propre lit. Personne ne croirait la vérité.

Elle disparaissait presque entièrement sous la couette en duvet dont il l'avait couverte. Son visage avait cette innocence lisse qui rend jolies toutes les jeunes filles. Les lèvres charnues, exsangues, ressortaient à peine dans l'extrême pâleur du teint, qui soulignait d'autant plus les sourcils doucement arqués et les cheveux sombres, encore humides, ondulant autour de sa tête. Il ne connaissait même pas son nom.

Il avait perdu l'habitude d'être avec d'autres, perdu l'habitude de s'intéresser à d'autres.

Vers 11 heures, il constata que sa respiration était devenue plus régulière et plus forte. Les pansements étaient restés secs : le saignement était stoppé depuis deux heures. Rassuré, il se mit à la fenêtre et regarda au-dehors. Elle s'en sortirait. Elle était jeune.

Les moutons attendaient à côté du râtelier. Il se rendit compte qu'ils n'avaient toujours pas d'eau.

Dans l'atelier, il enfila ses bottes de caoutchouc et voulut prendre sa veste fourrée au portemanteau, mais elle était toujours dans la salle de bains. Il remonta. L'eau rouge stagnait dans la baignoire. Il retroussa sa manche droite, hésita. Une fraction de seconde, il fut traversé par l'idée absurde que ce n'était pas bien d'éliminer son sang dilué. Finalement, il tira le bouchon, nettoya la baignoire et passa un coup de serpillière sur le sol. Alors qu'il s'apprêtait à jeter sa petite robe dans la corbeille à linge sale, il sentit quelque chose d'épais dans l'ourlet. Un papier dépassait de la couture défaite à cet endroit. Il le tira. Quelques caractères cyrilliques sur un petit bout de papier froissé qui semblait avoir été déplié et replié des centaines de fois. Il le rangea dans l'armoire à glace.

Il remplit deux seaux d'eau dans l'atelier et alla les porter dans le pré. Il parla aux moutons, comme il le faisait souvent ces dernières années :

— On s'est mis dans de beaux draps, pas vrai ? Maintenant, il va d'abord falloir la soigner avant qu'elle puisse repartir !

Il glissa la main dans la toison de Trine et lui frictionna doucement le front. L'animal frotta sa tête contre sa main, avide de caresses. Le ciel affichait un gris uniforme. Il allait neiger dans l'après-midi.

— Si on ne l'avait pas trouvée à temps dans la baignoire… Non, on ne va pas y penser. Le mieux serait bien sûr de l'amener à l'hôpital. Mais comment on leur expliquerait ? Ils se diraient : « Le vieux dégoûtant ! Comment ça se fait qu'il a une gamine comme ça chez lui ? » C'est à ça qu'ils penseraient. Après, ça jaserait au village.

Il secoua la tête, résigné, gratta Trine derrière les oreilles, puis observa les prés et les champs. Il sentait monter en lui une vague inquiétude, devinait que c'en était fini de sa vie tranquille.

Dans le poulailler, il ramassa cinq œufs et contempla les poules aux plumes gonflées perchées sur la barre. Un bon bouillon de poule lui ferait du bien. Il en attrapa une, la prit par les pattes, la tête en bas, et traversa la cour jusqu'au billot, installé devant la porte de l'atelier, qui lui servait à couper le bois pour la cheminée. Avec le dos de la hache, il lui asséna un coup sur la tête, qu'il posa sur le billot et trancha. Le corps fut encore agité de quelques battements d'ailes.

Dans la cuisine, il fit bouillir de l'eau pour plumer la bête. Après l'opération, qu'il exécuta dans la partie carrelée de l'atelier, là où se trouvaient autrefois la vaisselle pour la traite et l'installation frigorifique, il la vida, entouré des chats et de Bella, qui se disputèrent les abats.

Il mit la poule sur le feu, dans une grande marmite d'eau salée, et sortit du congélateur poireau, céleri et carottes, qu'il posa sur le bord de l'évier. Ensuite, il prépara du thé et monta une tasse à l'étage.

— Ohé ! Tu m'entends ? demanda-t-il.

Voyant qu'elle ouvrait les yeux sans les refermer aussitôt, il s'assit, soulagé, au pied du lit.

— Du thé, dit-il en lui tendant la tasse. Il faut que tu boives.

Il soutint sa tête tandis qu'elle avalait prudemment une gorgée.

— Tu nous en joues, des tours ! dit-il en essayant de prendre un ton léger. Tu aurais pu nous mettre dans un sacré pétrin tous les deux.

En prononçant ces mots, il se rendit compte de la stupidité de sa remarque : il aurait été le seul dans le pétrin. Il se hâta d'ajouter :

— Comment tu t'appelles ?

— Tania, murmura-t-elle.

Il hocha la tête. Les questions se bousculaient dans sa bouche. D'où viens-tu ? Qui étaient les deux types ? Comment se fait-il que tu te promènes par ici à moitié nue au petit matin ? Pourquoi tu as essayé de… ?

— Je m'appelle Lessmann, dit-il avant de s'éclaircir la voix et de compléter. Matthias. Matthias Lessmann.

Il tenta un sourire d'encouragement :

— Je pourrais… je veux dire, tu veux peut-être que je prévienne quelqu'un… que quelqu'un vienne te chercher ?

La réponse fusa, remplie d'effroi :

— Non !

— C'est bon, c'est bon ! se hâta-t-il de la rassurer.

Il lui dit qu'il fallait qu'elle se repose, annonça le bouillon de poule qui serait prêt le soir et promit qu'elle serait bientôt d'attaque.

— D'attaque ? demanda-t-elle. Qu'est-ce que c'est : d'attaque ?

— Guérie, répondit-il, forte… En bonne santé, quoi !

Il se réjouissait qu'elle le comprenne et qu'elle soit bientôt capable de se lever, qu'elle n'agonise pas dans cette chambre, comme sa femme, pendant des mois.

Un peu plus tard, après avoir jeté les légumes dans la soupe, il s'approcha de la fenêtre. La neige s'était mise à tomber dru, et il songea qu'il fallait qu'il rentre les poules avant qu'elles n'arrivent plus à retrouver le chemin du poulailler. Il se pencha par la fenêtre pour voir si tout était déjà blanc. C'est alors qu'il l'aperçut. Le 4×4 était garé sur le bas-côté, à une bonne centaine de mètres de l'entrée de l'exploitation. Les hommes étaient descendus et s'avançaient à pied.

Bella était couchée sous la table de la cuisine. Lessmann émit un petit claquement de langue à son intention et lui ouvrit la porte d'entrée. Il prit ses jumelles dans la commode du couloir. L'un des hommes portait une veste fourrée marron. Il devait avoir dans les vingt-cinq ans. Bella s'était postée à l'entrée de la cour et donnait de la voix. L'autre type, une petite quarantaine, avait les mains enfoncées dans les poches de sa veste en toile huilée Burberry.

Le 4×4 était une Land Rover immatriculée à Düsseldorf. Lessmann ne lisait pas tout, car la plaque était partiellement masquée par un poteau ; il distinguait juste le D de Düsseldorf et le nombre 232.

Tandis qu'il scrutait la voiture, il entendit que Bella avait bougé. Elle semblait enragée, à présent, aboyant et grondant sans relâche. Il courut à la fenêtre du séjour, vit que l'un des hommes essayait de s'introduire par le pré des moutons en repoussant Bella avec un bâton. Lessmann se précipita dans l'atelier, attrapa son fusil de chasse dans l'armoire, le chargea et sortit de la maison en pantoufles. Il tira en l'air. L'homme lâcha le bâton et recula. Lessmann le mit en joue, rappela Bella et s'avança lentement, sans cesser de viser l'intrus dans le pré.

— Voleurs de moutons ! hurla-t-il. Maudits voleurs de moutons ! En plein jour ! Enfin, je vous tiens !

L'homme avait levé les mains en l'air et dévisageait Lessmann, avec ses cheveux gris trop longs, sa barbe de plusieurs jours, marchant dans la neige dans ses chaussons éculés. Lessmann continuait de s'époumoner.

— … va vous coûter cher… Le sixième en un an…

Tandis qu'il continuait de lancer ses accusations saugrenues, il constata du coin de l'œil que celui à la veste fourrée retournait à la voiture. Entendant le moteur démarrer, il ramena le fusil contre sa poitrine et cria :

— Foutez-moi le camp et ne remettez plus jamais les pieds ici ! La prochaine fois, je te tire dessus ; je suis dans mon droit !

Le 4×4 s'arrêta à hauteur du pré, la porte du passager s'ouvrit et le deuxième homme s'y engouffra.

Quand Lessmann regagna la maison et remit l'arme en place, il était satisfait de lui. Il pensait que les deux auraient compris à présent et qu'il ne les reverrait plus.

4

Zone d'exclusion, octobre 2010

Elle a repoussé le cahier ouvert au bout de la table, juste devant la fenêtre. Le soleil qui tombe sur les mots les montre sous un jour différent. Elle se lève, ajoute du bois dans le poêle, remet la casserole contenant l'infusion à chauffer et pose une tranche de pain à côté. Le parfum de la menthe se répand dans la pièce, couvrant les discrets relents de moisi qui se dégagent encore des murs. Si elle chauffe suffisamment pendant l'hiver, l'odeur finira bien par disparaître.

Elle s'assied dans le fauteuil et mange le pain grillé.

Quand Artemi était venu la voir, quatre jours plus tôt, sur son petit scooter, et lui avait annoncé que Leonid partait pour l'Allemagne, elle lui avait sauté au cou. Elle l'avait invité à dîner, mais il avait refusé, comme toujours. « Un peu de pain, avait-elle proposé, et de la saucisse que tu m'as apportée la dernière fois. Rien d'ici ! Reste donc manger, mon garçon ! » Mais il était pressé, et il avait répondu, la main déjà sur la poignée de la porte : « Il ne faut pas m'en vouloir, Valentina, mais le bois que vous brûlez, il est d'ici. »

Elle avait eu honte de son manque de tact et l'avait raccompagné dehors. Ils avaient un peu bavardé dans la cour. Quand elle avait emménagé ici, il avait emprunté une remorque pour transporter ses vêtements, un peu de vaisselle, des casseroles, sa couette et la couverture en nylon bleue, et il l'avait aidée à rendre la maison habitable. Dans son poste de contrôle, il avait l'électricité et il possédait un téléphone portable, même si, pour avoir du réseau, il devait monter sur une colline située à deux kilomètres. Au moins, Leonid pouvait le joindre et donner des nouvelles. Et Artemi ne mettait qu'une heure à scooter pour se rendre chez elle. Mais à présent, avec la neige…

Elle allait sûrement continuer de tomber dans les prochains jours, et il ne pourrait pas passer avec son engin.

Elle retourne à la table, taille le crayon, et jette dans le poêle la fine rosette de bois.

Elle relit la dernière ligne et reprend son récit.

Jusqu'à ce soir de 1974, où le responsable du kolkhoze est venu nous voir, accompagné du camarade de la cellule locale du Parti. J'étais assise avec mes parents devant la maison. Ils ont reproché à ta Baba de ne plus respecter la norme de travail depuis des mois. Elle s'est plainte de douleurs dans le dos qui transformaient la traite en véritable supplice pour elle. Elle a demandé si elle ne pouvait pas passer dans un autre service, la camarade en charge des poulaillers ayant dit que... Le responsable du kolkhoze lui a coupé la parole. Il a posé sur la table un papier du médecin qui l'avait examinée, certifiant qu'il n'y avait aucune cause médicale à ses prétendus maux de dos.

Le mot « sabotage » a été lâché, et le camarade du Parti a dit qu'elle avait déjà travaillé pour l'ennemi, par le passé.

Je me souviens que j'étais assise sur la marche devant la maison et que j'en ai eu le souffle coupé. Quand ils sont repartis, je ne suis pas rentrée à l'intérieur, j'ai couru vers le fleuve. Aussi monstrueuse que paraisse cette accusation, elle semblait expliquer toutes les petites réflexions et les scènes incompréhensibles des derniers mois.

Baba se tenant depuis peu à l'écart, Baba que les autres évitaient. Baba ne venant plus au fleuve, les soirs d'été, et ne restant plus assise sur le pas de la porte à discuter avec les voisines. Les mots consolateurs de ton Deda, quelques semaines plus tôt : « Un jour ou l'autre, ils finiront bien par oublier. » Et ceux de l'institutrice : « Même dans notre village, il y en a qui ont travaillé pour l'ennemi. »

Je savais juste que Baba était originaire de l'oblast de Ternopil et que ses parents étaient morts pendant la Grande Guerre patriotique. Elle n'avait rien dit de plus.

Pendant plusieurs jours, je l'ai fuie, craignant d'avoir la confirmation qu'elle était de ceux contre lesquels la travailleuse sur les affiches nous mettait en garde.

Elle recule sa chaise et se lève. Une douleur aiguë dans le bas du dos la plie en deux. Ses mains osseuses se cramponnent au bord de la table. Elle respire pour faire passer la crise et se redresse lentement.

Il ne lui serait jamais venu à l'esprit d'en parler à qui que ce soit. Ce qui se disait à la maison ne sortait pas de chez eux. Jamais, que ce soit à l'école ou chez les pionniers, elle n'aurait fait la moindre allusion aux récriminations des parents contre le Parti ou contre les conditions de travail au kolkhoze. Elle ne savait plus quand ni comment elle avait appris cette règle. Elle était même certaine que personne ne la lui avait explicitement enseignée, mais c'était ainsi que tous se comportaient : on ne parlait pas de ce qui se disait sous le toit familial. En même temps, ils étaient tous patriotes : le Petit Père des peuples les protégeait et il exauçait leurs vœux pour peu qu'on l'implore assez fort. Il exigeait de ses jeunes pionniers courage et honnêteté et punissait ceux qui ne disaient pas la vérité.

Ce fameux soir de 1974, toutes ces vérités et ces règles avaient été ébranlées. Elle pourrait ajouter la précision : « Je venais d'avoir quatorze ans. » Elle se rassied sur la chaise. Le crayon a de nouveau besoin d'être taillé. Elle ne devrait pas appuyer si fort, ni entrer autant dans les détails, sinon la mine sera bientôt usée et le cahier fini. Mais à présent qu'elle se replonge dans ses souvenirs, les détails prennent de l'importance, des faits apparemment mineurs acquièrent une signification nouvelle.

À cette époque, je suis passée des pionniers au Komsomol[1]*. Il était rare d'y accéder dès l'âge de quatorze ans, et c'était une distinction particulière. Il y a eu une grande fête sur la place Lénine, sur laquelle nous avons défilé. Nous avons renouvelé solennellement notre serment d'allégeance au « combat pour le Parti communiste de l'Union soviétique » et sommes devenus membres du Komsomol. Quelques semaines plus tard, le camarade responsable de la cellule m'a interpellée à la sortie d'une manifestation à la Maison de la Culture, et m'a demandé de le suivre dans son bureau. « Tu es sûrement au courant que ta mère est partie pour l'Allemagne pendant la Grande Guerre patriotique et qu'elle a travaillé pour les fascistes », m'a-t-il dit. Il m'a expliqué que le Parti l'avait appris il y a six mois seulement, à l'occasion de l'actualisation des données personnelles des camarades du kolkhoze, quand des lacunes étaient apparues dans les papiers de Baba. « Nous t'avons prise au Komsomol malgré ça. Tu n'es pas responsable des fautes de ta mère, et toutes les appréciations sur toi, à l'école et chez les pionniers, sont très positives. » Ensuite, son ton a changé : « Nous attendons de toi que tu ouvres l'œil à la maison et que tu t'acquittes de tes devoirs patriotiques. » Je n'ai pas dormi pendant des nuits, m'apitoyant sur mon sort qui me plaçait devant un dilemme insoluble. Je maudissais Baba et je n'osais pas lui parler. Comment expliquer que j'accordais foi à ces griefs, tout en refusant d'y croire ? J'aimais*

1. L'Union communiste léniniste de la jeunesse. (*Toutes les notes sont de la traductrice.*)

mes parents, mais j'étais une patriote dans l'âme et je venais tout juste de renouveler mon serment. La mosaïque de l'école perdit de son éclat. Je ne la regardais plus et je baissais la tête en passant devant.

Un après-midi d'automne, alors que je revenais d'un Subbotnik – c'est le samedi travaillé que tout membre du Komsomol doit consacrer au kolkhoze –, ton Deda m'a prise à part. Il m'a demandé de m'expliquer sur mon comportement. Il a dit qu'il avait l'impression que je les évitais, Baba et lui, et qu'ils se faisaient du souci pour moi, parce que j'avais l'air malheureuse.

Elle regarde par la fenêtre.

« Malheureuse. »

Ainsi, c'était à ce moment-là ! Elle avait failli passer à côté. Le moment où ce « mal » avait commencé à se glisser devant son bonheur.

Cet après-midi-là, elle avait appris toute l'histoire de sa mère – c'est du moins ce qu'elle avait pensé pendant des années.

Nous étions assis sur le banc derrière la maison ; Baba était encore au travail. Au fond du jardin, la clôture en bois bleu turquoise qui séparait notre terrain de celui du voisin était couverte de vigne vierge. Les feuilles incandescentes resplendissaient sous le soleil de midi. J'ai déversé sur lui toutes les interrogations et les demi-certitudes que j'avais accumulées en moi.

Deda est resté très calme et silencieux, hochant la tête, comme s'il s'y était attendu. Je n'ai pas soufflé mot de l'injonction du camarade responsable de cellule, et nous avons remarqué trop tard que Baba nous écoutait, debout dans l'embrasure de la porte.

Les images remontent à sa mémoire avec force. La mère en salopette bleu marine, son foulard noué dans la nuque. Appuyée sur le bâton dont elle avait désormais besoin pour se rendre au travail. Le père lui avait fabriqué une espèce de poignée en bois qu'il avait poncée avec de la toile émeri pour qu'elle l'ait bien en main. Elle la revoit s'asseyant à l'autre extrémité du banc, le père tel un bouclier entre la mère et sa fille qui ne la regardait pas.

Baba a parlé tout doucement, presque un murmure. Je me souviens que je me suis penchée en avant, les coudes calés sur les genoux, pour mieux entendre. Je ne suis pas sûre, cependant, de ne pas avoir appris plus tard certains des détails que j'attribue à cet après-midi-là.

Pendant la première année de l'occupation, de nombreux Ukrainiens avaient choisi d'aller travailler en Allemagne. Les gens étaient pauvres et, l'hiver, on mourait encore de faim. Là-bas, on leur promettait une bonne paie, qui permettrait d'aider la famille restée au pays. Mais, plus tard, les premières lettres sont arrivées : il y était question de camps de baraquements et de salaires de misère. L'information s'est répandue comme une traînée de poudre, et bientôt plus personne n'a voulu partir pour l'Allemagne. Le 28 mars 1943, quatre camions sont arrivés dans le village de Baba. Des SS en sont descendus. Ils ont fait sortir les habitants de leurs maisons, ont fait revenir ceux qui étaient aux champs et les ont tous rassemblés sur la place du village. Il ne restait plus que des vieux, des femmes et des enfants. Ils ont trié les femmes en âge de travailler et les enfants de plus de douze ans, et les ont embarqués sur les camions. Ton arrière-grand-mère a réussi à se cacher avec ses deux plus jeunes enfants, mais ta Baba, qui avait quinze ans à l'époque et qui était aux champs, ils l'ont emmenée.

Jusque-là, elle avait parlé de la voix neutre de celle qui rapporterait une histoire qu'on lui a racontée. Puis elle a marqué une longue pause. Elle a pris un mouchoir, dont elle s'est mise à tripoter la couture comme s'il y avait quelque chose à trouver. Ensuite, elle a dit que, du haut d'une colline, elle s'était tournée pour regarder le village une dernière fois. De la fumée montait de là-bas, d'épais nuages de fumée noire.

Deda a passé son bras autour d'elle. Dans ma tête dansait l'accusation lancée par le camarade responsable de la cellule. Je l'entendais encore dénoncer « les fautes de ma mère », et ça ne correspondait pas à ce que je venais d'apprendre.

On les a fait monter dans un train. Elle a raconté que le voyage a duré une semaine. On ne les autorisait à quitter les wagons qu'une fois par jour, pendant les haltes dans de petites gares reculées. Là, on leur donnait à manger et à boire. En Allemagne, elle a d'abord atterri dans un camp de transit. Quatre jours plus tard, on l'a embarquée dans un camion avec douze autres femmes pour les conduire à Marl. On les a alignées sur une place, au milieu des baraquements.

Des hommes sont venus les passer en revue, tâtant leurs épaules et leurs bras. Ta Baba a été affectée à un paysan. Six mois plus tard, on l'a transférée dans une usine – c'est en tout cas ce qu'elle a raconté cet après-midi-là –, où elle est restée jusqu'à la fin de la guerre. Quand elle est revenue à la maison, à l'automne 1945, son village natal n'existait plus. Sa mère, son frère et sa sœur avaient péri dans l'incendie, le père était tombé au front.

Le soleil était bas quand elle a rangé son mouchoir. Elle s'est redressée en s'appuyant sur son bâton et elle est rentrée dans la maison. Elle n'en a plus jamais reparlé.

5

Düsseldorf, octobre 2010

Leonid Vitaliovitch Kyjan roulait depuis trente-quatre heures dans cet autocar quand le chauffeur leur annonça enfin l'arrivée imminente à la gare routière de Düsseldorf. Pendant le voyage, il avait dormi une heure par-ci, par-là ; le reste du temps il avait regardé défiler des villes, des villages et des paysages, ukrainiens d'abord, puis polonais et allemands. Peu après la frontière polonaise, Andreï, un homme costaud d'une quarantaine d'années, était monté et s'était installé à côté de lui. Il avait déballé un coussin de voyage gonflable revêtu de tissu-éponge et avait posé à ses pieds un sac en plastique rempli de provisions. Quand il avait compris que Leonid ne s'était pas préparé au voyage, il avait partagé avec lui la salade de chou, les bagels, la saucisse à tartiner et une bouteille de vodka. « Une petite goutte de vodka, ça adoucit la tristesse de la séparation et ça aide à supporter d'être assis pendant des heures », avait-il ajouté en souriant.

Andreï faisait régulièrement le trajet. Il était constructeur de machines. Il avait expliqué que sa famille vivait à Biala Podlaska et qu'il travaillait à Düsseldorf. « Tous mes papiers sont en règle », répétait-il. Son russe était parfait. La nuit venue, il avait gonflé son coussin et ronflé jusqu'au matin suivant. Leonid était resté absorbé dans ses pensées, somnolant de temps à autre. Il s'était contenté de dire à son voisin qu'il venait faire du tourisme en Allemagne.

En Ukraine, en 1998, lors des premières élections avec le nouveau mode de scrutin, nombreux étaient ceux qui rêvaient de faire exploser les anciennes structures. La corruption et le népotisme qui gangrenaient la vie politique et la milice[1] avaient été débattus sur la place publique. Certains journaux récemment créés comme la *Segodnia* et les *Fakty i Kommentarii* avaient même osé les dénoncer. Pour la première fois, à l'époque, il devint possible d'intégrer la milice sans donner d'enveloppes ni avoir de proches influents. Plein d'espoir dans le changement et convaincu que les paroles ne suffisaient pas, mais qu'il fallait participer activement, Leonid avait renoncé à ses études de langues et à son projet d'aller vivre à l'étranger. Il voulait contribuer à construire la nouvelle Ukraine. Il avait posé sa candidature à l'école des officiers, était devenu sous-lieutenant de la milice et avait poursuivi

1. La milice était le nom de la police ukrainienne jusqu'en juillet 2015, où elle fut dissoute et remplacée par la police nationale d'Ukraine.

ses études à la faculté de criminologie. Ils étaient nombreux à être habités de cette ambition. Même au sein de la milice, des facultés et de la justice, il y eut des officiers de haut rang pour s'élever contre les dysfonctionnements des autorités. L'objectif était de dégonfler l'énorme tête de l'administration, de payer décemment les miliciens afin qu'ils aient de quoi nourrir leur famille et de sanctionner sévèrement les comportements répréhensibles. À l'époque, il avait cru que les réformes s'imposeraient durablement.

Depuis, il était passé lieutenant de la milice judiciaire, et le changement avait du plomb dans l'aile. Il ne s'exprimait plus que sporadiquement, dans quelques vagues déclarations d'intention. L'ancien système avait repris ses droits. Miliciens brutaux et corrompus dans les rues, agressions arbitraires sur des citoyens, racket. Le directeur administratif de la préfecture de police avait été remercié pour avoir dit qu'il fallait lutter contre le crime organisé, en commençant par la milice.

Leonid travaillait comme enquêteur à la brigade des stupéfiants. Une équipe jeune, qui avait des idéaux et la ferme volonté de faire avancer les réformes de l'intérieur. Puis les choses s'étaient gâtées. Il y avait d'abord eu le départ de Raïa, avec laquelle il avait été heureux pendant huit ans. Elle était ophtalmologiste, et une clinique privée d'Odessa lui avait proposé un poste. À présent, elle gagnait beaucoup plus qu'à l'hôpital public de Kiev. Ils se voyaient rarement, et il fut bientôt évident que ce qui les séparait ne se résumait pas aux cinq cents kilomètres entre Odessa et Kiev. La nouvelle vie de Raïa était de plus en plus éloignée de sa réalité à lui. Ils se téléphonaient parfois, et ce qu'elle racontait lui était étranger. Après leurs conversations, il se saoulait pour oublier combien elle lui manquait.

Pour tout arranger, il avait été muté, au début de l'année, dans le Groupe IV, une unité spéciale qui venait d'être créée. La milice de Kiev abritait jusqu'alors la division des personnes disparues et la division de lutte contre le crime organisé, qui s'occupait par ailleurs de la traite des êtres humains. Ces deux entités indépendantes se livraient depuis des années une guerre d'influence farouche, qui rendait impossible tout échange d'informations, chacune étant dirigée par de vieux apparatchiks qui avaient progressivement renforcé leur pouvoir. Le Groupe IV avait prétendument été fondé pour remédier à ce problème. Il était censé mettre en commun les renseignements en possession des deux services, harmoniser les modes de fonctionnement et constituer le trait d'union entre eux. Personne ne s'était battu pour intégrer le nouveau groupe, car il était clair que ses membres seraient assis non pas entre deux chaises, mais entre plusieurs. En outre, on pouvait être sûr que les deux entités concurrentes refuseraient de se montrer coopératives. D'emblée, la composition du Groupe IV, doté de quatre collaborateurs, apparut comme un compromis dévastateur. À trente ans, Leonid était le plus jeune. Il avait tout fait pour refuser sa mutation ; son supérieur aussi s'y était opposé par écrit à plusieurs reprises, mais il avait dû obtempérer. Officiellement, on justifiait sa nomination par le fait qu'il avait étudié l'allemand et l'anglais pendant quelques semestres, mais il se murmurait qu'il s'agissait surtout d'une concession politique au camp des réformistes. On avait, paraît-il, besoin de quelqu'un ayant les mains propres et une bonne dose de ténacité.

Il ne comprit l'arrière-plan politique que lorsqu'il découvrit le nom de ses collègues. Anna Baïdakova était issue de la division des personnes disparues, Anatoli Parov de celle de la lutte contre le crime organisé. Quant à Igor Charov, il venait de l'administration. La direction avait été confiée à Anna Baïdakova. Le groupe devint rapidement le cœur des luttes de pouvoir. Anna Baïdakova était une femme d'environ quarante-cinq ans, ronde et très maquillée, avec un rouge à lèvres trop rouge et de profondes rides autour de la bouche et du nez. Dès le premier jour, elle avait clairement expliqué sa position : « C'est le groupe de travail le plus inepte qui ait jamais existé. Tout ce qui se traite ici doit passer par moi, et par moi seulement ! » Dès que l'occasion s'en présentait, elle s'échappait du bureau qui lui avait été affecté.

Avec Igor, petit homme au regard triste d'une bonne cinquantaine d'années, passionné d'astronomie, d'échecs et maniaque de l'ordre, Leonid s'était consacré pendant des semaines à une pile d'avis de personnes disparues. Les indications sur lesquelles ils s'appuyaient étaient des plus minces. Ensemble, ils avaient dressé des tableaux, systématisé et recoupé les informations avec des lieux et des dates provenant de la division de la lutte contre le crime organisé.

Anatoli Parov approchait de la quarantaine. Les cheveux noirs plaqués en arrière à grand renfort de gel, il répandait dès le matin une agitation fébrile.

Il ne s'attardait jamais longtemps dans les locaux, surtout quand Anna Baïdakova était dans les parages. Il disparaissait avec quelques dossiers sous le bras, en annonçant qu'il allait réinterroger les parents ou les amis des disparus, et laissait derrière lui des effluves de son après-rasage épicé, qui flottaient dans le bureau pendant le reste de la journée. Quand il rentrait le soir, son haleine empestait l'alcool, et les notes qu'il rapportait de ses entretiens se limitaient à deux ou trois phrases dépourvues d'éléments nouveaux. Igor le soupçonnait de passer ses journées dans les cafés, les bars et les bordels du quartier du port. Pour Leonid, la présence d'Igor à ses côtés constituait le seul motif de satisfaction.

Un matin où Anna Baïdakova avait quitté précipitamment le bureau pour prendre un appel sur son portable, comme cela lui arrivait souvent, elle avait oublié d'emporter son sac. Un classeur dépassait, portant la mention « Groupe IV ». Leonid ne put résister. Il le sortit et l'ouvrit. Dès qu'il découvrit les premières phrases, il s'assit à côté d'Igor, et ils poursuivirent la lecture ensemble. Ils apprirent que le groupe bénéficiait de financements d'Interpol à la condition expresse de comparer toutes les données disponibles ainsi que leurs résultats d'investigation avec ceux des pays limitrophes et d'Interpol. Leonid avait laissé le classeur ostensiblement ouvert. Quand Anna Baïdakova était revenue, elle avait blêmi, mais s'était rapidement reprise. « Ne vous avisez pas de remettre votre nez dans mes dossiers ! leur avait-elle lancé, furieuse. Votre mission, c'est de collecter des éléments sur l'arrière-plan des investigations et de rechercher de nouveaux angles d'attaque pour les enquêtes. Tout ce qui concerne la collaboration avec les autres entités est de mon ressort. En tant que chef du groupe, c'est moi qui en suis responsable, et moi seule ! »

Leonid avait ravalé sa colère et lui avait dit, aussi calmement que possible : « C'est possible, mais où sont les informations fournies par les autres pays ? Si j'ai bien compris ce document, il y a un échange, et il n'a de sens que si nous disposons aussi des découvertes des collègues. »

Refermant le classeur, Anna Baïdakova s'était faite menaçante : « Leonid Vitaliovitch Kyjan, on m'avait dit que vous étiez insolent et imbu de vous-même. Je sais aussi que certaines personnes ici vous protègent, mais je vous conseille de ne pas aller trop loin. Vous pourriez bien vous retrouver dehors plus vite que vous ne pensez ! » Écumant de rage, elle était partie en claquant la porte. Pour Leonid, l'incident avait été la goutte d'eau qui fait déborder le vase. Dès lors, il avait décidé de transgresser les règles, de mettre de l'huile sur le feu et de jouer les deux rivaux l'un contre l'autre puisqu'ils faisaient obstruction au fonctionnement correct de la cellule. Quand Anatoli était rentré le soir, Leonid lui avait demandé ce qu'il savait des contrats et de la coopération internationale. Les traits de son collègue n'avaient trahi aucune réaction, mais ses yeux vitreux s'étaient mis à briller. Sans répondre, il s'était excusé de devoir partir très vite.

Devant la grimace réprobatrice d'Igor, Leonid avait reconnu, à voix basse : « Ce n'est pas joli, je sais.

Mais j'en ai assez de leur guéguerre ! Je suis sûr que, maintenant, ça va faire bouger les choses. »

Trois jours plus tard, Anna Baïdakova balançait sur la table des dossiers de Lettonie, de Pologne et de Lituanie.

« Vous allez le regretter ! » avait-elle jeté à Leonid.

Sur les mille cas de disparus qu'ils avaient étudiés, ils réussirent à en éliminer quatre-vingt-dix-sept de la liste, grâce aux photos et aux données découvertes dans les nouveaux dossiers, où ils apparaissaient comme personnes décédées non identifiées ou comme détenus dans l'un des pays. Vingt-cinq d'entre eux avaient été expulsés et vivaient de nouveau en Ukraine. Igor avait éclaté de rire en constatant que, pour sept d'entre eux, Anatoli avait prétendu avoir interviewé les parents ou des proches.

Quand Leonid avait posé la question à Anatoli, celui-ci s'était contenté de hausser les épaules et de répondre : « Ben, ils m'ont menti, alors. Qu'est-ce que j'en sais. De toute façon, sans moi, vous attendriez encore les dossiers. »

Voyant qu'il s'apprêtait à partir en embarquant deux dossiers, Leonid avait posé la main dessus en disant : « Il nous faut des signatures ! Les gens que tu interroges doivent signer leurs nouvelles déclarations. Comme ça, ils y réfléchiront à deux fois avant de te mentir. » Anatoli lui avait renvoyé quelques grossièretés à la figure, mais, à compter de ce jour, il lui était arrivé de revenir avec quelques informations.

Au mois d'avril, l'exploitation minutieuse des données et le tri des renseignements avaient produit leurs premiers résultats. Ils avaient notamment fait émerger un groupe de plus de cent jeunes filles qui avaient disparu après avoir déposé un dossier de demande de stage à l'étranger auprès de l'université de Kiev.

Quand le car longue distance arriva dans la gare routière de Düsseldorf, le soleil du matin se reflétait sur les parois vitrées des abribus. Des voyageurs faisaient le pied de grue au milieu de valises, de sacs de voyage et de grands cabas en plastique, d'autres surveillaient d'un œil méfiant le chargement ou le déchargement de leurs bagages dans la soute. Andreï prit congé avec volubilité et lui nota son adresse et son numéro de téléphone, pendant qu'ils attendaient leurs valises.

— Si jamais tu as besoin de quelque chose, n'hésite pas, dit-il en lui tapant sur l'épaule. Puis il s'éloigna d'un pas pressé. Leonid récupéra sa valise en skaï marron entourée d'une ceinture et enfila son manteau de laine gris. Dans l'un des abribus, il trouva un plan de Düsseldorf. La Marienstrasse n'était pas loin. Il se rendit d'abord à la gare centrale pour se débarrasser de sa valise à la consigne. Elle ne rentrait que dans un grand casier. Le prix le fit sursauter : cinq euros pour vingt-quatre heures. Quand il avait changé de l'argent à Kiev, il avait obtenu cent quatre-vingt-huit euros pour un demi-mois de salaire. Si c'était le coût d'un casier, quel serait celui de l'hébergement ? Sans plus attendre, il introduisit les pièces et se dirigea vers la Marienstrasse.

6

Zyfflich, 15 février 2010

La détonation la réveilla. Le chien aboyait comme un fou. Elle était allongée sous la couette, les yeux fermés. Elle se mit à trembler de peur. Dans sa tête, les idées se bousculaient et s'emmêlaient : tué… il faut que je parte… je ne peux pas… tiré sur Lessmann… où… où aller…

Puis elle l'entendit crier. Elle s'assit dans le lit et tendit l'oreille. Une voiture démarra. Ce moteur qu'elle aurait reconnu entre mille, qui l'avait traquée dans la nuit, qu'elle avait fui, se cachant sous des porches, derrière des glissières de sécurité, sous des buissons et dans des fossés. Ensuite, le bruit cessa. Les battements de son cœur se calmèrent peu à peu. Par la fenêtre, elle voyait le ciel et la neige qui tombait doucement.

Dans la maison où elle avait vécu les six derniers mois, c'était différent. Elle n'avait jamais su où elle se situait exactement, mais un client lui avait dit qu'il travaillait à Düsseldorf et habitait Krefeld, et que c'était sur son chemin. Les fenêtres étaient masquées par du film adhésif jaune avec des lettres noires. À chaque fenêtre une lettre. Dans la chambre avec la fenêtre R, une mince bande sur le côté gauche n'avait pas été obturée, comme si le film n'avait pas suffi. Quand ils venaient la chercher pour monter, elle espérait toujours aller dans cette chambre. Dans les courts intervalles entre deux clients, elle pouvait observer la rue et les maisons par l'interstice. De l'autre côté de la chaussée, il y avait un arrêt de bus où s'agglutinaient régulièrement des gens. Le matin, des enfants avec leurs sacs à dos, des femmes et des hommes qui se rendaient au travail. Le soir, c'étaient souvent des jeunes. Parfois, quelqu'un levait les yeux, regardait la maison, alors elle pressait son visage contre l'étroite bande de verre. Mais elle demeurait la femme invisible. Au rez-de-chaussée, il y avait le bar, où les clients arrivaient, buvaient un verre et faisaient leur choix. Leurs « appartements privés », comme Bülent et Mario les nommaient, étaient sous le bar. Des pièces en sous-sol avec des lits superposés et des soupiraux grillagés par lesquels filtrait un peu de lumière. Les toilettes et une douche se trouvaient au bout du couloir.

Avant de les conduire là-bas, on leur avait pris leurs papiers et donné de nouveaux noms. Dorénavant, elle était Tania, et son amie, Marina.

Elles avaient hurlé et pleuré quand on les avait amenées au sous-sol. Les autres filles étaient sur leurs lits et les avaient regardées avec des yeux vides. C'est son amie qu'ils vinrent d'abord chercher. Elle resta absente pendant des heures. Quand ils la ramenèrent, elle était inconsciente. Ses cheveux courts étaient teints en blond platine, et son corps menu était vêtu d'une petite robe bleu ciel, de chaussettes montantes blanches, et elle portait des ballerines blanches. L'intérieur de ses cuisses était maculé de sang. Il avait coulé dans le haut de ses chaussettes et laissé des taches sur sa robe.

Elle l'avait tenue dans ses bras et l'avait bercée, heurtant parfois involontairement sa tête contre le mur. L'une des filles avait dit : « Arrête ! Ça ne sert à rien. »

Puis ça avait été son tour. Irina, une Russe, la réceptionna. On la conduisit au premier étage, où on la força à prendre un bain. Assise sur le bord de la baignoire, Irina lui parlait pour la tranquilliser. « Tu as un joli visage innocent, ma petite Tania, dit-elle. Pas aussi enfantin que celui de Marina, dommage ! Mais ça ne fait rien. » Irina marqua une pause, puis sourit : « Tu vas voir, il ne vous faudra pas longtemps pour rembourser vos dettes. » « Quelles dettes ? » demanda-t-elle à travers ses larmes. « Mais, mon ange, la commission des intermédiaires, le visa, les papiers, vos billets d'avion. Tout ça, ça a coûté de l'argent. Tu le comprends bien ? »

Irina l'installa devant la coiffeuse et natta ses épais cheveux bruns. Sur le lit étaient posés une courte jupe plissée à carreaux, un chemisier blanc et un blazer avec un écusson. Comme elle refusait de les enfiler et pleurait de plus belle, Irina changea de ton. Il fallait qu'elle se reprenne, sinon tout serait encore bien plus désagréable. Elle finit par passer les vêtements, une sorte d'uniforme d'écolière, afin de cacher sa nudité.

Irina la mena ensuite pour la première fois dans l'une des chambres. Un grand lit capitonné bleu, des miroirs partout, même au plafond, et une odeur très reconnaissable. Elle eut un haut-le-cœur. Prise de panique, elle repoussa Irina contre le mur et se précipita dans le couloir, où Bülent et Mario l'interceptèrent. Ils la ramenèrent dans la cave, mais pas avec les autres filles. Il y avait une baignoire en plastique vert. Ils lui appuyèrent la tête sous l'eau, encore et encore. La frappèrent avec des serviettes-éponges mouillées. De ce qui se passa ensuite, elle ne garda que des bribes en mémoire.

Quand elle reprit connaissance, allongée sur l'un des lits superposés, elle était nue sous la couverture rêche. Elle avait si mal au bas-ventre et au rectum qu'elle ne pouvait pas s'asseoir. Elle observait son amie, mais il y avait quelque chose d'étranger dans ses yeux. Son regard semblait arrêté par un mur invisible. Elle était devenue Marina.

Mario avait dit : « Notre nouvelle Tania ne sera pas utilisable pendant les trois jours à venir. » Qu'il parle d'elle en l'appelant Tania avait soulagé la douleur pendant un bref instant. Ces événements, ce n'était pas à elle et à son amie qu'ils arrivaient. C'était à Marina et Tania.

Cela se passait six mois auparavant. Et il y a une semaine, tandis qu'elle attendait des clients au bar, elle avait surpris une conversation téléphonique de Bülent. Quatre filles devaient être conduites en Hollande. Elle avait entendu les noms de Marina et le sien. Bülent parlait d'un ton soumis ; il répétait « oui » et « pas de problème ». Après, il avait expliqué à Mario : « Quatre. Mais seulement jusqu'à Zyfflich. C'est eux qui leur feront passer la frontière. »

Zyfflich ! Le mot dansait dans sa tête. Le matin suivant, elle le murmura à l'oreille de Marina. Après tous ces mois d'horreur, une petite lueur d'espoir brilla dans ses yeux. Pour se rassurer, elle se mit à déplier et replier le bout de papier qu'elle avait réussi à sauver. Dessus, était écrit « route de Zyfflich ». Lessmann, route de Zyfflich. Pourvu que ce soit au même endroit !

Comme elles ignoraient la date du départ, elle avait tenté d'en savoir plus auprès d'Irina. Celle-ci avait secoué la tête. « Je ne suis pas au courant, avait-elle répondu. Mais à ta place, je ne souhaiterais pas faire partie du convoi. S'ils te vendent en Hollande, tu vas atterrir derrière une vitrine ou sur le trottoir. » Elle avait demandé à l'un de ses habitués s'il savait à quelle distance se trouvait Zyfflich. Il avait rigolé, parlé d'un « trou », espérant qu'elle n'avait pas l'intention de s'y installer. Elle avait ri à son tour et menti : « Un de mes clients vient de là. Il dit qu'il fait des centaines de kilomètres pour me voir. » Il avait répondu : « Cent kilomètres aller, deux cents aller et retour, ça doit être à peu près ça. »

Lorsque Bülent avait lancé, un soir : « Tania, Marina et Nadia. Faites-vous belles et préparez vos bagages », elles s'étaient regardées en silence. Elle était là, leur chance ! Marina voulait mettre l'adresse avec le reste, dans le sac en plastique qui contenait leurs maigres effets. Mais elle lui avait pris le papier des mains et l'avait glissé à l'intérieur de son ourlet, dont elle avait arraché quelques points avec les dents. Elle avait bien fait. Avant le départ, Bülent vida tous les sacs une dernière fois. « Au cas où vous emporteriez des choses qui ne vous appartiendraient pas », dit-il avec un sourire mauvais.

Elles avaient déjà été témoins de deux de ces expéditions : Mario était toujours parti seul avec les filles. Cette nuit-là pourtant, Bülent s'installa sur le siège du passager. Marina lui lança un regard inquiet, mais elle secoua la tête et passa le bras autour des épaules de son amie. Pendant le voyage, elles gardèrent les yeux rivés sur le compteur kilométrique. Il fallait qu'elles approchent le plus possible de ce Zyfflich. Au bout de soixante kilomètres, elle commença à se plaindre d'avoir mal au cœur. Vers quatre-vingt-dix kilomètres, elle dirait qu'elle allait vomir. Mario s'arrêterait forcément : sa voiture, c'était sacré. Mais avant qu'elle ait pu en dire plus, il quitta la départementale et s'arrêta devant un entrepôt abandonné. Ils étaient arrivés sur le lieu du transfert. Marina tremblait de tous ses membres. Elle aussi songea : « Ça y est, c'est foutu ! » Un portail coulissa. Dans le hangar se trouvait une camionnette. Mario y entra avec le 4×4.

C'est alors qu'il se passa quelque chose d'imprévu. La porte arrière de l'autre véhicule s'ouvrit brusquement, et plusieurs femmes qui ne ressemblaient pas à des prostituées s'en échappèrent en courant. Deux types se lancèrent à leur poursuite. Bülent sauta de la voiture et se joignit à eux. Elle poussa brutalement la portière, attrapa la main de Marina et la tira dehors. Elles se mirent à courir en direction de la départementale. Mario se précipita à leurs trousses. Marina tomba.

Elle voulut l'aider à se relever, mais son amie s'écria : « Cours ! Sauve-toi ! Ne t'arrête pas ! » Alors elle lâcha la main de Marina et prit ses jambes à son cou. Elle se retourna une fois et vit Mario traîner son amie jusqu'à la voiture. Elle avait continué de courir, traversant la route pour se réfugier dans la forêt.

Plus tard, dans la pénombre, elle trouva un étroit chemin qui longeait un talus et d'où l'on entendait la départementale. Elle le suivit. Au bout d'une heure environ, elle aperçut un village. Il semblait plus grand qu'elle ne l'avait cru de prime abord. Elle se dirigea vers une rue très éclairée, bordée de magasins. Il n'y avait personne dehors. Elle espérait découvrir une indication sur l'endroit où elle se trouvait ou sur la direction à emprunter. Au-dessus de la vitrine d'une pharmacie, une horloge digitale indiquait 3 heures 5 quand elle l'entendit. Le 4×4 remontait lentement la rue. Elle se tapit sous un porche, et il passa devant elle.

Arrivée sur une place, elle croisa une vieille femme qui promenait son chien. Elle lui demanda la direction de Zyfflich et si c'était loin. L'animal se mit à japper, et la femme eut un mouvement de recul. Elle la toisa, détaillant sa tenue légère, et secoua la tête d'un air d'incompréhension. « Par là », dit-elle en agitant le bras. Puis elle tira sur la laisse et se hâta de continuer son chemin.

Impossible de savoir combien de temps elle avait encore marché : sans cesse, la voiture revenait et l'obligeait à se cacher. À un moment donné, elle avait quitté la rue principale, puis elle avait perdu ses chaussures, puis le soleil s'était levé et elle s'apprêtait à renoncer, n'ayant toujours pas atteint Zyfflich, quand elle découvrit enfin le panneau : « Route de Zyfflich ». Des prés et des champs. Et au loin, quelques maisons isolées.

Et là, alors que Bülent et Mario remontaient encore la route au pas, elle avait atteint l'une des maisons, et l'homme l'avait aidée. Dans la cuisine, elle avait tout de suite compris qu'il vivait seul, et elle avait pensé que ça ne pouvait pas être la famille Lessmann.

Et alors… que s'était-il passé ? L'homme avait dit « prendre un bain ». Son estomac s'était soulevé. On voulait de nouveau la forcer à prendre un bain. Elle n'avait plus eu la force, même pas celle de pleurer. Tout recommençait. Elle tombait d'un piège dans l'autre. Seule. Sans Marina, qu'elle avait laissée. La lame de rasoir était posée sur la tablette devant le miroir. Quand elle était brièvement revenue à elle, un peu plus tard, l'homme était debout au pied du lit et il avait prononcé le nom « Lessmann ». Elle n'en avait pas cru ses oreilles.

À présent, il l'avait protégée. Il avait tiré un coup de feu et chassé Mario et Bülent. Peut-être que les choses allaient s'arranger finalement.

Sur cette pensée, elle se rendormit.

Quand elle s'éveilla, Matthias Lessmann était dans la pièce. Dehors, la nuit était tombée. Il alluma le plafonnier et posa un pyjama avec des petites fleurs blanches sur le lit.

— Il vaut mieux que tu enfiles quelque chose.

Désignant le pyjama, il ajouta, gêné :

— Il était à ma femme. Peut-être un peu grand, mais ça ira.

Puis il sortit et revint un peu plus tard avec une assiette de bouillon de poule parfumé. Il tapota son oreiller d'un geste expérimenté, l'aida à se redresser et lui tint l'assiette pendant qu'elle mangeait. La soupe était délicieuse : elle avait peine à croire qu'il l'avait préparée lui-même.

Elle le remercia pour le pyjama, dit que la soupe était très bonne. Elle évitait de croiser son regard, redoutant ses questions.

— Demain. Demain, tu seras certainement en état de te lever.

Elle s'attendait à ce qu'il évoque les événements de l'après-midi. Comme il se taisait, elle murmura :

— Vous avez tiré.

Lessmann se contenta de hocher la tête. Après un instant, il grommela :

— Des voleurs de moutons ! Ne te fais pas de souci. Tout va bien.

Ce furent sans doute ces mots qui la décidèrent. Quand Lessmann lui apporta une deuxième assiette de soupe, elle chuchota :

— Ils vont revenir me chercher.

Il s'assit au bord du lit, lui tendit le bouillon et demanda :

— C'est qui ?

— Mario et Bülent, chuchota-t-elle d'une voix tremblante. Ils voulaient me vendre en Hollande, mais je me suis enfuie.

Lessmann resta impassible. Cinq cuillerées plus tard, il lui demanda :

— Pourquoi pas la police ?

— Parce que… je suis… ils ont mes papiers. La police va me renvoyer chez moi, en Ukraine. Je ne peux pas rentrer à la maison sans Marina. J'étais chargée de veiller sur elle. Mais je l'ai lâchée. Elle est tombée et…

Des larmes ruisselaient sur ses joues, et Lessmann marmonna :

— Allez, arrête de pleurer, sinon le potage va être trop salé.

7

Zone d'exclusion, octobre 2010

En fin d'après-midi, la lumière décline. Elle a oublié l'heure, elle devrait se préparer quelque chose à manger tant que le jour n'est pas couché. Elle fait sauter des tranches de pommes de terre crues dans un peu d'huile et prélève une portion de salade de chou dans le plat en faïence. La chatte, qui a passé la matinée blottie sur le fauteuil, attend à présent devant le fourneau en se léchant les babines. « Oh non ! ce n'est pas pour toi ! Il y a suffisamment de souris dans la remise », murmure-t-elle en l'attrapant et en la mettant dehors. La neige a cessé de tomber.

Elle prend une pincée de sel entre le pouce et l'index, en saupoudre les pommes de terre, puis s'installe à table pour dîner. Elle a refermé le cahier et l'a poussé dans un coin. Sa reliure verte semble briller comme pour l'inviter à se hâter.

Elle jette un coup d'œil par la fenêtre. L'hiver s'étend devant elle : du temps à perte de vue. Le matin, elle doit couper le bois en petites bûches, déneiger le chemin de la remise et celui des latrines. Parfois, il lui arrive de grimper sur le toit avec une échelle, afin de ne pas laisser la neige s'accumuler dans les vieilles gouttières, qui pourraient s'abîmer. À part ça, il n'y aura rien d'autre à faire. Les jours s'écouleront lentement dans le silence tel un miel épais. Rien ne presse. Cette inquiétude, elle est seulement dans sa tête… Des doutes l'assaillent. Comment la mémoire fonctionne-t-elle ? A-t-elle fait le tri dans son passé, au fil des années, pour qu'il témoigne de son innocence ? Ces pauses qui la distraient, les ménage-t-elle dans le but d'arrondir les angles et les coins des vieilles images, pour leur donner une allure satisfaisante sur le papier ?

Dans le coin cuisine, elle frotte la cocotte et l'assiette avec un bout de pain pour récupérer les dernières gouttes d'huile. Elle sort devant la maison avec le récipient sale, qu'elle remplit de neige et repose sur le poêle. Avant d'aller se coucher, elle remettra une bûche et baissera le tirage, afin que les braises tiennent jusqu'au matin et que le panache de fumée s'échappant de la cheminée soit le plus discret possible. En été, les bouleaux, les chênes, l'érable et les ormes dissimulent la maison et le jardin, car ils montent haut dans le ciel. Mais avec le gel et le vent qui n'a cessé de souffler, ils ont perdu leurs feuilles précocement.

Kisa miaule pour qu'on lui ouvre. Valentina entrebâille la porte. Une souris entre les dents, la chatte essaie de se faufiler à l'intérieur, mais elle la retient avec le pied. « Oh non ! tu ne rentres pas avec ça ! Tu la manges d'abord. »

Avant d'allumer la lampe à pétrole, elle va chercher la vieille couverture militaire qu'elle a coupée en deux et garnie de passants, puis elle l'accroche devant les deux fenêtres. Bien qu'elle ait comblé ses interstices en entrelaçant grossièrement des branches de saule, la grande palissade qui entoure son petit terrain n'arrête pas parfaitement la lumière. Ça attire les loups et les chiens sauvages. Mais ce ne sont pas eux qui lui font peur ; ils l'empêchent juste de dormir parfois. En revanche, Pripiat n'est pas loin. Quand, comme elle, on vient de Troïchina, où le taux de criminalité est le plus élevé du pays, on sait que ceux qui cherchent à se soustraire à la milice se réfugient dans la zone d'exclusion. Quarante mille personnes vivaient jadis à Pripiat : il y reste encore beaucoup de pièces habitables, et la milice ne s'aventure pas dans les maisons contaminées pendant ses rondes. On dit que les hommes des postes-frontières gagnent plus en ravitaillant les criminels repliés dans Pripiat qu'avec leur salaire. Artemi n'en parle pas, mais elle suppose qu'elle n'est pas la seule qu'il approvisionne.

Valentina y était allée pendant l'été. À pied. Plus de dix kilomètres à l'aller et autant au retour, en fin d'après-midi. Après l'évacuation, la ville avait été pillée, puis abandonnée à elle-même. Elle avait beau le savoir, ça avait été un choc de revoir Pripiat ainsi. Comme dans une bulle sous vide, elle avait erré, sourde à tout.

Les arbres et les arbustes avaient envahi les rues et les places. Ils poussaient sur les bâtiments et à l'intérieur ; avec leurs racines, ils avaient fait éclater les sols et les escaliers de béton et s'étaient introduits par les fenêtres brisées. C'était par un jour humide et chaud. Tout était en fleurs : herbe aux écus, cerfeuil sauvage, pissenlit, églantines et lupins. Des lupins violets par centaines. La tête lui tournait devant cette explosion de couleurs. Les immeubles s'élevaient au milieu des arbres d'un vert intense, tels des blocs de construction surdimensionnés qu'un enfant géant aurait négligemment abandonnés. Les squelettes d'enseignes lumineuses se balançaient au-dessus des toits, écrivant en lettres rouillées « Palais de la culture », « Prometheus » ou « Poste » sur un ciel bleu immaculé. L'horloge de la piscine Lasourny s'était arrêtée à 1 h 25, et, tandis qu'elle observait les aiguilles, un insecte s'était mis à bourdonner autour de sa tête. C'était le premier bruit qui parvenait à sa conscience, et elle avait eu le sentiment qu'ils la narguaient, lui et l'horloge arrêtée.

Sur la berge de la rivière, la terrasse du café Pripiat s'était effondrée. La grande vitre en verre colorée, intacte, brillait dans le soleil comme si on continuait à attendre des clients venus faire signe aux bateaux de plaisance tout en dégustant un gâteau et en sirotant une tasse de café. L'appontement et l'étroite plage de sable avaient disparu. Seuls les arcs supérieurs de la grille en fer forgé qui séparait autrefois la terrasse de la plage émergeaient de l'eau. C'est ici que Mykola jouait dans le sable, le matin où les voitures avec les haut-parleurs avaient sillonné la ville, intimant à la population l'ordre de rester dans les appartements et de fermer les fenêtres. Le mot « contaminé » s'était abattu sur son existence dans les jours qui avaient suivi. Pourtant elle le connaissait, avant. À l'hôpital, les consignes d'urgence étaient rangées dans le bureau des infirmières, dans un tiroir qui fermait à clé. Le dossier portait la mention « Strictement confidentiel ». En cas d'accident nucléaire dans la centrale, la victime devait être immédiatement déshabillée, ses vêtements contaminés jetés dans un sac en plastique et remis au personnel compétent de la centrale.

D'après ce qu'elle avait compris à l'époque – et elle n'était pas la seule –, un accident nucléaire pouvait frapper un collaborateur imprudent, et le mot « contaminé » tenait dans un sac plastique.

C'est seulement sur le chemin du retour qu'elle était passée dans la *voulitsia* Lessia Oukraïnka. Elle était restée longtemps devant l'immeuble du numéro 10, contemplant les fenêtres saccagées du quatrième étage. Elle n'était pas montée.

Son cœur bat plus vite. Elle écarte ces pensées. Sur le fourneau, de la vapeur s'échappe de la cocotte. Elle utilise la moitié de l'eau pour laver son assiette, ses couverts et sa tasse à thé, et verse l'eau sale dans un seau. Le réveil sur l'étagère indique 7 heures, à présent.

Elle fait rentrer Kisa dans la maison, se rassied à la table et ouvre son cahier. Pas longtemps ; ça consomme trop de pétrole. Juste quelques lignes.

Au Komsomol, j'ai commencé à me charger spontanément de travaux supplémentaires, m'efforçant de prouver ma loyauté sans espionner les conversations de mes parents, comme me le demandait le camarade responsable de la cellule. Ton Deda avait vu juste : au bout de quelques mois, les relations des villageois avec Baba se sont normalisées. Les voisines lui ont parlé de nouveau. Elles étaient sans doute arrivées à la conclusion que, depuis l'affaire, de l'eau avait coulé sous les ponts et qu'elles ne couraient pas grand danger à la fréquenter. Tout allait bien. J'évitais de croiser le camarade responsable de la cellule, et lui ne m'adressait pas la parole.

Près d'une année s'est écoulée. À l'école s'est posée la question de notre avenir professionnel. Les uns ont quitté la classe pour commencer une formation au kolkhoze, d'autres s'apprêtaient à intégrer des écoles professionnelles, et d'autres encore resteraient et passeraient le bac. J'appartenais à la dernière catégorie. L'établissement transmettait ses recommandations au bureau du Parti.

Quelques jours plus tard, le camarade responsable de la cellule m'a convoquée dans son bureau à l'issue d'une manifestation culturelle. Je me souviens encore de son silence. Il était assis derrière son bureau, feuilletant un petit dossier sans dire un mot. Le papier crissait et se tordait sous ses doigts tandis qu'il tournait les pages. « Valentina, pas une seule fois tu n'as fait ce que je t'ai demandé il y a un an. » Il a souligné le mot « seule » d'un regard réprobateur, brandissant un pouce sous mon nez. Il avait la recommandation de l'école sous les yeux et tout était suspendu à son avis. « Je me demande à quoi te servirait le bac, a-t-il déclaré en refermant brusquement le dossier. Hier, nous avons décidé de t'exclure du Komsomol. » Il m'observait, cherchant à voir l'effet de sa nouvelle sur mon visage. J'ai serré les dents pour ne pas pleurer. « Tu es une bonne élève, et nous ne voulons en aucun cas négliger ton talent, a-t-il continué, grand seigneur, même si tu le gaspilles toi-même. Tu as indiqué que tu voulais être médecin. Nous respectons ton souhait et nous recommandons que tu entres à l'école professionnelle de médecine et que tu deviennes infirmière. » Je n'ai rien répondu. Si j'avais ouvert la bouche, j'aurais fondu en larmes. Il a ajouté que je devais rendre l'uniforme, la carte de membre et le diplôme, le jour suivant.

Sur le chemin du retour, j'ai laissé libre cours à mes larmes. Le rêve de ma vie, être médecin à Pripiat, venait de voler en éclats. Mais la tristesse se mêlait à la colère et même à quelque chose qui ressemblerait plus tard à du soulagement. C'était fini. À présent, plus personne n'exigerait de moi que j'épie mes parents.

Le soir, tandis que je rassemblais ce que je devais rapporter, j'en ai parlé aux parents. Deda, qui n'en revenait pas, ne cessait de demander : « Mais pourquoi ? Qu'est-ce que tu as fait ? Une exclusion… Tu dois bien avoir fait ou dit quelque chose ! »

Je trouvais mon sort injuste. Aussi, avec l'arrogance de la jeunesse, je lui ai balancé les raisons à la figure. Chaque phrase était chargée du reproche implicite : Tout ça, c'est votre faute ! Ta Baba s'est laissée tomber sur une chaise de la cuisine, les yeux perdus dans le vague. Elle n'a rien dit. Appuyé contre le placard de la cuisine, Deda est resté muet, et je suis sortie en courant.

Quand je suis revenue deux heures plus tard, ils n'avaient pas bougé. Ils avaient les yeux rouges, et Deda avait bu de la vodka.

Je n'avais encore jamais vu ton Deda pleurer. Je suis passée devant eux sans un mot. À ma décharge, il faut dire que j'avais quinze ans et que j'avais besoin de trouver un responsable à mon malheur. Pendant les deux heures passées au bord de la rivière, ma colère s'était déplacée. D'habitude, quand une personne était exclue du Komsomol, cela se passait au cours d'une réunion publique, pendant laquelle ses manquements lui étaient reprochés devant tous. Moi, ils me renvoyaient discrètement, et je me doutais de la raison. Ils ne pouvaient pas expliquer officiellement ce qu'ils avaient exigé de moi et n'avaient pas trouvé d'autres délits justifiant l'exclusion.

Les émanations de pétrole lui brûlent les yeux. Elle ôte son pantalon molletonné et son gros pull de laine. Le pull est un peu grand, mais il tient chaud. Elle avait récupéré le pantalon et la veste matelassée, ainsi que des collants de laine et une paire de bottes fourrées, trois ans auparavant, à Troïchina, dans un colis de dons provenant d'Autriche.

Ce qui reste de l'eau est encore tiède. Elle se lave les aisselles et le visage. Le jogging rouge délavé qu'elle porte pour dormir depuis que les nuits ont fraîchi appartenait à sa fille. « Je ne peux pas emporter ce truc, maman ! » avait protesté Katerina lorsqu'elle avait voulu le glisser dans sa valise.

Elle caresse l'étoffe usée, fourre son nez dans la manche. Elle l'a déjà lavé plusieurs fois, mais elle croit toujours sentir l'odeur de sa fille.

8

Düsseldorf, octobre 2010

Dans la Marienstrasse, Leonid trouva rapidement l'adresse recherchée : il s'agissait d'un immeuble de bureaux avec une façade en granit et de larges baies vitrées. Dans le hall, un grand panneau en cuivre annonçait des cabinets d'avocats, des sociétés de conseil, une agence de publicité et la galerie East Art, avec l'étage correspondant. Il prit l'ascenseur pour monter au troisième et sonna. Il était peu après 9 heures. Les horaires n'étaient pas affichés et, comme personne n'ouvrait, il s'adressa au cabinet d'avocats très chic situé sur le même palier. La jeune femme à l'accueil lui expliqua que la galerie ne se visitait que sur rendez-vous. Leonid la remercia. Il avait appelé plusieurs fois de Kiev, les jours précédents, et il était toujours tombé sur le répondeur et sur le même message : « Laissez-nous votre nom et votre numéro de téléphone, et nous ne manquerons pas de vous rappeler. » La propriétaire de la galerie était une certaine Adriana Mazur. Une femme sur laquelle il n'avait pas trouvé d'autres informations. En passant devant un café Internet, il décida de commencer par chercher un logement. Il dénicha une pension à vingt euros la nuit, à l'extérieur de Düsseldorf, mais découvrit, sur le site de la ligne ferroviaire du Rhin, que le trajet lui coûterait dix euros vingt. Dans les environs immédiats, il fallait compter trente-deux euros pour l'hébergement le moins cher. Comme il avait payé un euro pour une demi-heure d'Internet et que son temps n'était pas écoulé, il envoya un mail à Igor pour lui dire qu'il était bien arrivé.

Dans un square, il fit halte sur un banc. Il était 10 heures passées de quelques minutes. Il lui fallait un portable prépayé afin que la galerie puisse le rappeler. Il avait dû rendre son téléphone de service et sa carte professionnelle de la milice à Anna Baïdakova le jour de sa suspension, deux semaines auparavant.

La liste de ses prétendues fautes disciplinaires était longue : agissement individuel non concerté, rétention d'information, non-respect des consignes de service et bien d'autres encore.

Six mois avant sa suspension, en avril 2010, il avait commencé son enquête à l'université de Kiev. Sa visite au secrétariat des bourses d'études à l'étranger sembla d'abord infructueuse. Mme Soukova, une femme de trente-cinq ans environ, au regard maternel et bienveillant, lui expliqua la procédure.

— Les étudiants posent leur candidature et nous leur transmettons alors l'invitation d'une université étrangère. Ils ont la possibilité de partir étudier trois mois ou un semestre entier. En règle générale, ils logent dans une résidence universitaire sur le campus. Dans certains cas, ils sont hébergés par des familles d'accueil.

Elle tourna l'écran de son ordinateur vers lui de façon qu'il puisse voir aussi :

— Voici à quoi ressemble une demande de candidature dûment complétée. Muni de ce document, le jeune se rend à l'ambassade du pays invitant et sollicite un visa…

Elle prit une profonde inspiration, avant de continuer :

— Les étudiants sont tenus de prouver qu'ils sont financièrement autonomes pendant la durée de leur séjour. Pour cela, ils doivent produire un garant ou apporter la preuve qu'ils disposent de revenus suffisants. Une troisième solution consiste à se procurer un job d'étudiant dans le pays d'accueil et à présenter un contrat de travail.

Leonid l'interrompit :

— Et votre bureau se charge également de trouver ces emplois ?

— Non, l'étudiant doit s'en occuper lui-même. Nous nous contentons de le préciser dans la demande.

Elle afficha la fin du formulaire :

— Cette jeune femme, par exemple, dispose d'un garant.

Leonid sortit la liste des étudiantes disparues de sa poche de veste et la lui tendit :

— Pouvez-vous vérifier si ces jeunes filles ont déposé une demande ?

Sur les trois dernières années, cela représentait plus d'une centaine de personnes. Mme Soukova entra leurs noms les uns après les autres et constata, avec une agitation croissante, qu'un grand nombre figurait dans son fichier. Soixante-huit de ces jeunes filles avaient déposé une demande. Il lui demanda si elle remarquait quelque chose de particulier. Elle secoua la tête et dit d'un ton hésitant :

— Non, non, à vrai dire, c'est juste que… voyez ici !

Avec l'extrémité de son stylo, elle pointa la dernière colonne du tableau.

— Toutes ont déposé la demande, mais elles n'ont pas donné suite après.

Hochant la tête, il observa :

— Moi-même, j'ai fait des études de langues et, si je me souviens bien…

Il marqua une pause et vit que son interlocutrice avait compris où il voulait en venir.

— … non seulement on attend la réponse, mais on revient à la charge jusqu'à ce qu'on ait reçu de votre bureau l'invitation d'une université.

Elle avala sa salive.

— Oui, oui… évidemment. Mais vous devez savoir que le nombre d'étudiants qui sollicitent ces bourses est bien supérieur au nombre de places dont nous disposons. Alors ce sont les notes qui font la différence.

— Les notes ! répéta-t-il d'un ton sarcastique.

Leonid savait qu'on avait de bien meilleures chances quand on joignait à la demande une enveloppe contenant, de préférence, des euros ou des dollars.

Elle évita son regard. Lorsqu'il la pria d'imprimer les dossiers et le suivi des candidatures des jeunes filles, il s'attendait à ce qu'elle lui oppose toutes sortes d'interdictions et de règlements. Pourtant, elle accéda aussitôt à sa demande.

En retournant au bureau, il repensa à leur conversation. Non seulement il avait été frappé par la nervosité de la Soukova, mais il avait eu l'impression que sa liste lui avait fait dresser l'oreille. Elle savait quelque chose ou elle avait un soupçon.

Il raconta l'entrevue à Igor. Il était clair que Mme Soukova ne parlerait pas sur son lieu de travail. Leonid rechercha son adresse personnelle, déterminé à lui rendre visite à son domicile, le lendemain. C'était ce soir-là, en s'apprêtant à quitter le bureau, qu'il avait croisé Valentina Chtchoukina. Elle se tenait devant le guichet d'information, à l'entrée, et le milicien de service à l'accueil semblait excédé.

— Vous commencez à me taper sur les nerfs, Valentina Maksimovna. Nous vous l'avons déjà dit cent fois : dès que nous aurons du nouveau pour votre fille, nous vous en informerons. Mais comme elle est à l'étranger, ça se présente mal. Et ce n'est pas parce que vous vous pointerez ici tous les trois jours et que vous nous empêcherez de travailler, que ça fera avancer l'affaire !

Il était manifestement question d'une disparue. Leonid aborda la femme et l'invita à le suivre dans son bureau. Il exhuma le dossier Chtchoukina, qui était aussi mince que les autres. Afin de le compléter, il lui demanda un certain nombre de données personnelles.

L'air méfiant, Valentina Chtchoukina se fit prier pour les lui indiquer. Quand elle lui précisa sa date et son lieu de naissance, il s'exclama :

— 1960, à Ritchytsia ! Alors vous avez peut-être connu mon père, Vitali Kyjan ?

Elle le regarda avec de grands yeux, se pencha vers lui et lui prit la main.

— Le fils de Vitali Kyjan ! Quelle chance ! Ah, mon garçon, il faut que tu nous aides. Personne ne recherche ma fille. Elle est partie pour l'Allemagne, l'année dernière en août, et je n'ai plus jamais eu de nouvelles. Disparue.

Elle marqua une pause, les yeux rivés sur ses mains osseuses, et ajouta :

— Exactement comme votre père, jadis.

Il ne comprit pas la remarque et songea que la femme perdait peut-être un peu la tête. Il demanda :

— Mon père ? Que voulez-vous dire par-là ?

Valentina Chtchoukina raconta ce dont elle se souvenait.

— Ils sont bien venus chercher votre grand-père en 1968, et votre grand-mère est partie, après, avec les enfants ?

Leonid connaissait l'histoire, mais la version familiale était un peu différente. Sa grand-mère avait déménagé chez des proches, et le grand-père avait rejoint sa famille après deux ans de camp. Le père de Leonid, Vitali, évoquait un hasard providentiel. « Sinon, si ça se trouve, nous aurions été à Ritchytsia au moment du grand accident de 1986, à quinze kilomètres seulement du réacteur », se plaisait-il à répéter.

La Chtchoukina déroulait ses souvenirs d'un ton animé :

— Votre père était assis à côté de moi, en classe. Et puis, un jour, il n'a plus été là. Vous comprenez ? Comme ma fille. Disparu. Mais maintenant, je l'ai retrouvé ou du moins j'ai eu de ses nouvelles. C'est un signe, vous ne croyez pas ? Que ce soit, comme par hasard, le fils de Vitali qui s'occupe de l'enquête…

Les yeux embués, elle serra de nouveau sa main :

— Tu vas la chercher, mon garçon. Pas vrai ?

Même s'il ne croyait pas à ce genre de signes, il acquiesça. Katerina Chtchoukina n'était pas étudiante ; elle ne faisait pas partie du groupe de celles qui avaient déposé une demande de bourse d'études à l'étranger. En revanche, son amie Olena figurait sur la liste de l'université, et elles étaient parties ensemble. Valentina Chtchoukina savait encore bien d'autres choses.

Olena Stepanovna Litovtchenko faisait des études d'allemand et d'anglais, et avait postulé à un semestre d'études à l'étranger. Comme elle n'avait pas de garant, on lui avait dit qu'elle devait prouver qu'elle disposait d'un job d'étudiant en Allemagne.

— Elle venait souvent à la maison. Un jour, elle est arrivée avec un prospectus montrant de magnifiques hôtels, cafés et restaurants. Ils avaient besoin de personnel intérimaire à la réception ou pour le service ou en cuisine, ou encore de femmes de chambre.

Les mains de Valentina se tordaient sur ses genoux tandis qu'elle racontait :

— Olena a expliqué que c'était un employé de l'université qui lui avait donné ces documents. Je lui ai dit que n'importe qui pouvait se prétendre employé, mais elle a rigolé et elle a répliqué qu'elle n'était pas stupide. L'homme s'appelait Vassyl Gromov, et elle avait parlé avec lui dans son bureau de la fac. Il avait sa demande officielle de semestre à l'étranger sous les yeux. Il lui avait assuré que, dans son cas, ce ne serait pas difficile d'obtenir une invitation d'une université, mais qu'il lui fallait un job en Allemagne.

Elle regarda Leonid droit dans les yeux :

— Tout est ma faute. Katerina venait de passer son bac. Elle rêvait de faire des études, mais nous ne pouvions pas payer les frais d'inscription. Pendant l'été, elle avait trouvé un boulot de vendeuse sur un stand devant la Porte dorée, à Kiev. Elle vendait des vêtements et des souvenirs aux touristes. Un soir, en rentrant à la maison, elle m'a dit qu'Olena était passée sur le stand avec ce Vassyl Gromov. D'après lui, elle pouvait trouver un travail en Allemagne même sans être étudiante, et s'inscrire à une fac allemande en candidat libre. Pour ça, il fallait un visa de touriste de trois mois. Elle devrait rentrer au bout des trois mois, mais ça lui permettrait déjà de se perfectionner en allemand et de gagner plein d'argent. Elle avait ajouté : « Quand je serai rentrée, j'aurai de quoi payer les frais d'inscription. »

Valentina Chtchoukina se mit à pleurer et sortit, gênée, un mouchoir de sa poche de veste.

— Je ne voulais pas qu'elle parte. Chez nous, à Troïchina, il y a trop d'horribles rumeurs qui circulent. Tant de filles sont déjà parties. Certaines envoient de l'argent. Parfois, il y en a qui reviennent, et les familles ne les reprennent pas. On dit qu'ils les corrompent, à l'Ouest. Qu'elles ont des besoins démesurés et qu'elles veulent de l'argent facile. On entend souvent aussi que… les bons boulots, ce n'est pas la vérité. Nous avons eu une terrible dispute, et Katerina m'a lancé : « Maman, en fait, vous ne voulez pas mon bonheur ! »

Valentina Chtchoukina dut s'interrompre, et il alla lui chercher un verre d'eau. Elle finit par reprendre :

— Katerina était très en colère contre moi. Nous n'en avons plus reparlé. J'ai cru que c'était oublié, qu'elle s'était rendue à la raison. Mais, trois semaines plus tard, en août de l'année dernière, elle est revenue à la maison avec plusieurs lettres. Tout avait l'air si officiel. Deux des courriers émanaient de l'université. Je n'ai pas pu lire les autres car ils étaient en écriture latine. Katerina caressait les lettres, elle les embrassait même, comme on embrasse une icône. C'était tellement… tellement important pour elle, vous comprenez ? Un peu plus tard, Olena est arrivée, et elle nous a traduit les lettres d'Allemagne. Il s'agissait d'une sorte d'invitation et d'un contrat de travail.

Elle reniflait dans son mouchoir :

— Je repensais toujours à ce que m'avait dit Katerina. Que je voulais l'empêcher d'être heureuse. C'était tout le contraire… Olena a juré de veiller sur Katerina comme sur la prunelle de ses yeux. J'ai réfléchi : et si, par ma méfiance, je privais ma fille d'une grande chance ? Alors, j'ai dit oui.

Quand Valentina quitta son bureau, ce soir d'avril, Leonid était confiant. Enfin, il avait quelque chose de concret. Valentina Chtchoukina lui avait même donné un nom. Il lui avait promis de rechercher les deux jeunes filles.

Sur le banc du square, le froid commençait à se faire sentir. Un chien courut vers lui en aboyant, et son maître le rappela. Leonid décida de se mettre en quête d'un magasin où se procurer un portable. Il se dirigea vers le centre-ville. Il se serait bien passé de cette dépense supplémentaire. Devant une boulangerie, son estomac se rappela à son bon souvenir. Malgré la bonne odeur de café, il n'acheta que deux petits pains secs qu'il engloutit en marchant.

9

Zyfflich, du 15 au 17 février 2010

Le mardi après-midi, elle se leva pour la première fois. Elle descendit à la cuisine en pyjama. Il lui montra où il rangeait le thé, puis sortit dans la cour. Qu'auraient-ils bien pu se dire ? Surtout, il ne savait pas ce qui allait se passer après. Il alla nettoyer la bergerie. Il s'interrompait constamment dans son travail et regardait Trine :

— Elle s'est levée. Elle va sûrement garder des cicatrices aux poignets, mais à part ça…

Après avoir rempli la brouette, il alla la décharger sur le tas de fumier. Le froid lui fit du bien : il lui aéra la tête. De retour dans la bergerie, il dit :

— La vendre en Hollande… difficile à dire. Mais les deux types d'hier…

Quelques minutes plus tard, il ajouta :

— D'Ukraine. Elle ne veut pas retourner chez elle. Pas sans l'autre.

Il versa le dernier chargement. Le fumier dégageait des nuages de vapeur dans l'air pur. Puis il répandit de la paille fraîche sur le sol.

— Qu'est-ce qu'on va faire d'elle maintenant ? L'envoyer ailleurs, ce n'est pas possible. Elle n'a nulle part où aller. Mais elle ne peut pas rester non plus. Peut-être encore un jour ou deux, mais pas plus. Pas question.

Quand il rentra le soir dans la cuisine, elle avait rangé la pièce, fait le ménage, mis la table, et un plat mijotait sur la cuisinière. Il s'immobilisa dans l'embrasure de la porte, sans un mot. Non que le spectacle de la cuisine ne lui plût pas, mais il prenait soudain conscience de l'importance de sa présence. Elle n'était pas comme l'une de ses bêtes, qu'il suffisait de bien nourrir. Elle, elle intervenait dans sa vie, elle la changeait. Son cœur se serra ; il suffoquait.

— Tu ne devrais pas ! lança-t-il d'un ton plus brusque qu'il ne l'aurait voulu.

Elle sembla rétrécir encore dans le pyjama trop grand et recula d'un air craintif. Il avala sa salive.

— Ce n'est pas ce que je voulais dire. Je voulais juste dire… tu dois te reposer.

Il inclina la tête en direction de la cocotte.

— Ça a l'air délicieux, ajouta-t-il pour se rattraper, et il s'assit à table.

En remplissant les assiettes, elle demanda d'une voix à peine audible ce que « délicieux » signifiait. Il le lui expliqua. Ils mangèrent en silence. Il sentait les regards inquiets qu'elle lui jetait, remarqua que Bella l'avait adoptée car elle s'était couchée à ses pieds sous la table. Quand ils eurent fini, il lui sourit :

— C'était délicieux !

Elle poussa un soupir de soulagement et se leva rapidement.

— Une bière ? demanda-t-elle. Vous voulez peut-être boire une bière ?

Il était mal à l'aise. Il aurait préféré qu'elle retourne se coucher et qu'elle reste là-haut, mais il acquiesça. Elle débarrassa la table, commença à faire la vaisselle et lui posa des questions. Des questions anodines sur Bella et sur les moutons, et pourquoi il n'avait pas de vaches. Elle l'interrogea sur Zyfflich, demandant quelle était la grande ville la plus proche et à combien de kilomètres on était de la frontière hollandaise. Il dressa l'oreille. Est-ce qu'elle voulait partir ? Pour chercher son amie ? Il lui sortirait des vêtements chauds de sa femme. Et de l'argent. Il poserait de l'argent sur la table, et le lendemain elle aurait peut-être disparu.

Il alla dans le couloir, sortit une carte routière du tiroir, lui montra où ils étaient, à quelle distance se trouvaient Kranenburg et Clèves, où passait la frontière hollandaise et où était Düsseldorf. Elle suivit du doigt le tracé en jaune de la frontière et demanda :

— Est-ce qu'il existe en Hollande une ville qui s'appelle « Nimet », ou quelque chose comme ça ?

— Nimet ? Non, je ne connais pas.

— Bülent a dit à Mario : « Les autres iront à Nimet, juste après la frontière. »

— Ah, tu veux parler de Nimègue ! C'est à dix kilomètres environ. Là !

Il traça du doigt un cercle autour de la ville.

La carte était étalée sur la table, entre eux : des lignes représentant des autoroutes, des routes et des fleuves, reliant des villes et des villages. Elle posa l'index sur Zyfflich et le pouce sur Nimègue en murmurant :

— Moi, je suis ici, et Marina est là.

Lessmann se passa la main sur le visage.

— C'est grand, Nimègue ! Pas facile de trouver quelqu'un qui ne doit pas être trouvé. Et passer la frontière sans papiers, ça peut marcher, comme ça peut ne pas marcher…

Il ignorait pourquoi il avait dit ça, mais il était soudain gêné de l'imaginer partant seule dans la nuit. Elle ne réagit pas. Un peu plus tard, elle lui demanda où était sa femme et pourquoi il vivait seul dans une si grande maison. Il expliqua qu'il avait hérité de l'exploitation vingt ans auparavant et qu'il affermait les champs autour, depuis lors.

— Nous avons juste gardé trois prairies à cultiver, et le jardin. Ma femme, Vera, et moi. Juste pour le plaisir. Et maintenant… maintenant, je continue.

Il ne dit pas que Bella, les moutons et le jardin, c'était ce qui l'avait fait tenir après la mort de Vera. Sa seule raison de se lever le matin. Il ne dit pas qu'il ne s'était jamais remis de la mort de Vera et qu'il ne l'avait toujours pas acceptée. Il raconta leur vie d'avant.

— Vera travaillait à mi-temps dans une librairie ; moi, j'étais contremaître. L'été, nous passions tout notre temps libre à l'extérieur.

Il ne dit pas que sa femme et lui travaillaient ensemble, main dans la main, n'évoqua pas leur intimité qui se passait de mots. Il ne dit pas : « Quand je suis dehors, au milieu des bêtes, parfois je la retrouve. » Il préféra raconter que Vera, au milieu des années 1990, avait accompagné à deux reprises un convoi d'aide en Ukraine. Il s'abstint de préciser que l'enjeu pour elle n'était pas seulement humanitaire, mais aussi personnel.

Tania se taisait et baissa la tête, songeant au papier qui devait encore se trouver dans l'ourlet de sa robe.

Quand il replia la carte, elle lui demanda si elle pouvait l'emporter dans la chambre. Il la lui tendit.

Dans la salle de séjour, il prépara le canapé pour y dormir. Il ne sortit ni vêtements ni argent.

À 6 heures du matin, il se leva, monta d'abord à l'étage, ouvrit prudemment la porte de sa chambre et écouta sa respiration régulière. Pendant qu'il nourrissait les moutons, il parla à Trine :

— C'est plus sûr que je la conduise moi-même en Hollande.

Puis il se doucha, se rasa, enfila une chemise à carreaux propres et l'entendit aller et venir dans la cuisine. Ces bruits étaient familiers et agréables. Quand il entra, la table du petit déjeuner était dressée, et elle l'accueillit avec un sourire :

— Sans barbe, c'est mieux ! dit-elle.

Pendant sa toilette, il avait pris une résolution.

— Tu peux encore rester quelques jours, lui annonça-t-il, je vais te préparer une autre chambre. Quand tu seras complètement rétablie, si tu ne veux toujours pas aller voir la police, je te mènerai de l'autre côté de la frontière, et tu chercheras ton amie.

Elle serra sa main entre les deux siennes en le remerciant, et il fut effrayé par ce contact et par la gratitude sincère qu'exprimait son regard.

Il mit de l'ordre dans son ancien cabinet de travail, au premier étage, poussa le bureau sur le côté, ôta la housse du canapé-lit et apporta des draps. Il l'entendait s'agiter en bas, dans la salle de bains. Quand il l'appela pour lui montrer sa nouvelle chambre, elle eut un sourire radieux et il s'en réjouit, heureux de découvrir enfin les traits juvéniles qui se cachaient sous le masque de la peur.

Plus tard dans la matinée, il dit qu'il devait aller en ville.

— Pain, lait, fromage, charcuterie, énuméra-t-il.

Il lui demanda si elle avait besoin de quelque chose. Elle secoua la tête en signe de dénégation, puis voulut savoir où était sa robe.

— Au lavage, mais il te faut d'autres affaires. On est quand même en hiver.

L'idée de la voir dans les vêtements de Vera lui déplaisait soudain. Il l'interrogea sur sa pointure et sa taille et déclara :

— Je vais te rapporter ce qu'il faut.

À 10 heures, il prit son vieux break pour se rendre dans la grande surface de la rue Grossen Haag à Kranenburg, où il se ravitaillait tous les quinze jours. En arrivant devant l'entrée, il aperçut Gerhard Schlei sur le parking et se souvint que Margit Janssen travaillait là comme caissière. Il ne voulait pas que quelqu'un du village apprenne qu'il achetait des vêtements de femme. Il fit donc demi-tour et poursuivit sa route jusqu'à Clèves. Dans un supermarché de la ville basse, il prit du pain, du lait, du fromage et de la charcuterie, du thé et une caisse de bière. En arrivant vers la caisse, il songea que Tania aimait peut-être d'autres choses et préférait peut-être la confiture et le café au petit déjeuner, comme Vera. Il compléta ses emplettes avec deux variétés de confiture, du café, des biscuits, des oranges, des yaourts aux fruits, du chocolat et du Coca.

Puis il se rendit au grand magasin Kaufhof, chercha d'abord par lui-même, avant d'appeler une vendeuse à la rescousse. « Pour une jeune fille, demanda-t-il, gêné. Je voudrais un pantalon d'hiver et un pull. » Quand il quitta le rayon, il avait acquis un jean, un pull, un sweat-shirt à capuche, une parka et une paire de bottes plates fourrées. Au rez-de-chaussée, il se procura un pyjama, des slips, des T-shirts et un pack de cinq paires de chaussettes. Il ne trouva pas de soutien-gorge de taille 36. Sur le chemin du retour, il était content de lui et se faisait une joie de lui donner les affaires.

Peu avant Kranenburg, il croisa le 4 × 4. Il le remarqua seulement quand il fut à sa hauteur. D'un coup d'œil dans le rétroviseur, il vérifia et reconnut le numéro d'immatriculation : D-MK-232.

D'où venaient-ils ? Son cœur se mit à battre plus vite, et il appuya sur la pédale d'accélérateur.

Le portail de la ferme était grand ouvert. Ses pensées s'emballèrent. Il l'avait fermé, il en était sûr. Il avança vers la grange, se gara sous l'auvent, entre la remorque et le petit tracteur, et laissa ses achats dans la voiture. Il avait l'impression que son cœur allait exploser. Il n'aurait pas dû la laisser seule. Il aurait dû se douter qu'ils allaient revenir. Puis il vit Bella. Elle gisait à côté de la porte de la grange dans la neige rouge. Il courut vers elle. Du sang s'échappait de sa gueule et de deux plaies dans le poitrail. Elle gémit quand il la souleva délicatement.

— Tout doux, Bella, tout doux.

La porte de l'atelier était ouverte. Il porta la chienne à l'intérieur et l'étendit sur la table de cuisine. Les blessures au museau avaient été infligées par des coups de pied, et les entailles causées par des coups de couteau étaient profondes. Il coupa le pelage autour des blessures sans cesser de rassurer Bella d'une voix tendre.

— On va t'arranger ça, ma belle. Ne t'inquiète pas.

Il désinfecta et banda les plaies qui saignaient, sentant monter en lui une rage aveugle.

Ils avaient osé ! Ils avaient blessé sa chienne, ils étaient entrés dans sa maison et ils avaient pris la fille.

C'est alors qu'elle apparut dans l'entrebâillement de la porte, le visage mouillé de larmes, les cheveux pleins de paille. Et il fut soulagé de la revoir. Elle s'approcha prudemment, caressa Bella et demanda à voix basse :

— Elle va s'en sortir ?

— Je n'en sais rien. Les blessures sont graves.

Une fraction de seconde, il songea : « Si seulement elle n'était jamais venue ici. »

Elle se remit à pleurer, posa sa joue contre le museau de Bella et murmura :

— Tout ça, c'est ma faute. Si vous voulez, je pars.

— Trop tard, grommela-t-il, furieux. Tu restes ! Et qu'ils osent encore s'approcher de ce terrain, ne serait-ce qu'une fois !

Il alla chercher la couverture de la chienne et allongea Bella dessus, à côté du banc de la cuisine.

Puis il fit le tour de la maison. Les portes des armoires étaient ouvertes, et tout ce qui était sur les tables, consoles, rebords de fenêtres était par terre. Les bibelots, pots de fleurs, vases, livres, coupes, lampes de chevet et cadres de photos jonchaient le sol, cassés pour la plupart. Ensemble, ils rangèrent les pièces les unes après les autres, en silence, et remplirent deux sacs à gravats.

Après, elle raconta ce qui s'était passé.

Bella s'était soudain mise à aboyer furieusement, et elle n'avait pas compris tout de suite. Puis elle avait aperçu Mario dans la cour. Elle s'était précipitée dans l'atelier, ignorant que la pièce était munie d'une trappe pour permettre au chien de sortir. Bella, qui l'avait suivie, s'était ruée dehors et avait dû attaquer Mario. Elle ne l'avait pas vu, juste entendu. La chienne avait poussé un gémissement déchirant, puis plus rien. Elle s'était d'abord cachée dans l'une des caisses de fourrage et avait entendu Mario forcer la porte. Il était passé directement au logement, sans fouiller l'atelier. Alors, elle s'était glissée hors de la caisse et avait couru se terrer dans la bergerie. Elle ne l'avait pas vu repartir.

— Il était seul ? demanda-t-il.

Elle répondit par un oui catégorique.

Le soir, Bella rendit son dernier soupir. Tania pleura, et il sortit dans la cour pour apporter la triste nouvelle aux moutons, et aussi à Vera. Plus tard dans la soirée, il expédia Tania au lit, prit une bêche, une pioche et une lampe, creusa un trou dans le sol gelé du verger et enterra sa chienne.

Quand il rentra dans la maison, à minuit passé, il sortit son fusil de l'armoire, glissa une poignée de cartouches dans la poche de sa veste fourrée, se répétant : « Il ne l'a pas trouvée. Il va revenir. Il a tué Bella. Il va forcément revenir. »

10

Zone d'exclusion, octobre 2010

Elle n'a pas dormi aussi profondément depuis longtemps. Quand elle retire les couvertures qui les obturent, une clarté argentée pénètre par les fenêtres couvertes de givre. Le réveil affiche 8 heures et quart. Avant de s'habiller et de porter la caisse de cendres à l'extérieur, elle commence par verser de fins copeaux de bois sur les dernières braises et souffle délicatement dessus jusqu'à ce que de petites flammes s'élèvent. Après, elle s'attaque à la vitre de la cuisine, grattant avec son ongle les fleurs de givre qui se sont formées, et regarde à travers le petit hublot ainsi ménagé. La neige n'est pas tombée depuis la veille.

Elle enfile ses vêtements et sort, remplit une casserole de neige qu'elle pose à côté de la porte, avant d'aller aux latrines. Les murs en rondins grossiers et la planche percée sont blancs de gelée. En revenant, elle teste la pompe à eau, mais il ne se passe rien.

Tandis que la neige fond sur le poêle, elle rentre le bois pour la journée et se brosse les dents avec du sel. Ses incisives sont encore toutes là, mais il lui manque plusieurs molaires. Elle fait réchauffer un bocal de tomates en conserve, qu'elle mange avec une tranche de pain. Le poêle ronfle. Elle suspend à la corde à linge les couvertures qui se sont gorgées d'humidité pendant la nuit, et, quand elle s'assied à table avec du thé et un crayon bien taillé, la vue sur le jardin enneigé s'est dégagée.

Je n'ai pas adressé la parole à mes parents pendant les trois jours qui ont suivi mon exclusion du Komsomol. Peu après, j'ai appris que le passé de Baba n'était qu'un prétexte et que c'était Deda, en fait, qui était visé à travers moi. Il soupçonnait en effet le responsable du kolkhoze et quelques camarades de l'administration de transmettre des chiffres de production truqués et de s'enrichir avec la vente de récoltes non déclarées. La balance de céréales du silo avait été trafiquée et le lait était systématiquement transporté dans deux réservoirs, un grand et un petit, alors que le grand aurait suffi. Ton Deda s'était fait mal voir en réunion à plusieurs reprises en demandant que la balance soit vérifiée.

Après mon éviction, les rituels patriotiques qui remplissaient mon existence jusque-là ont perdu leur importance. Ce n'était plus que des règles du jeu non négociables auxquelles on ne pouvait se soustraire.

Un mois plus tard, j'ai reçu un avis m'informant que j'avais une place à l'école professionnelle de médecine de Kiev. J'ai embrassé le papier. J'étais privée d'études de médecine, mais au moins j'avais Kiev ! Je suis partie en train. Je me suis perdue et j'ai erré dans la ville pendant quatre heures à la recherche de mon foyer pour étudiantes.

L'école professionnelle et le foyer étaient attenants à un grand hôpital. Nous étions logées à douze par dortoir. Entre les cours, le travail pratique à l'hôpital et les manifestations obligatoires du Parti, nous étions occupées à temps plein.

Les premières semaines, je suivais avec attention les conversations, le soir, dans le dortoir. J'étais frappée par les réflexions irrévérencieuses de Marianna – qui est vite devenue mon amie – et de quelques autres sur les professeurs et les formateurs, et par les railleries dont elles accablaient les internes en médecine. Marianna lançait des phrases du style : « Le patron de la pédiatrie m'a mis la main aux fesses. Qu'est-ce que vous en pensez, ça vaut le coup de le laisser faire ? » D'un autre lit, la réponse fusait : « T'embête pas. Ça ne te vaudra même pas une meilleure note à l'épreuve pratique », et toutes éclataient de rire. J'étais manifestement la plus naïve de la promo. Nous étions nombreuses à ne pas être membres du Komsomol, et nous échangions sous cape des blagues sur Brejnev et le Parti. Quand nous avions une soirée libre, nous allions nous promener dans les parcs ou dans le port. Parfois nous nous autorisions une sortie dans un bar pour étudiants où l'on jouait du rock. Nous dansions et nous flirtions, et nous n'avions qu'une chose en tête : l'amour.

Moi aussi, j'ai été amoureuse une fois ou l'autre, mais rien de sérieux, car, à l'exception de deux noms, je ne me souviens plus des garçons de l'époque.

Elle pose le crayon. Le poêle fume : la dernière bûche était encore humide. Elle ouvre la fenêtre pour aérer, enfile ses bottes et sa veste, et sort jusqu'à la rue. La neige n'est pas trop haute à cet endroit, et elle peut faire quelques pas. En ce temps-là, l'amour était son unique préoccupation. Le cœur qui bat, l'attente joyeuse, les réprimandes de sa responsable, lui reprochant de ne pas être assez concentrée. Le soir, avec ses copines, elle quittait en douce le complexe hospitalier. Dire que c'était si important pour elle et qu'à présent elle ne se souvient même pas des noms ! Quelle partie d'elle-même décide de ce qui mérite d'être gardé en mémoire ? Et combien de périodes de son existence a-t-elle déjà effacées de ses souvenirs ?

Une bise glaciale souffle à travers les arbres et balaie les ultimes feuilles gelées sur les branches. De la rivière lui parvient le cri des oies sauvages. Quand le froid s'installe, elles se réfugient dans les réacteurs et passent l'hiver dans les bassins de refroidissement. Eux ne gèlent pas. Dans le lointain, des détonations retentissent. Les braconniers sont sur la brèche toute l'année. Chevreuils, élans, sangliers et canards. Autant de mets raffinés qui sont vendus sur les marchés et servis dans les restaurants de Kiev. Personne ne demande où les animaux sont abattus. De la viande contaminée à prix d'or.

De retour dans la maison, elle ferme la fenêtre et se rassied à sa table.

Marianna me taquinait parce je n'avais toujours pas d'homme, malgré mes dix-neuf ans. Mes parents aussi se faisaient du souci.

Après les examens de fin d'études, je suis restée à Kiev, mais j'ai été nommée dans un autre hôpital. Je logeais de nouveau dans un foyer, mais je partageais la chambre avec deux collègues seulement.

Pendant l'été 1980 – j'avais vingt ans –, j'ai rencontré Glev. J'étais en ville et je faisais la queue pour acheter des pommes et des cerises quand un orage a éclaté. J'étais partie de chez moi le matin vêtue d'une petite jupe légère et d'un chemisier sans manches. Lorsque l'averse s'est abattue sans prévenir, soudain il s'est trouvé à côté de moi. Tenant son parapluie au-dessus de ma tête sous la pluie battante, il me regardait avec un sourire ravageur. « Si je vous invite à boire un thé là-bas, a-t-il dit en montrant un café, nous avons peut-être une chance d'échapper à la douche complète. » Il était beau. Grand, les cheveux bruns ondulés et les yeux bleus. J'aurais tant aimé pouvoir te montrer des photos de lui quand il était jeune, mais il n'en reste plus. J'ai tout laissé.

J'ai eu le coup de foudre. Mon Glevko ! Il avait de l'humour et une légèreté qui m'était étrangère. Je l'avais observée parfois chez Marianna, cette joie de vivre qui s'affranchissait de toutes les règles, mais Glev, lui, me la faisait partager. Il envisageait toujours l'avenir avec un optimisme contagieux.

Il était électrotechnicien et venait de Zaporijia, une ville sur les bords du Dniepr. Là-bas, il avait travaillé à la centrale hydraulique DneproGES2. Au bout de six semaines, à notre troisième rencontre, il m'a dit qu'il travaillait à la centrale nucléaire Lénine près de Tchernobyl et qu'il habitait Pripiat. Il venait tous les quinze jours à Kiev. Les premiers temps, je n'ai pas pu lui rendre visite, car on n'entrait dans Pripiat qu'avec une autorisation spéciale. D'après les rumeurs, les magasins avaient de tout, là-bas, notamment ce qui manquait dans le reste du pays. À l'hôpital de Pripiat, on gagnait, paraît-il, plus du double de ce qui se pratiquait dans les autres hôpitaux. Et les mêmes histoires que dans mon enfance circulaient sur les appartements parfaitement équipés.

Force est de reconnaître que des voix critiques s'élevaient pour prédire que, un jour ou l'autre, il faudrait payer un tribut pour la belle vie dans la « ville modèle ». Je ne sais pas si je les ai ignorées, à l'époque, ou si je pensais simplement que ce jour était très éloigné.

Comprends-moi bien, ma petite, avec Glev, je serais allée n'importe où. Mais le fait que les choses s'arrangent au point de voir mon rêve de Pripiat se réaliser m'est apparu comme un miracle. Il me semblait que c'était non seulement Glev qui m'avait élue, mais le bonheur lui-même.

En janvier 1982, nous nous sommes mariés, et j'ai obtenu un poste à l'hôpital de Pripiat. Il dépendait directement du ministère de la Santé, et j'ai dû signer un tas de papiers auprès de l'administration, m'engageant à respecter une confidentialité absolue. Nous avons vécu séparés pendant six mois encore, Glev dans le foyer pour hommes et moi dans celui pour femmes. Chaque minute de liberté, nous la passions ensemble, allant au cinéma, flânant en ville ou regardant passer les bateaux, de la terrasse du salon de thé au bord de la rivière. L'été venu, j'étais enceinte de trois mois, et nous avons obtenu un appartement dans la voulitsia *Lessia Oukraïnka, au numéro 10. Il y avait le chauffage, l'eau courante, une baignoire et même un téléphone. Cinquante mètres carrés, rien que pour nous, dans une ville où rien ne manquait.*

Elle pose son crayon et referme le cahier. Ainsi, il était là, le temps du bonheur, celui qu'elle n'avait plus jamais évoqué, celui auquel elle ne pouvait penser sans l'associer à la catastrophe qui avait suivi ! Tandis qu'elle s'habituait à employer l'expression « zone d'exclusion », ce temps heureux lui était devenu étranger.

Demain. Demain, elle le raconterait à Katerina.

11

Düsseldorf, octobre 2010

Pour le portable, Leonid Vitaliovitch Kyjan dut encore débourser vingt euros. Il réfléchit à ce qu'il allait dire sur le répondeur de la galerie pour qu'on le rappelle le plus vite possible. Son accent trahissait son origine d'Europe de l'Est. Le message devait les inquiéter, mais sans les éclairer sur la nature de ses soupçons.

À Kiev, six mois auparavant, après la conversation avec Valentina Chtchoukina, il s'était renseigné à l'université sur ce Vassyl Gromov, mais il n'y avait pas de collaborateur ou d'étudiant de ce nom. Il s'était rendu le soir même au domicile de Mme Soukova. Elle l'avait entraîné dans la cuisine en refermant au passage la porte du séjour, où deux hommes, une femme et quatre enfants regardaient la télévision.

Elle tirait nerveusement sur une cigarette et, avant qu'il ait posé la moindre question, elle affirma qu'elle ne pouvait pas deviner, que le lien lui apparaissait seulement maintenant. Elle ne connaissait pas de Vassyl Gromov. Elle tendit à Leonid un dépliant.

— Ils sont à disposition dans mon bureau, et je crois que toutes les disparitions… sont en rapport avec ces brochures, murmura-t-elle d'un ton embarrassé. Les premiers exemplaires ont été déposés par Akim Nesterov. C'est un artiste qui donne des cours à l'université. De belles brochures, n'est-ce pas ? Il m'a dit qu'il travaillait en collaboration avec une femme en Allemagne et qu'ils souhaitaient permettre à un maximum d'étudiants de séjourner à l'étranger. Il faut que vous sachiez qu'Akim Nesterov jouit d'une réputation exemplaire à la faculté.

Quand Leonid demanda à quel moment cette opération avait commencé, elle aspira une longue bouffée.

— J'ai passé toute la nuit à y repenser et j'ai vérifié ce matin. C'était fin 2006. Mais, à l'époque, tout s'est passé correctement, se hâta-t-elle d'ajouter. Les premiers étudiants qui ont trouvé un travail grâce au contact de Nesterov étaient tenus de me faire un compte rendu à leur retour. J'insistais beaucoup là-dessus. Et, à ma connaissance, Akim Nesterov les interrogeait de son côté. Ils étaient tous très satisfaits.

Mme Soukova écrasa sa cigarette dans le cendrier.

— Par la suite… tout semblait normal. Ce n'était pas de notre ressort. Un étudiant venait régulièrement rapporter de nouveaux dépliants. Il se disait envoyé par Akim Nesterov. Je n'y voyais pas d'inconvénient. Il est fréquent que des étudiants se chargent de transmettre des documents pour le compte des professeurs et des maîtres de conférences. Et puis, il n'y avait jamais de plaintes. Après votre visite hier, j'ai appelé Akim Nesterov chez lui et… et il m'a dit que c'était un projet ponctuel, sur un semestre, et qu'il n'avait jamais mandaté aucun étudiant pour livrer des prospectus. Mais… mais comment aurais-je pu m'en douter…

Leonid voulut savoir comment elle s'expliquait que Vassyl Gromov ait été en possession de la demande de bourse d'Olena Litovtchenko. Elle le regarda en secouant la tête, incrédule.

— Non, murmura-t-elle, ce n'est pas possible. Seuls les étudiants reçoivent une copie avec un tampon indiquant la date d'arrivée. Je n'ai jamais rien transmis, je le jure.

Il l'invita à venir au commissariat le jour suivant, afin d'établir un portrait-robot de l'étudiant, et à l'informer immédiatement si celui-ci se montrait de nouveau.

Il contacta ensuite l'université, où on lui apprit que Akim Nesterov ne donnait plus beaucoup de cours et qu'il habitait dans le quartier d'Obolon, dans la *voulitsia* Pryrischna. Il avait installé son atelier dans une ancienne menuiserie située au bord du fleuve et il occupait une chambre sur l'arrière. L'homme qui lui ouvrit était costaud. Chauve, la poignée de main ferme, il devait avoir une bonne soixantaine d'années. Au-dessus de la barbe fournie qui lui mangeait le bas du visage, deux yeux vifs, marron, scrutaient Leonid. Une fine poussière de pierre tourbillonnait dans la pièce, où des blocs bruts côtoyaient les œuvres taillées dans le granit ou le marbre. Plusieurs grandes sculptures abstraites associant le bois, la pierre et le métal étaient particulièrement impressionnantes : parfois les matériaux semblaient se fondre comme du velours, tandis qu'ils s'opposaient, ailleurs, dans toute leur différence. Nesterov était en train de travailler et il était recouvert d'une poussière grise qui lui donnait un peu l'air d'une statue.

Quand Leonid se présenta, Nesterov hocha la tête, retira son tablier de travail et dit que c'était l'heure de sa promenade quotidienne au bord du fleuve. Ils marchèrent un moment côte à côte sans parler. Arrivé sur la berge, le sculpteur se lança :

— J'ai reçu un coup de téléphone de Mme Soukova, hier. Je présume que c'est la même raison qui vous amène.

Leonid le pria de raconter comment la collaboration s'était mise en place, et Nesterov lui avoua qu'il n'avait pas fermé l'œil de la nuit, qu'il était incapable de penser à autre chose.

— J'ai fait sa connaissance lors d'une exposition à l'université de Kiev. Adriana Mazur. Une Polonaise. Elle avait étudié l'histoire de l'art à Varsovie, du moins c'est ce qu'elle m'a raconté, et avait ouvert une galerie à Düsseldorf en 2006. Une femme courageuse, pleine d'énergie, qui avait une vision. J'étais très impressionné. Le soir, nous avons dîné ensemble. Nous étions six, et nous en sommes venus à parler des échanges artistiques et culturels entre l'Ouest et l'Est et à observer qu'il était essentiel de proposer des choses pour les jeunes.

Il s'immobilisa, balaya du regard le large fleuve et sembla chercher quelque chose sur l'autre rive.

— Sans doute est-ce par pure vanité que, dans mon souvenir, je me suis persuadé que l'initiative émanait de moi. Depuis hier, je crois en fait que la Mazur était bien informée et qu'elle m'a habilement téléguidé. En tout cas, nous étions d'accord sur le constat qu'il fallait plus de jobs d'étudiants en Allemagne, et Adriana Mazur a proposé de s'en occuper. En parallèle, nous avons programmé une exposition de mes travaux à Düsseldorf, et, à l'été 2006, j'ai été convié à l'inauguration. Dès les premiers jours, elle a vendu trois de mes sculptures à des prix dont j'avais seulement rêvé jusque-là.

Il éclata d'un rire amer.

— L'enthousiasme m'aveuglait. Un petit coq vaniteux, ivre de soi. Le soir de mon départ, elle m'a remis les brochures. Elle avait réuni des adresses de tout premier plan. Même l'hôtel élégant où j'étais logé en faisait partie. Elle a suggéré que nous fassions l'essai pendant un semestre.

Il s'arrêta et regarda Leonid dans les yeux.

— Tout allait si vite, vous comprenez. Pas seulement les brochures, mais aussi l'exposition et les ventes, et je songeais : « C'est comme ça en Allemagne. Ils n'hésitent pas pendant une éternité, ils prennent les choses en main et ils agissent. » Naturellement, je me suis renseigné auprès des étudiants qui avaient accepté les offres. Tous étaient enchantés.

Nesterov passa sa main gauche sur son crâne chauve.

— Faisons demi-tour. Au-delà, le chemin devient très étroit, ce n'est pas pratique pour parler.

Ils revinrent sur leurs pas. Un léger vent caressait le fleuve, agitant la surface de l'eau d'un tremblement imperceptible. Leonid attendit un instant avant de le relancer :

— Et alors ? Que s'est-il passé ?

— Rien qui ait été de nature à m'inquiéter, Leonid Vitaliovitch. Adriana Mazur m'a envoyé un mail me disant que le projet était très chronophage et qu'elle n'était plus en mesure de s'en occuper. Que la galerie lui prenait beaucoup plus de temps qu'elle ne le pensait au départ. J'étais déçu, mais en même temps j'avais mauvaise conscience, car tout le travail retombait sur elle. Après, les contacts se sont espacés et ont fini par cesser complètement. Comme ça arrive souvent.

À présent, Nesterov avançait vite, à grandes enjambées.

— Trois ans. Vous comprenez ? Aujourd'hui, j'apprends que ça s'est poursuivi pendant trois ans et que de nombreux jeunes sont partis. Le pire, c'est que cet étudiant prétend avoir agi en mon nom !

Ils quittèrent le chemin qui longeait le fleuve et montèrent sur la petite butte qui les ramenait à l'atelier de Nesterov.

— Depuis hier, j'essaie de contacter Adriana Mazur. J'ai d'abord cru qu'elle n'avait rien à voir là-dedans, comme moi, mais, d'un autre côté, d'où viennent les brochures du faux étudiant ? Et puis, je n'arrive pas à la joindre. L'adresse mail et le numéro de téléphone ne sont plus attribués. La galerie East Art existe encore, mais à une nouvelle adresse, et je tombe toujours sur un répondeur téléphonique.

Quand ils entrèrent dans l'atelier, Nesterov prit un papier, souffla dessus pour chasser la poussière et le tendit à Leonid :

— Le numéro de la galerie !

Leonid lui demanda de décrire la femme.

Sans hésiter, Nesterov prit un papier et un crayon et se mit à la croquer. Il s'arrêta après quelques traits.

— J'ai mieux, déclara-t-il.

Il alla dans la chambre à l'arrière de l'atelier et revint avec une coupure d'un journal allemand. C'était un article sur l'inauguration de l'exposition. Une photo montrait Nesterov, deux autres hommes et une jeune femme.

— Je l'avais découpé à l'époque.

Il n'y avait nulle fierté dans sa voix, bien que l'article le citât comme l'un des plus grands artistes ukrainiens.

— Si je peux vous aider en quoi que ce soit, n'hésitez pas à me recontacter, l'assura-t-il en prenant congé.

Le lendemain, Igor avait suggéré de vérifier les accès aux dossiers de demandes de bourse. Ils s'étaient rendus ensemble à l'université, et Mme Soukova avait laissé Igor s'installer devant son poste. Il ne tarda pas à trouver. À l'intérieur du réseau de la fac, on pouvait accéder aux données par des voies détournées, et l'historique des connexions montrait que quelqu'un, depuis un autre ordinateur, ne s'en était pas privé. Après cela, ils s'étaient renseignés au département informatique pour identifier cet autre ordinateur. Un technicien leur expliqua que le système était vieillissant et que le problème était connu. Puis il s'aperçut que le problème était plus important qu'il ne l'avait supposé, car le poste depuis lequel les données étaient piratées n'appartenait même pas au réseau enregistré, ce qui le rendait impossible à localiser. Manifestement embarrassé, leur interlocuteur leur proposa de tenter de l'identifier quand l'utilisateur indélicat se connecterait à l'avenir. Il promit de suivre l'affaire et de les tenir informés. Mais il ne s'en tint pas là. Il informa aussi la direction de l'université, si bien que lorsque Leonid et Igor rentrèrent au commissariat, Anna Baïdakova les attendait de pied ferme.

Leonid se trouvait à présent dans la zone piétonne de Düsseldorf ; il contemplait l'écran de son portable d'un air songeur. Il finit par laisser un message sur le répondeur. « Akim Nesterov m'envoie. Il s'inquiète beaucoup pour Mme Adriana Mazur. Si je ne parviens pas à la voir au cours des vingt-quatre prochaines heures, je me verrai contraint de contacter la police. »

La police allemande se contenterait de rire de lui. Ses informations étaient trop maigres. Cependant, il misait sur le fait qu'Adriana Mazur souhaiterait éviter d'attirer l'attention sur elle. Il flâna jusqu'à la gare centrale, triturant le bout de papier au fond de sa poche sur lequel Andreï avait noté ses coordonnées. Peut-être pourrait-il économiser une nuit d'hébergement. Il composa le numéro d'Andreï, mais là encore il tomba sur un répondeur. Résigné, il rangea le portable dans sa poche. Il était arrivé devant la consigne pour récupérer sa valise quand son appareil sonna.

C'était une voix d'homme.

— Adriana Mazur n'est pas joignable en ce moment, mais elle me charge de vous transmettre qu'elle vous recevra à 20 heures à la galerie.

Leonid esquissa un sourire de satisfaction. La réponse ne s'était pas fait attendre, c'était le moins qu'on puisse dire.

— Si cela ne vous ennuie pas, répliqua-t-il d'un ton aimable, je préférerais un restaurant du centre-ville.

— Je vous rappelle, répondit son interlocuteur avant de raccrocher.

Leonid laissa sa valise à la consigne et sortit faire un tour sur la place Konrad-Adenauer. Il n'eut pas à patienter longtemps.

— Mme Mazur est d'accord, fit l'homme brièvement. Vous connaissez le Tafelspitz ?

Sentant qu'il avait l'avantage, Leonid répliqua :

— Non, et vous me pardonnerez de ne pas le chercher. Je propose – il regarda autour de lui – de retrouver Mme Mazur devant le restaurant Zum Schiffchen, à la gare centrale. À 22 heures, il y a un car longue distance pour Kiev. Cela me permettra de le prendre.

Il entendit l'homme inspirer à fond.

— D'accord. Si vous voulez. Comment Mme Mazur va-t-elle vous reconnaître ?

— Ne vous tracassez pas, je la reconnaîtrai.

Leonid perçut distinctement la stupeur de l'homme.

12

Zyfflich, du 18 au 25 février 2010

Le matin, Matthias Lessmann récupéra les achats oubliés dans la voiture et donna les vêtements à Tania. Elle le remercia d'un ton gêné, trop attristée par la mort de Bella pour s'en réjouir. Quand elle reparut dans la cuisine en jean et sweat-shirt à capuche, Lessmann déclara :

— Bien. À présent, tu ressembles à une jeune fille du village.

Elle tenta d'esquisser un sourire, mais n'y parvint pas.

— Il va revenir, murmura-t-elle. Bülent est juste un gardien, mais c'est Mario le responsable. Il va venir. Quand une fille s'est pendue avec sa robe dans la douche, Bülent a dit que Mario devait payer pour chaque fille qui ne travaillait plus. Dix mille euros au boss. C'est peut-être… mieux que je parte.

Lessmann secoua la tête.

— S'il te croit ici, il reviendra. Que tu y sois ou pas !

Elle découvrit le fusil : il était posé sur le rebord de la fenêtre. Il vit son regard.

— Qu'il vienne ! dit-il.

La journée fut calme. Il s'activa à l'extérieur, gardant toujours son arme à portée de main. Le facteur passa, lui remit deux lettres, se plaignit du froid. Il repartait vers le portail quand il s'aperçut que Bella ne l'avait pas salué.

— Morte, expliqua Lessmann. Elle était vieille.

L'après-midi, il répara le petit cadre avec la photo de Vera. Il tailla un verre dans une vitre de récupération pour remplacer celui qui avait été cassé la veille. Vera avait fait réaliser ce portrait un an avant sa maladie. Il recolla les coins en bois. Le travail en silence sur l'établi au fond de l'atelier, la dernière lueur du jour qui pénétrait par la porte ouverte et dessinait une mince bande sur le sol carrelé, tout était comme d'habitude. Seule manquait la respiration régulière de Bella à ses pieds.

Soudain, il perçut le pied dans la bande de lumière et vit briller quelque chose de métallique dans sa main. Lessmann attrapa son fusil et tira. Un seul coup de feu.

L'homme bascula en avant. Il l'entendit gémir et attendit. Une minute, deux, peut-être trois. Puis le silence. Un silence de mort.

Il s'approcha. Braquant le fusil sur lui, il avança dans le ruban de lumière grisâtre, se pencha et tourna le corps sans vie sur le dos. Un trou dans la poitrine, la veste Burberry rouge de sang. Il observa le visage vide, attendant un sentiment de soulagement, mais rien ne vint. Il ne pouvait détourner son regard. La colère qui l'habitait depuis la mort de Bella avait disparu. Son cœur cognait dans sa poitrine et il songeait, bouleversé : il est mort. Je l'ai tué.

Puis ce fut comme s'il se réveillait. Il aperçut le revolver sur le sol, le ramassa et le mit dans sa poche. Légitime défense. Il avait tiré en état de légitime défense. L'homme avait tué Bella, il l'aurait abattu et aurait emmené la fille. Il avait défendu sa vie et celle de la fille. Pas le choix. Il n'avait pas eu le choix. Ses mains tremblaient en fouillant les poches du mort. Un portable, une clé de voiture et un portefeuille.

Il entendit la porte de la cuisine s'ouvrir prudemment et se releva. Tania courut vers lui, se jeta à son cou. Il restait là, bras ballants, incapable de comprendre la tournure que sa vie avait prise au cours des derniers jours. Il se dégagea de son étreinte, la repoussa doucement et ferma la porte extérieure. À la cuisine, il avala deux verres d'alcool de fruit coup sur coup, et se laissa pesamment tomber sur une chaise.

Que faire à présent ?

Tania s'assit en face de lui, posa le portable et la clé de voiture sur la table et inspecta le contenu du portefeuille. Une carte d'identité au nom de Mario Swoboda, un permis de conduire, des cartes de crédit, cinq cent vingt euros en liquide.

Il la vit remettre tous les papiers sauf les espèces et l'entendit dire que la voiture était devant la ferme. Elle posa la main sur la sienne. Il trouva le contact agréable, en même temps il crut devoir la secouer. Cette main qui s'emparait de lui, qui s'introduisait sans cesse dans sa vie et la détruisait.

— C'était un salaud, murmura-t-elle par-dessus la table, un vrai salaud.

Il émit un petit rire amer, mais cette simple remarque le consola, balayant provisoirement sa culpabilité. D'un geste déterminé, il prit la clé de voiture, marcha jusqu'à la route et rentra la Land Rover dans la grange. Plus tard, il sortit avec une bêche et une pioche, comme le soir précédent, s'arrêta devant les moutons et réfléchit longuement au meilleur endroit. Il tapota affectueusement le cou de Trine.

— Tout au fond, dit-il. Ce sera le mieux. Dans la parcelle de terre en jachère entre le verger et le champ. Pas ici sur le terrain. On ne peut pas oublier.

Il travailla longtemps, suant malgré le froid, et quand il estima qu'il avait creusé assez profondément, debout dans cette fosse, il embrassa du regard le jardin, les prés et la maison et éprouva un sentiment de perte qui le fit chanceler. Il avait perdu sa vie.

Dans l'atelier, il enveloppa le mort dans une bâche et le transporta dans la brouette. Il alla chercher le portable et le portefeuille, et les jeta avec. Puis il combla le trou. Aux premières heures du matin, il rentra épuisé dans la cuisine, prit le revolver et le rangea dans un tiroir du couloir. Tania n'avait pas bougé de sa chaise.

Il s'assit et dit :

— Va dormir.

Elle se leva et alla lui chercher une bière :

— Si Bülent vient…

Il la coupa :

— On avisera.

Elle s'appuya contre le réfrigérateur, il but la bière et, quand il la regarda, il prit conscience qu'ils étaient dorénavant liés l'un à l'autre. Non pas alliés, comme ils l'étaient, Vera et lui, mais liés par des chaînes, et il croyait déjà les sentir. Des semaines plus tard, en repensant à ce jour-là, il nota que pas une seule fois il n'avait envisagé d'appeler la police.

Il dormit trois heures sur le canapé du salon, puis s'occupa des bêtes, avant de retourner se coucher deux heures. C'en était fini du rythme tranquille de ses journées, et la fatigue qu'il éprouvait dépassait largement l'effort physique de la nuit. Quand, vers 18 heures, il fit suffisamment nuit pour qu'on ne le reconnaisse pas au volant, il sortit la Land Rover de la grange. Il roula jusqu'à Düsseldorf, la gara dans un quartier résidentiel en périphérie de la ville et rentra à Zyfflich par le tram, le train puis le bus. Pendant ce périple, il se débarrassa de la clé de voiture dans une poubelle. À la maison, Tania avait récuré l'atelier et l'attendait avec le dîner tout prêt. Plus rien ne rappelait la nuit passée, ni Mario Swoboda.

Les jours d'après furent dominés par l'inquiétude de voir surgir Bülent. Ils n'en parlaient pas, mais tous deux tendaient l'oreille chaque fois qu'une voiture passait devant la ferme.

Le soir, Tania parlait de sa maison, de Troïchina où elle avait grandi. De l'eau potable qu'elle descendait chercher avec un jerrycan à la fontaine couverte dans la rue, de l'électricité qui tombait en panne des jours durant et de l'eau pour la lessive et la vaisselle qui manquait régulièrement. Marina habitait à deux rues de là. Elles fréquentaient la même école, mais c'est seulement en 1999 qu'elles étaient devenues amies, lors d'un séjour en Bavière.

Elle était installée sur le banc de la cuisine, les jambes ramenées contre elle, les deux mains serrées autour d'un mug de thé, et elle souriait d'un air songeur.

— Nous étions trente adolescents. Marina et moi, nous avons été accueillies par la famille Gösche. Tout était si différent, si excitant. Les Gösche possédaient une grande maison, et nous avions une chambre pour nous. Presque chaque jour, il y avait une excursion avec le groupe. Nous sommes allées nous baigner dans un lac, nous avons visité un zoo, un parc d'attractions et un centre équestre. Nous mangions des glaces tous les jours et nous avons même fait une randonnée en montagne jusqu'à une cabane où nous avons participé à une fête. Natacha et Grigori étaient nos animateurs. Ils faisaient des études de langues à Kiev et ils nous traduisaient tout. Comme nous ne parlions pas un mot d'allemand, ils étaient en quelque sorte le trait d'union avec ce monde inconnu. Ils nous consolaient quand nous avions le mal du pays, ils nous expliquaient tout ce qui était nouveau et, le soir, dans notre lit, Marina chuchotait : « Je veux être comme Natacha », et je lui répondais : « Moi aussi. » Pendant notre séjour, nous avons commencé à apprendre l'alphabet latin, et la famille Gösche nous prêtait des manuels et des documents. Dès que nous le pouvions, nous nous mettions au travail et nous engrangions des connaissances. Deux ans plus tard, nous étions déjà capables d'écrire de vraies petites lettres aux Gösche. Mais ensuite, ils ont divorcé et le contact s'est rompu.

Dès qu'ils se retrouvaient pour le dîner, Tania se mettait à raconter, comme si elle voulait ensevelir les derniers mois sous toutes les histoires de son enfance. Parfois, il était tenté de lui demander comment elle avait atterri dans le bordel à Düsseldorf, mais finalement il se taisait et l'écoutait. Il l'aidait à trouver le mot juste ici et là, et, ensemble, ils oubliaient pendant quelques heures les événements des derniers jours.

Le 25 février, elle déclara :

— Demain, je vais chercher Marina.

Il sentit comme une piqûre d'aiguille et songea : « Alors, tout ça n'aura servi à rien. » À cet instant, il prit conscience qu'il ne supportait la tombe au fond de son jardin que parce qu'elle était là, saine et sauve, et qu'il lui arrivait même de sourire.

— Qu'est-ce que tu comptes faire ? demanda-t-il d'un ton brusque. Te promener dans le quartier chaud de Nimègue ? Combien de temps tu crois que tu vas tenir ? Une gamine sans argent ?

Elle aligna les cinq cent vingt euros de Mario Swoboda sur la table.

Matthias Lessmann secoua la tête et répliqua :

— Ils n'attendent que ça. Et tu finiras exactement là où tu ne voulais pas.

Il tendit le bras par-dessus la table, lui caressa la joue et retira prestement sa main. Puis il s'entendit dire :

— Moi, je vais la chercher. Un client… Personne ne me remarquera.

13

Zone d'exclusion, octobre 2010

Désormais, quand le poêle s'éteint la nuit, l'humidité s'insinue par les fentes de la porte et des fenêtres et suinte des murs. Au matin, elle la sent dans ses os. Lorsqu'elle a emménagé dans la maison, elle avait remisé dans le hangar à bois les guenilles trouvées dans l'armoire. Elle va les rechercher et les déchire en bandes qu'elle coud les unes sur les autres pour colmater les endroits qui laissent passer l'air. Elle travaille sans se presser, installée dans le fauteuil, la couverture d'acrylique bleue étalée sur les genoux, et jette de temps à autre un œil au cahier qu'elle n'a pas touché depuis deux jours.

À quoi bon raconter ces vieilles histoires ? Katerina était venue au monde plusieurs années après ; l'Union soviétique et Pripiat n'existaient plus. Tandis qu'elle pique l'aiguille dans le tissu, le regard concentré sur son ouvrage, un point après l'autre, elle commence à comprendre que l'enjeu pour elle n'est pas d'écrire. Contre toute logique, c'est de nouveau l'espoir qui l'anime. Si elle consigne chaque fait pour sa fille, scrupuleusement, fidèlement, Katerina reviendra. Il faudra qu'elle revienne. Pour le lire.

Elle repose ses chiffons, va s'asseoir à la table, ouvre son cahier et relit les premières pages. Non, ce n'est pas ce qu'elle pensait. Pourtant, elle était persuadée d'avoir commencé par cette remarque. Par sa méfiance envers l'espoir. À présent, ça lui revient : elle a effacé le paragraphe. Elle avait noté que l'espoir est un poison, un poison qui paralyse. En fait, elle aurait dû noter : « J'écris parce que j'espère que tu liras ces lignes un jour. Envers et contre toute raison, j'agite ce cahier à la face du destin comme un appât. Parce que je ne supporte pas de ne pas pouvoir agir. Parce que je ne supporte pas d'être sans espoir. »

Le temps des élus. Non que je l'aie oublié. Dans mon souvenir, c'est un temps paré des couleurs lumineuses d'une aquarelle d'été. Un temps au goût de framboises mûres, ponctué par le son lointain de la corne des bateaux de plaisance qui glissent paresseusement sur l'eau.

Glev était mon soleil. Rien ne pouvait entamer sa joie de vivre. Toute l'exubérance et la gaîté sont contenues dans ces années, dont chaque journée comptait. Aujourd'hui, cela me semble être le secret de cet âge d'or. Nous n'avions pas d'autre objectif. Les jours étaient parfaits. Nous ne cherchions pas notre bonheur dans l'avenir.

Mykola est né le 15 février 1983, et tes grands-parents ont obtenu une autorisation de visite à Pripiat de trois semaines. Deda promenait Mykola contre lui à travers l'appartement même quand il dormait à poings fermés. Baba ne marchait plus qu'avec deux cannes : alors elle restait assise sur le canapé et le tenait dans ses bras pendant des heures. Comment expliquer la certitude qui m'habitait que ces jours enchantés s'enchaîneraient sans fin ?

À l'âge de trois mois, Mykola est entré à la crèche, et j'ai repris mon travail à l'hôpital, en gynécologie. Mykola ne posait pas de problèmes. Les puéricultrices l'adoraient pour sa douceur et son caractère équilibré, mais je souffrais d'être privée de lui pendant des heures.

À l'automne a eu lieu la formation annuelle sur les accidents d'irradiation. Elle était dispensée par des médecins experts venus de la clinique n° 6 de Moscou. On nous a appris quels médicaments prendre avant de s'approcher des patients. Qu'il fallait porter un masque sur la bouche et des gants, déshabiller le patient, le laver et poser tout de suite une perfusion. La simulation se fondait sur l'hypothèse d'un gros accident impliquant dix personnes au maximum. Je me souviens encore que le médecin de Moscou insistait sur le fait qu'il s'agissait de mesures de précaution générales et qu'un scénario d'une telle ampleur était pratiquement exclu.

Parfois, des transports de médicaments arrivaient de Moscou. Des quantités importantes, qui étaient stockées dans un entrepôt fermé au sein de l'hôpital et régulièrement renouvelées, de toute évidence.

Quand j'y repense, je suis abasourdie. Comment ai-je pu, alors que, de la fenêtre de la salle des infirmières, j'assistais au déchargement et au chargement de centaines de cartons, ne pas réfléchir, à aucun moment, à ces quantités manifestement destinées à une ville entière ?

Elle pose le crayon et regarde par la fenêtre. À présent, elle ne peut plus faire comme si elle ne les voyait pas. Ces premières petites négligences. Ce désir de s'installer dans un monde dont elle avait banni toute perturbation. Assise sur le banc couvert de neige près de la palissade, Kisa semble prête à bondir, guettant sans doute l'entrée d'un trou de souris. Peut-être devrait-elle plutôt écrire « comment ai-je pu ne pas *vouloir* réfléchir à ces quantités ». Peut-être devrait-elle préciser que toute pensée critique lui serait apparue comme une trahison. Le directeur de la clinique était décoré de l'ordre du Héros du Travail socialiste et celui de la centrale était appelé à recevoir la distinction de Héros de l'Union soviétique. Deux hommes dont chacun parlait avec le plus grand respect. Deux hommes dignes de confiance, bien différents des membres du Parti de son village natal de Ritchytsia, avec leur comportement provincial étriqué. Tandis qu'elle observe le chat à l'affût, la fête lui revient en mémoire.

À la fin de l'été 1983, nous avons fêté l'anniversaire de Glev au bord de la rivière. C'était une belle journée chaude. J'avais cuisiné et fait des gâteaux avec des voisines tout l'après-midi, et le soir nous avons apporté les plats avec une charrette à bras au bord du Pripiat. Glev s'était occupé des boissons, et la bière et la vodka étaient au frais dans l'eau. Nous avons beaucoup bu, et chacun a eu droit à son bain involontaire. Les derniers invités sont partis bien après minuit, et nous sommes rentrés avec quelques voisins. Lorsque nous sommes arrivés dans la voulitsia *Lessia Oukraïnka, l'asphalte de la rue était en train d'être refait. Une voisine a dit que les ouvriers préféraient sans doute travailler de nuit à cause de la chaleur, une autre s'en est étonnée car elle avait vu que la rue avait déjà été regoudronnée de nuit, six mois auparavant. Je suis montée, mais Glev est resté dans la rue avec l'un de ses collègues. J'ai lavé la vaisselle et tout rangé, et, quand il est revenu, je me suis mise à babiller gaiement et à commenter la soirée, qui avait été un franc succès, sans remarquer combien il était sombre. Lorsque je me suis assise à côté de lui, il m'a demandé si je pouvais m'imaginer quittant Pripiat. J'ai rigolé. Je l'ai embrassé en riant et je lui ai dit qu'il avait abusé de la vodka et qu'il était mûr pour aller se coucher. Des années plus tard, à Troïchina, Glev m'a reparlé de cette fête. Il m'a raconté : « Cette nuit-là, je suis retourné avec Vania sur le trottoir. Nous l'avons mesuré : il n'était plus qu'à cinq centimètres au-dessus de la chaussée, et nous avons calculé que c'était au moins la quatrième fois qu'ils regoudronnaient la rue. Te souviens-tu que Vania est reparti avec sa famille dans sa région d'origine près de Leningrad, six mois plus tard ? Officiellement, parce que ses parents étaient âgés et avaient besoin de lui. En réalité, étant ingénieur, il savait ce que ça signifiait de refaire constamment l'étanchéité des routes. Des accidents s'étaient sans doute déjà produits à Pripiat, et la ville avait été contaminée. Ils goudronnaient les rues pour piéger les poussières radioactives. Cette nuit-là, Vania m'a dit qu'il avait peur pour ses enfants. »*

Kisa bondit. Trop tard. Elle fixe encore pendant quelques secondes le sol enneigé où la souris a disparu dans son trou. Puis elle oublie la défaite et revient, la tête haute, vers la maison.

Même en ce qui concernait les attributions de voitures, nous étions privilégiés, à Pripiat, et peu après cette fête, nous avons reçu une Lada Jigouli. La fierté de Glev. Nous partions régulièrement rendre visite à Baba et Deda, et nous leur apportions des denrées alimentaires, du dentifrice, des tissus et tout ce qui manquait à Ritchytsia. Baba était encore en état de faire la cuisine, la vaisselle et de menues tâches ménagères, mais rien d'autre. Je me chargeais de la lessive, du ménage, je changeais les draps pour eux, et ils étaient heureux d'embrasser leur petit-fils. Là encore, j'ai détourné mon regard. J'ai occulté ce qui ne cadrait pas avec ma vision d'un monde intact et préservé. Ta Baba était devenue très faible au cours des derniers mois : elle s'essoufflait au bout de quelques pas, même éplucher les pommes de terre la fatiguait, mais je n'en avais pas conscience. Pourtant, je le voyais bien. Je voyais Deda s'asseoir à côté d'elle, lui prendre le couteau des mains et terminer le travail. Le 16 septembre 1984, elle est morte à l'âge de soixante-quatre ans. Quand Deda est rentré du travail, il l'a trouvée sur le banc derrière la maison, sa place préférée. Elle était assise tranquillement, une béquille de chaque côté. Son cœur avait lâché. Je n'étais absolument pas préparée à sa mort.

La chatte miaule devant la porte. Valentina se lève, la laisse entrer, remet une bûche dans le poêle et pose la marmite d'eau dessus. Pas préparée ! Les mots flottent dans sa tête, sans trouver de prise. A-t-elle jamais été préparée ? Pouvait-on se préparer à la mort ? Ce moment impossible à négocier, où aucune parole inconsidérée ne peut être rattrapée, aucune excuse ne peut être ajoutée, cette irrévocabilité avec laquelle la porte se claque ?

Il faut encore que je te raconte la période de la Saint-Sylvestre 1985. Ton grand-père devait partir à la retraite au début de l'année suivante, et, depuis la mort de Baba, Glev et moi avions souvent parlé de le prendre chez nous. Lorsque nous le lui avons proposé, il a secoué la tête avec la dernière énergie. La petite maison avec son jardin était toute sa vie. Il n'était pas question de partir : il disait que la centrale nucléaire ne lui inspirait aucune confiance, qu'il se faisait du souci pour Mykola. Il nous a même suggéré de venir habiter chez lui. Avec la voiture, nous n'aurions pas plus de quarante minutes de trajet pour aller au travail. J'étais furieuse contre lui et je lui ai rappelé le niveau de sécurité exceptionnel en vigueur dans la centrale. Mais je me souviens aussi du trouble qui m'a envahie en voyant Glev rester silencieux et se contenter d'un : « Laisse tomber, Valia. »

À ce moment-là, nous n'en avions plus que pour quatre mois. Quatre mois de bonheur.

Elle se lève, chasse Kisa du fauteuil et reprend ses travaux de couture. L'heure était venue. Avec quelle évidence elle l'avait écrit ! À présent, elle allait devoir raconter cette nuit où le téléphone avait sonné. La nuit où Glev était revenu dans la chambre, où il avait tiré les rideaux et où elle avait vu sa silhouette se découper sur la fenêtre. La nuit où il s'était habillé en vitesse et lui avait dit à voix basse : « Des problèmes sur un des réacteurs. Rendors-toi. »

Et elle s'était rendormie. Il ne s'était jamais pardonné cette petite phrase destinée à la rassurer. Plus tard, il dit qu'il avait vu des flammes bleues au-dessus de la centrale, par la fenêtre, qu'il était comme anesthésié et que l'idée que Mykola et elle continuent à dormir paisiblement avait eu quelque chose de réconfortant. Longtemps après, il avait trouvé une reproduction d'un tableau dans un magazine : *La Tour des chevaux bleus* de Franz Marc. Il était tout excité en lui montrant la page, et lui avait dit : « Regarde, Valia, voilà à quoi ça ressemblait, cette nuit-là. C'était aussi impressionnant et grandiose. »

14

Düsseldorf, octobre 2010

Leonid faisait les cent pas dans la gare de Düsseldorf. Il était trop épuisé pour s'asseoir : il aurait risqué de s'endormir. Il découvrit un stand qui proposait du café à un euro, ajouta beaucoup de sucre et de lait en guise de repas. Dans trois heures, il rencontrerait Adriana Mazur et obtiendrait peut-être des réponses.

Six mois auparavant, quand il était revenu au commissariat avec Igor, après leur descente à l'université, Anna Baïdakova et Anatoli Parov les attendaient. Leurs résultats n'avaient a priori pas eu l'air de les intéresser. Anna Baïdakova écumait de rage. « Aller enquêter sur l'université… sans concertation… Une initiative inacceptable… qui aura des conséquences. Vous n'êtes pas gérable pour ce groupe », et ainsi de suite. Anatoli était resté étonnamment calme, la laissant s'emporter. Leonid avait réussi à tenir Igor à l'écart des attaques, affirmant qu'il ignorait avoir agi sans concertation. Il n'était pas question d'enquêter sur l'université, avait-il également assuré, mais sur quelqu'un qui s'était procuré un accès illégal au réseau.

Alors le calme était revenu. Personne n'avait demandé ce que les recherches avaient donné, mais la question brûlait toutes les lèvres. La méfiance crissait dans l'air comme un tapis de feuilles sèches sous les pas. Leonid attendait, guettant celui qui dégainerait le premier. Ce fut Anatoli. Debout devant la fenêtre, il leur tournait le dos.

— Est-ce qu'on a au moins des indices concrets ? demanda-t-il d'un ton presque conciliant.

Anna Baïdakova tapa du poing sur la table.

— On s'en fiche ! De toute façon, nous ne donnerons pas suite. L'affaire est close !

Leonid passa outre. Il parla de Vassyl Gromov, des brochures, et précisa que Gromov avait pris contact avec les jeunes filles à deux reprises au moins.

Anatoli répéta plusieurs fois le nom, comme s'il l'avait déjà entendu mais ne savait plus dans quel contexte. Anna Baïdakova ne montra aucune réaction.

— Quoi d'autre ? demanda Anatoli, qui leur tournait toujours le dos.

Instinctivement, Leonid ne dit rien de sa conversation avec Akim Nesterov et ne mentionna pas Adriana Mazur non plus. Il se produisit alors quelque chose d'inattendu. Quand Anatoli eut tourné les talons, Anna Baïdakova s'effondra à son bureau, enfouit son visage dans ses mains et respira plusieurs fois à fond. Puis elle sortit un classeur de son sac.

— Je veux que vous poursuiviez l'enquête, mais c'est à moi que vous rendrez compte de vos résultats, et à moi seule !

Elle se leva et le jeta sur le bureau de Leonid.

— C'est le rapport complet d'Interpol. Lisez-le et rendez-le-moi aujourd'hui même. Vous n'en parlez pas à Parov, c'est un ordre !

Après avoir survolé les premières pages, bourrées de statistiques et de graphiques, Igor et lui tombèrent sur des choses plus concrètes et instructives. Ils trouvèrent une liste de noms et d'organisations que la police avait dans le collimateur. Les Allemands s'intéressaient notamment à un certain Armin Bergermann, spécialisé dans l'importation de produits alimentaires d'Europe de l'Est. Cet Allemand de Crimée, résidant en Allemagne depuis 1998, s'était rapidement constitué une coquette fortune. Il était à la tête de deux discothèques et de deux clubs, et on le suspectait de posséder des participations au noir dans divers autres établissements. Son nom apparaissait également comme collectionneur et mécène. Les mots « établissements » et « mécène » retinrent aussitôt l'attention de Leonid.

Le soir, il rendit le classeur à Anna Baïdakova. Entre-temps, elle avait découvert que Vassyl Gromov, âgé de vingt-cinq ans et né à Nikopol, avait purgé plusieurs peines avant sa majorité et que son domicile actuel était inconnu. Elle avait râlé contre la pagaille et la désorganisation ambiantes, en constatant que la photo avait été retirée du dossier.

Leonid n'était toujours pas disposé à lui faire confiance, mais comme il avait besoin d'elle, il lui indiqua les passages concernés du rapport d'Interpol et suggéra :

— Nous devons transmettre à l'ambassade d'Allemagne la liste des disparus qui ont déposé une candidature pour un semestre à l'étranger. Celle établie par Igor. Ils sauront retrouver les restaurants, les bars ou les hôtels allemands d'où provenaient les offres d'emploi.

Anna Baïdakova secoua la tête.

— C'est ce que j'ai fait, mais les employeurs changent chaque fois. Il n'y a aucun établissement qui émerge en particulier.

Puis elle se tut et se mit à tambouriner nerveusement sur le bureau du bout de ses ongles manucurés. Sans doute avait-elle décelé une défiance inconsciente dans son regard. Elle ajouta avec une pointe d'amertume :

— Écoutez, Leonid Kyjan, nous commençons enfin à avancer, mais j'ai l'impression que ce n'est pas forcément bien vu partout dans cette maison.

Quand il lui demanda ce qu'elle savait d'Anatoli Parov, elle s'énerva :

— Rien ! avant d'ajouter, plus calme : Je suis peut-être injuste envers lui, mais il n'a aucun résultat. De plus, il passe son temps avec ses anciens collègues de la division du crime organisé, qui ont brillé par leur inefficacité dans la lutte contre le trafic humain, ces dernières années.

Un peu plus tard, Leonid téléphona à Akim Nesterov pour lui demander s'il avait déjà entendu le nom d'Armin Bergermann. Un certain Bergermann avait acheté l'une de ses œuvres, confirma l'artiste.

Leonid décida de continuer à ne faire confiance qu'à Igor et se concerta avec lui sur la marche à suivre. Ils choisirent de se focaliser sur le parcours d'Olena et Katerina pour entrer en Allemagne. À l'ambassade, il obtint une photocopie de leurs demandes de visa. Le dossier de Katerina contenait un contrat de travail avec l'établissement San Marino à Willich. Quant à Olena, elle devait travailler pour un traiteur de Düsseldorf. Il n'y avait aucun numéro de téléphone. Il les rechercha et appela aux deux endroits : les noms des jeunes filles étaient inconnus. Il voulut ensuite reparler à Valentina Chtchoukina, mais cela aussi se révéla problématique.

Quand il se rendit à Troïchina, à l'adresse qu'elle lui avait donnée, il tomba sur un jeune couple avec deux enfants. Il apparut qu'ils étaient de la famille de la voisine. L'appartement était d'une propreté immaculée, modeste mais joliment arrangé.

Lorsqu'il montra sa carte professionnelle, tous se turent. La milice avait généralement mauvaise réputation, mais, à Troïchina, elle était carrément détestée. Après s'être fait prier, la voisine lui montra une lettre dans laquelle Valentina Chtchoukina mettait expressément son appartement à sa disposition. Elle lui apprit que Valentina s'était installée dans la zone d'exclusion, mais prétendit ignorer où.

Leonid était sûr qu'ils mentaient. Il eut beau leur expliquer qu'il enquêtait sur la disparition de Katerina et Olena, et que Valentina Chtchoukina l'avait prié de la tenir informée, rien ne réussit à les faire parler. Pour finir, la voisine offrit de se renseigner, sans doute pour se débarrasser de lui.

Il laissa son numéro de téléphone et poursuivit son tour de cette banlieue sinistre, à la recherche de l'adresse des Litovtchenko.

Troïchina avait été construite en catastrophe à la périphérie de Kiev, dans les années quatre-vingt, puis livrée à elle-même. Une ville-satellite déprimante, coupée de la vie de la capitale. On y avait relogé bon nombre de liquidateurs et d'anciens habitants de la zone d'exclusion. À l'origine, la cité devait être reliée par le métro, mais la situation politique avait changé et Troïchina avait été laissée à l'abandon. Elle était desservie par des bus dont on ne savait jamais s'ils allaient passer, et il fallait compter jusqu'à deux heures pour se rendre à Kiev sans voiture. Au pied des barres d'immeubles de vingt étages aux balcons rouillés et au crépi effrité, s'étendait un petit parc orné d'une grande sculpture de granit rouge et noir érigée en mémoire de la catastrophe. Derrière la sculpture s'élevait un mur en brique émaillé de plaques de villages qui n'existaient plus. Les villages où habitaient jadis la plupart des habitants de Troïchina.

Il dénicha la famille Litovtchenko au huitième étage d'un immeuble à la vilaine façade d'un bleu délavé. L'ascenseur empestait l'urine et les détritus. Un garçon d'une quinzaine d'années ouvrit la porte et se campa devant lui en croisant les bras sur la poitrine, la mine butée :

— Qu'est-ce que tu veux ? demanda-t-il.

Leonid savait, d'après le dossier, qu'Olena avait un frère, et deux demi-frère et sœur plus jeunes. Ce devait être son frère Gritsko.

— Parler à ta mère, répondit Leonid.

— À quel sujet ?

Leonid sortit sa carte professionnelle.

— C'est au sujet de ta sœur Olena.

Le garçon eut un instant d'hésitation.

— Attends ici ! finit-il par dire, avant de claquer la porte.

Une blonde décolorée bien en chair, vêtue d'un jogging jaune, le fit entrer. Une odeur de chou trop cuit lui sauta au visage. L'adolescent qui lui avait ouvert était calé dans un fauteuil devant le téléviseur, et deux autres enfants, de sept et dix ans environ, étaient assis sur un lit à côté.

Mme Litovtchenko houspilla son aîné :

— Laisse la place !

— Tire-toi à la cuisine ! grogna-t-il.

La femme s'exécuta en râlant. À la cuisine, les effluves de chou étaient insupportables et la chaleur, intenable. Leonid ouvrit la fenêtre.

— Vous l'avez retrouvée ? demanda la mère en se laissant tomber sur l'une des deux chaises.

— Non, répondit Leonid en prenant place en face d'elle, mais j'ai besoin d'informations complémentaires. J'aimerais savoir ce qu'Olena vous a dit, à l'époque, à propos du job en Allemagne.

La femme le regarda d'un air d'incompréhension.

— Elle ne me parlait pas, grommela-t-elle. La faute à sa prof. C'est elle qui l'a envoyée faire ses études à Kiev. Qui lui a trouvé une bourse pour un semestre. On ne la voyait presque plus à la maison.

Elle sortit un paquet de cigarettes d'une poche de sa veste de jogging et s'en alluma une.

— Elle a dit qu'elle partait pour l'Allemagne, elle a pris quelques affaires et elle est partie.

Le ton bravache avait disparu, et elle tira plusieurs bouffées de cigarette.

— Elle m'a montré un papier en m'annonçant qu'elle gagnerait neuf cents euros par mois et qu'elle enverrait de l'argent. Elle l'a promis ! Mais je n'ai jamais reçu un sou. Au lieu de ça, Valentina Chtchoukina a débarqué un jour parce que Katerina ne donnait pas de nouvelles, en me demandant si j'en avais eu d'Olena.

Son fils se tenait sur le seuil de la cuisine, la toisant avec mépris.

— Est-ce qu'elle vous raconte à quel point sa chère Olena lui manque ? s'enquit-il d'une voix pleine de sarcasmes. C'est ça que tu lui racontes ? demanda-t-il à sa mère, avant de se tourner de nouveau vers Leonid. C'est l'argent promis qui lui manque, pas Olena. Quand Valentina Chtchoukina était là, elle a dit qu'Olena était une salope et une radine, et qu'elle avait oublié sa mère depuis qu'elle menait la belle vie en Allemagne. C'est bien ce que t'as dit, non ?

— Dégage ! grogna-t-elle. Qu'est-ce que t'y connais ? Il y en a ici qui sont parties pour l'Allemagne et qui envoient du fric. Elles n'ont pas oublié leur famille, elles !

Gritsko secoua la tête, et sous son air de petit caïd, Leonid distingua une résignation qui ne convenait pas à ses traits enfantins.

— Olena non plus. Toi, elle t'a peut-être oubliée, mais pas moi ni les petits ! Si elle allait bien, elle aurait donné des nouvelles.

Quand Leonid cita le nom de Vassyl Gromov, les yeux de l'adolescent se rétrécirent.

— Connais pas. Est-ce qu'il a un rapport avec la disparition d'Olena ?

— Je ne sais pas, répondit Leonid, mais j'aimerais bien lui parler.

En partant, il avait laissé son numéro de téléphone à Gritsko. Le garçon savait quelque chose sur Gromov, il en était sûr. En le raccompagnant à la porte, Mme Litovtchenko dit d'une voix étonnamment douce :

— Olena est maligne. Il ne lui est rien arrivé.

Il attendait, les yeux rivés sur l'entrée du restaurant Zum Schiffchen. Il était 8 heures et quart quand il remarqua une femme qui s'y rendait, puis s'arrêta et regarda autour d'elle. Elle portait un jean moulant, une veste de tailleur vert pomme, des escarpins et un sac assorti. Ses cheveux étaient plus foncés, à présent, et elle portait une coupe au carré, mais il la reconnut aussitôt. Il prit son temps, tournant autour d'elle sans la quitter des yeux.

Quand il s'approcha, elle lui tendit la main.

— Adriana Mazur. Vous devez être l'ami d'Akim, dit-elle avec un sourire.

Elle poursuivit son bavardage, sans avoir l'air de vouloir connaître son nom.

— Ce brave Akim..., j'ai vraiment mauvaise conscience, mais vous savez comment c'est. La vie continue et on perd le contact. Je suis très touchée qu'il se fasse autant de souci pour moi et qu'il se soit donné cette peine.

D'un geste, Leonid l'invita à pénétrer dans le restaurant, mais elle refusa.

— Voyez-vous, je n'ai pas beaucoup de temps, et, si j'ai bien compris, vous repartez par le prochain car pour Kiev. Saluez Akim de ma part et dites-lui que je me manifesterai prochainement auprès de lui.

Leonid n'avait pas encore prononcé un seul mot qu'elle lui tendait déjà la main. Il la prit et la garda entre les siennes.

— Mon bus ne part qu'à 10 heures, et j'ai quelques questions à vous poser. Vous aurez bien le temps de prendre un café.

Son sourire s'effaça.

— Que voulez-vous ? demanda-t-elle d'un ton plus agressif qu'elle ne l'aurait souhaité.

— Je suis allé aujourd'hui à votre galerie qui n'affiche pas d'horaires d'ouverture. Vous-même n'êtes pas joignable directement. Mais ce qui nous intéresse le plus, Akim Nesterov et moi, dit-il en exhumant de sa poche de poitrine la brochure avec les offres d'emploi, c'est de savoir où sont passées les jeunes filles que vous avez attirées avec ça dans le pays au cours des trois dernières années.

Leonid observa un léger frémissement de ses lèvres. Elle se reprit vite cependant.

— Que voulez-vous dire ? Ce prospectus concernait un vieux projet. Akim Nesterov sait pertinemment que c'est fini depuis longtemps.

Ils étaient toujours debout devant l'entrée du restaurant. Leonid nota qu'elle regardait en direction d'un homme qui se tenait à une trentaine de mètres de là.

Il lâcha sa main et empoigna son bras.

— Nous allons entrer, nous asseoir, et vous répondrez à quelques questions, reprit-il d'un ton affable.

Elle retira vivement son bras, frotta sa manche du revers de la main comme pour enlever une saleté et pénétra dans le restaurant. Ils s'installèrent face à face et commandèrent un thé. Il lui glissa les photos de Katerina et Olena sur la table.

— Ce sont deux des jeunes filles qui ont trouvé du travail en Allemagne grâce à votre brochure au cours des trois dernières années. Dans ces établissements, ajouta-t-il en pointant l'index sur le prospectus, on n'est pas au courant, mais les jeunes filles avaient présenté des contrats de travail.

Adriana Mazur regarda les photos et secoua la tête.

— Je regrette, murmura-t-elle, je suis galeriste. Je n'ai rien à voir avec ça.

Elle repoussa les photos vers lui et, fronçant les sourcils, déclara d'un ton ferme :

— Écoutez, je suis désolée, je ne connais pas ces demoiselles. Je vais appeler Akim pour mettre les choses au point.

— Akim Nesterov sera ravi de vous entendre, répliqua-t-il calmement, mais il m'a chargé de retrouver ces deux jeunes filles, et il est persuadé que vous pouvez m'aider. Elles sont arrivées toutes les deux le 22 septembre de l'année dernière à Düsseldorf par le biais de ces offres d'emploi. Akim compte sur vous pour faire jouer vos relations. Vous en aviez beaucoup à l'époque. Si je retrouve Katerina et Olena, il considère l'affaire comme réglée.

Adriana Mazur but une gorgée de thé et parut réfléchir intensément. Puis elle prit un bout de papier et un crayon dans son sac, et lui demanda d'épeler leurs noms de famille.

— Je vais me renseigner, lâcha-t-elle avec condescendance, je ne peux rien faire de plus.

Leonid hocha la tête, compréhensif, et ajouta d'un air aussi détaché que possible :

— Armin Bergermann est bien client de votre galerie ? Pourquoi ne pas commencer par lui ?

Il vit qu'elle encaissait le coup.

— Je vous propose de me donner un numéro de téléphone auquel je puisse vous joindre. Dès que j'aurai retrouvé les jeunes filles, nous considérerons que le dossier est clos, conclut-il en lui jetant un regard où elle put lire une détermination totale.

À contrecœur, elle nota un numéro sur un dessous de verre en carton et ajouta d'un ton sarcastique :

— Je présume que vous n'allez pas prendre le bus pour Kiev, n'est-ce pas ?

— Exact, mais comme je le disais, dès que j'ai retrouvé…, répondit-il sans finir sa phrase, voyant qu'elle se levait. Encore un instant !

Il composa le numéro indiqué sur le carton, entendit une sonnerie de portable dans son sac à main et hocha la tête, satisfait.

— Vous auriez tout intérêt à me donner des nouvelles, ajouta-t-il encore.

Elle quitta le restaurant d'un pas pressé. Les choses allaient bouger, il en était sûr.

La serveuse s'approcha et il régla les consommations. Après avoir récupéré sa valise à la consigne, il essaya de nouveau de joindre l'homme du car. Par chance, il décrocha aussitôt. Leonid était épuisé et il lui demanda s'il connaissait un hébergement bon marché en ville.

— Tu viens chez moi, répondit Andreï sans hésiter.

15

Zyfflich, de mars à mai 2010

Quand Matthias Lessmann se rendit pour la première fois à Nimègue, il était rasé de frais, Tania lui avait coupé les cheveux et avait repassé sa chemise bleu ciel et son coupe-vent beige. En le voyant dans l'embrasure de la porte, elle déclara, satisfaite :

— Tu ressembles à un bon client.

Il avala sa salive et évita son regard.

Il passa le premier soir à chercher où les filles faisaient le trottoir. Il gara sa voiture le long du fleuve et remonta dans la ville. Avec Vera, ils venaient là une ou deux fois par an pour faire des courses. Il connaissait les artères commerçantes et parcourut les ruelles et les quartiers résidentiels avoisinants. Il était gêné de demander aux passants, et c'est seulement le deuxième soir qu'il trouva le quartier chaud, qui s'étendait du Nieuwe Markt au parc de Kronenburg.

Il n'avait pas de photo de Marina, mais Tania lui avait dit : « Tu ne peux pas ne pas la remarquer. Elle ne mesure qu'un mètre soixante pour quarante-cinq kilos environ ; elle a de grands yeux marron et a l'air d'une enfant. Ils lui ont coupé les cheveux court et l'ont teinte en blonde. »

Le premier soir fut une catastrophe. Dès qu'il s'approchait des femmes sur le trottoir, elles venaient trop près de lui, l'empoignaient ; certaines le retenaient même quand il voulait continuer. Ça lui était désagréable, et il quitta le quartier sans avoir demandé Marina.

Tous les vendredis et les samedis soir, il passait la frontière. Le troisième week-end, ça allait déjà mieux. Il s'habituait à ce qu'elles l'attrapent par le bras, faisait la sourde oreille à leurs propositions et les questionnait sur Marina. Alors elles le lâchaient, l'envoyaient balader ou réclamaient de l'argent pour le renseignement. D'abord il paya, mais leurs indications ne menaient nulle part. De week-end en week-end, il se mit à évoluer avec une aisance croissante dans le quartier, fréquenta bientôt les bars, offrant des boissons aux femmes pour qu'elles l'écoutent. Quand il avait l'impression que l'une d'elles était susceptible de savoir quelque chose, il montait avec elle et utilisait le temps acheté pour la questionner.

C'est vers le début du mois d'avril qu'il coucha pour la première fois avec une fille. Elle avait dans les vingt ans. Elle ne l'écouta pas, l'embrassa et le caressa, se déshabilla, guida sa main sur son corps ferme, et il oublia les questions et Marina. Quand il regagna sa voiture, il avait honte. Il resta assis plus d'une heure sur la rive du Waal. Sur le chemin du retour, il se promit de dire à Tania qu'il n'irait plus.

À la maison, il la trouva dans l'entrée, comme toujours, les yeux pleins d'espoir. Et il se tut, car il y avait les cinq autres jours et leur rythme paisible : Tania à ses côtés, qui se réjouissait avec lui de la naissance de trois agneaux, qui lui donnait un coup de main dans le jardin et tenait la maison, Tania avec laquelle il faisait la cuisine et dînait le soir. Dehors, ils travaillaient ensemble, sans beaucoup parler, et il repensait aux années avec Vera, quand elle était encore en bonne santé.

Un mercredi, ils firent leur première sortie ensemble et se rendirent à Bocholt. Tania s'allongea sur la banquette arrière tandis qu'ils traversaient Zyfflich et Kranenburg, puis grimpa sur le siège passager dès qu'ils en furent sortis. Ils rirent, comme des enfants après une bonne blague. À Bocholt, ils flânèrent dans les magasins, achetèrent des vêtements d'été pour elle et deux polos pour lui, mangèrent une glace et allèrent voir *L'Âge de glace 3* au cinéma. Dans les boutiques, on les prenait pour un père et sa fille, et quand ils marchaient bras dessus, bras dessous, et qu'elle confirmait cette hypothèse, il éprouvait une joie qu'il n'avait pas connue depuis des années.

Au début du mois de mai, il lui raconta que la police hollandaise était omniprésente dans le quartier chaud. Ils étaient en train de dîner. Tania dit que Marina, sans papiers et avec son allure de gamine, n'était sûrement pas sur le trottoir ou dans les bars. Entre deux bouchées, elle suggéra :

— Tu dois faire comprendre que tu aimes les enfants.

Ce fut comme un fil qui se casse quand on a trop tiré dessus. Il tressaillit et la gifla. Elle se tint la joue. Pendant de longues secondes, ils s'observèrent. Puis il se leva d'un bond en renversant sa chaise et se précipita dehors. C'était un vendredi, et ce soir-là il ne franchit pas la frontière. Adossé contre la barrière du pré, il regarda les dernières lueurs du jour s'infiltrer dans les champs et le sol engloutir les couleurs. En proie à un désarroi extrême, il essaya de mettre de l'ordre dans ses pensées.

Quel genre d'homme était-il devenu au cours de ces derniers mois ? Il l'avait frappée ! Jamais il n'avait frappé une femme auparavant. Il couchait avec des putes. Jamais il n'avait couché avec des putes auparavant. Et… il avait tué un homme. En enterrant Mario Swoboda, il l'avait sentie, cette perte irréparable qu'il avait été incapable de nommer. Depuis que Swoboda gisait dans la parcelle en friche, il n'avait jamais retrouvé sa tranquillité d'esprit. Depuis que Swoboda pourrissait là-bas, il avait peu à peu perdu sa dignité. En ôtant la vie à Swoboda, il s'était privé de la sienne.

C'était sa faute à elle ! Depuis qu'elle était entrée en chancelant dans son existence, tout allait de travers. Sa raison lui commandait de la renvoyer.

D'un autre côté, il y avait leur paisible vie commune, ces cinq jours qui renouaient avec le temps d'avant la maladie de Vera, et cette confiance inconditionnelle qu'elle lui vouait. Elle avait besoin de lui.

Trine passa la tête à travers la barrière et se frotta contre sa jambe. En la caressant affectueusement, il dit tout haut : « Elle a besoin de moi », et sut aussitôt que ce n'était qu'une partie de la vérité.

Dès qu'il regagna la maison, Tania se jeta à son cou.

— Excuse-moi ! répéta-t-elle à voix basse. Excuse-moi, s'il te plaît ! Je n'aurais pas dû te demander ça, c'était stupide.

Le 16 mai, en lisière du parc de Kronenburg, il aborda une jeune femme qui tapinait sous le porche d'une maison. Quand il décrivit Marina, elle recula et s'enquit d'un ton méfiant :

— Qu'est-ce que tu lui veux ?

Il lui servit son laïus habituel : qu'il était son client attitré à Düsseldorf et qu'on lui avait dit qu'elle travaillait ici à présent.

La femme réclama cent euros. Comme il hésitait, elle haussa les épaules d'un air las et déclara :

— Marina ne travaille pas dans la rue. Tu ne la trouveras pas ici.

Lorsqu'il lui tendit l'argent, elle lui indiqua l'adresse en précisant que le nom sur la sonnette était « Van Buyten ». La maison close était située près du port, en dehors du secteur où il avait cherché au cours des dernières semaines. Il se dirigea vers un immeuble décrépit de quatre étages, coincé entre des ateliers et des entrepôts, et sonna.

Un jeune homme aux cheveux blonds, vêtu d'une chemise bleu ciel, se montra dans l'encadrement de la porte. Il ressemblait plus à un étudiant qu'à un proxénète, et Lessmann crut un instant que la femme lui avait menti.

— Je veux voir Marina, dit-il, s'attendant à être éconduit.

Le jeune homme le conduisit au bout d'un couloir, ouvrit la porte d'une cuisine où attendaient quatre jeunes filles et jappa : « Marina ! »

Il se tourna vers Lessmann.

— Trente euros pour trente minutes sans extra, dit-il. Si tu veux sans préservatif, c'est soixante ; la sodomie ou les coups, c'est cent, mais pas de coups de poing dans le visage.

Lessmann faillit s'étrangler. Il lui donna trente euros, et quand elle sortit de la cuisine et qu'elle passa devant lui, il sut qu'il avait trouvé Marina.

— Normal, lui dit l'homme, et donne-toi un peu de mal, s'il te plaît.

Dans sa nuisette transparente, elle marchait à petits pas vacillants et disparut derrière l'une des portes. Lessmann ne se résolvait pas à la suivre.

— Vas-y ! l'encouragea aimablement le jeune homme en lui tapant sur l'épaule, le compte à rebours a commencé.

Elle était assise au bord du lit et regardait devant elle, les yeux vitreux.

— Tu veux que je vienne sur tes genoux ? demanda-t-elle avec une totale indifférence.

Comme il ne réagissait pas, elle le regarda.

— Tu veux que je t'appelle papa ?

Il avala sa salive, s'assit à côté d'elle et lui glissa :

— Marina, c'est Tania qui m'envoie.

Elle tourna la tête très lentement dans sa direction et le dévisagea. Une éternité sembla s'écouler avant qu'elle comprenne.

— Où est-elle ? articula-t-elle d'une voix pâteuse.

Il lui parla de Tania, dit qu'il l'avait longtemps cherchée. Elle paraissait totalement apathique, et les paroles de Lessmann mettaient longtemps à atteindre son cerveau. Elle fixait le mur, un vague sourire destiné à une image lointaine flottant sur ses lèvres.

— Est-ce qu'elle peut rentrer à la maison ? demanda-t-elle.

— Tania ne veut pas rentrer sans toi. Tu comprends ?

— Mais je... je ne peux pas partir d'ici.

À présent, c'était au tour de Lessmann de se taire pendant plusieurs minutes.

Elle hocha la tête et répéta :

— Je ne peux pas partir.

Puis elle regarda le réveil posé sur une chaise à côté du lit, se déshabilla et posa la main sur son sexe à travers le pantalon. Saisissant son frêle poignet avec plus de brusquerie qu'il ne l'aurait voulu, Lessmann la repoussa. Il contempla la silhouette fragile qui n'avait que la peau sur les os, vit les piqûres dans le pli du coude, tandis qu'elle lui demandait, désemparée :

— Comment veux-tu que je te le fasse ? Il faut que tu me dises ce que tu aimes.

Il se rendit compte qu'aucune de ses paroles n'était véritablement arrivée jusqu'à elle.

— Je ne suis pas venu pour ça, dit-il.

Ils étaient assis côté à côte, attendant que la demi-heure soit écoulée. Il ne voulait pas partir avant la fin, pour ne pas donner l'impression qu'elle n'avait pas répondu à ses exigences, et il fut soulagé quand l'homme frappa à la porte, annonçant :

— C'est fini.

Lessmann se leva et lui glissa à mi-voix :

— Je reviendrai.

Il lui souleva le menton et la scruta dans les yeux :

— Tu as compris, Marina ? C'est Tania qui m'envoie, et je reviendrai.

Dans le couloir, le blond lui demanda s'il avait été satisfait. Il hocha la tête et répéta :

— Je reviendrai.

Il était encore tôt, et la soirée était douce, l'une des premières de l'année. Il ne rentra pas directement à la maison, mais se dirigea vers le centre, s'assit à la terrasse d'un bistrot, commanda une Heineken et contempla la façade illuminée de l'ancien hôtel de ville. Sa main tremblait en portant le verre à ses lèvres. Il l'avait retrouvée ! Il l'avait bel et bien retrouvée : il dut s'avouer qu'il n'y avait pas cru.

Mais elle était droguée. Même s'il réussissait à la sortir de là, il ne pourrait pas la ramener à la ferme. Elle aurait besoin d'héroïne ou de toute autre substance qu'on lui injectait.

Il but encore une bière. Au moment de régler, sa décision était prise. Il ne dirait pas à Tania qu'il avait retrouvé Marina. Pas avant d'avoir un plan précis pour la suite. Il était encore trop tôt pour rentrer. Machinalement, il alla vers le parc de Kronenburg et monta avec l'une des femmes.

16

Zone d'exclusion, octobre 2010

Une pie s'est posée sur la clôture. Son plumage aux reflets vert métallisé brille dans le soleil matinal ; les extrémités blanches de ses ailes repliées ressemblent à des flocons qui n'auraient pas fondu. Elle lance une série de « tcha-ka tcha-ka » pressés dans le jardin. Il n'a pas neigé depuis deux jours, et la température est remontée au-dessus de zéro. Les ultimes feuilles épargnées par le froid scintillent dans la lumière.

Au printemps, il lui avait fallu dix jours pour redonner à ce bout de nature l'apparence d'un jardin. Des buissons d'églantine et de mûres avaient envahi l'ancien potager, et des arbres avaient poussé anarchiquement. Dans la remise, elle avait déniché une vieille bêche, une binette et une fourche rouillée, et s'était mise au travail. Dix jours de rude labeur. Avec la scie qu'il avait apportée, Artemi avait coupé les rejets du vieux pommier et du cerisier ; il s'était procuré des semences et des plants au marché de Kiev. Le sol était noir et fertile. De la bonne terre d'Ukraine.

« De la terre irradiée », avait dit Artemi. Et elle avait répondu : « C'est tout ce que j'ai. »

La neige fond. D'ici quelques jours, elle aura complètement disparu. Si Artemi reçoit des nouvelles de Leonid Kyjan, il a promis de venir à scooter.

Laissant le cahier de côté, elle a fait du pain, préparé une soupe de pommes de terre et de carottes pour plusieurs jours et elle a cherché des mots. Des formulations adéquates pour décrire les jours de la catastrophe. Elle a testé le mot « guerre », l'a tourné et retourné dans sa bouche. Par l'effet qu'il produit, il lui semble approprié. Morts, blessés, fuite et exil. Mais comment décrire l'ennemi ? Celui qui ne se manifeste que dans le crépitement mauvais des compteurs Geiger.

Quand elle reprend son stylo, elle sait qu'il n'existe pas de mot qui convienne.

Le 25 avril 1986 était un beau jour de printemps. Glev avait récupéré un tricycle auprès d'un collègue dont les enfants avaient grandi, et nous sommes allés l'essayer au parc avec Mykola. Dans la nuit, le téléphone a sonné à 3 heures pour appeler Glev à la centrale. Il était debout devant la fenêtre de la chambre : il avait tiré le rideau et regardait dehors. Je lui ai demandé ce qui se passait. « Des problèmes sur un des réacteurs, a-t-il dit. Rendors-toi ! » Et je me suis rendormie.

Ces trois heures de sommeil résument à elles seules mon refus de voir et d'entendre au cours des années qui ont précédé.

Vers 6 heures du matin, le téléphone a sonné de nouveau. Cette fois, c'était quelqu'un de l'administration de l'hôpital qui a juste dit : « Valentina Maksimovna ? Présentez-vous immédiatement à votre poste ! » et qui a raccroché.

Je ne sais pas à quoi je pensais, mais ça ne m'a pas inquiétée. Il arrivait qu'un collègue soit absent et qu'on soit amené à le remplacer au pied levé. Mykola voulait à tout prix emporter son tricycle à la crèche, et j'ai eu de la peine à l'en dissuader. À la crèche, ils avaient prévu une excursion au bord du fleuve, le matin. La puéricultrice a dit : « On nous annonce vingt-six degrés. Une belle journée comme ça, il faut en profiter ! »

C'est seulement sur le chemin de l'hôpital, en entendant les sirènes des pompiers et des ambulances que j'ai fait le lien entre les deux coups de téléphone et que je me suis mise à courir.

Plusieurs des hommes qu'ils amenaient étaient inconscients, d'autres vomissaient sans discontinuer. Nous portions des sandales, des blouses en coton, des masques en tissu et des gants pour nous occuper d'eux. On nous acheminait de nouveaux patients toutes les minutes. La plupart avaient la peau rougie comme après un coup de soleil. Certains souffraient de brûlures et de lésions plus sévères, et leur état semblait s'aggraver au fil des heures, comme s'ils continuaient d'être soumis à une chaleur intense. Nous n'avions pas le temps de réfléchir à la question. Le crépitement hystérique des compteurs Geiger qui mesuraient l'irradiation des hommes résonne encore à mes oreilles.

À midi, j'ai assisté une jeune doctoresse qui tentait de poser une voie veineuse. La peau de l'homme lui est restée collée aux doigts. Quand j'ai voulu caresser la tête du blessé pour le réconforter, ses cheveux sont venus par poignées. La jeune femme s'est mise à trembler. Fixant mes mains et les siennes pendant de longues secondes, elle a fondu en larmes et elle est sortie en courant. Sinon – et ça m'étonne aujourd'hui –, le travail s'effectuait dans le calme et la discipline, même si nous étions totalement dépassés par la multitude de blessés qui affluaient. À un moment donné, nous avons reçu la consigne de ne garder à Pripiat que les malades irradiés, et de transférer tous les autres patients à l'hôpital de la ville de Tchernobyl. Les premiers hélicoptères en provenance de Moscou sont arrivés avec à leur bord des médecins spécialistes, des médicaments, des solutions pour perfusions et des poches de sang. Ils ont conduit les blessés les plus atteints à l'aéroport pour y être transportés à l'hôpital n° 6 de Moscou, où ils seraient pris en charge par des équipes d'experts.

Au début de l'après-midi, l'un des pompiers est mort. Son corps a été évacué en vitesse. Plus tard, nous avons appris qu'on l'avait enfoui à la hâte dans le cimetière d'un des villages environnants. Il n'y a pas d'autre mot pour désigner ce qui s'est passé ; il n'a pas eu droit à une cérémonie. Nous travaillions sans répit. Dès le matin, on nous avait prévenus que l'accident s'était produit dans le réacteur 4 et que le personnel des autres réacteurs – Glev travaillait au numéro 2 – n'était pas touché. Comment t'expliquer que je l'ai cru ? Que je me le suis représenté comme un banal incendie, où il n'y avait pas de blessés ailleurs que dans la maison touchée ? De plus, les premières bonnes nouvelles commençaient à arriver. « Le feu est éteint, disait-on, tout est sous contrôle. » Et ce « tout est sous contrôle » circulait à travers l'hôpital comme une formule magique. Un incident grave, personne ne le niait, mais circonscrit au réacteur 4.

À 14 heures, quand j'ai enfin réussi à prendre une petite pause dans le bureau des infirmières, un secouriste a fait remarquer : « Des centaines de soldats sont arrivés en ville et beaucoup portent des masques à gaz. »

J'ai remué mon thé et, dans le silence oppressant, on n'entendait que le tintement de ma petite cuillère contre le verre. Une collègue a dit : « Ça prouve juste qu'ils sont prudents et que tout est fait pour assurer notre sécurité. » Sa remarque a été un soulagement. Nous voulions y croire, Katerina. Que nous serait-il resté si nous avions douté ?

L'après-midi, j'ai été convoquée par l'administration avec d'autres infirmières et secouristes. On nous a attribué des rues, où nous étions chargés de distribuer des comprimés d'iode dans chaque maison. « Ça vous prendra sûrement jusqu'à la fin de la soirée, mais vous aurez une journée de récupération demain », a précisé le camarade.

Quand on nous a remis les sacs de comprimés, j'ai dit à l'infirmière-chef que je me faisais du souci pour Mykola. « Mais, ma petite, tu ne crois tout de même pas qu'on vous enverrait en ville s'il y avait un danger sérieux ? Ce sont de simples mesures de précaution. »

À Pripiat, des véhicules équipés de haut-parleurs parcouraient les rues, invitant la population à rester confinée dans les appartements et à fermer les fenêtres. Malgré cette consigne, les rues étaient noires de monde, les familles se pressaient dans les squares et les parcs. Ça peut paraître étrange, mais ça avait quelques chose de rassurant.

L'air avait un goût métallique. Sur le coup, je ne me suis pas posé de questions, je me suis contentée d'enregistrer la saveur sur ma langue. Beaucoup plus tard, j'ai compris qu'il était saturé d'iode radioactif.

Certains des appartements étaient vides, et je me suis renseignée auprès des voisins. La première fois que j'ai entendu le mot « enfui », ça m'a fait un choc, et je n'ai plus redemandé. Jusqu'à une heure avancée de la soirée, je suis allée de porte en porte, distribuant les pilules et répétant avec conviction : « Aucune inquiétude à avoir. Une simple mesure de précaution. »

Ils me demandaient pourquoi le téléphone ne fonctionnait plus, et même pour ça j'ai trouvé une explication plausible. Je disais : « Les lignes sont surchargées, et ils ont besoin du réseau pour la centrale, l'hôpital et d'autres sites importants. » C'est seulement après l'évacuation que j'ai appris que les lignes privées avaient été coupées pour empêcher que des informations non contrôlées ne filtrent à l'extérieur.

Vers 22 heures, je suis rentrée à la clinique. L'infirmière-chef m'a dit que, après mon jour de récupération, il ne faudrait pas que je me représente à Pripiat mais à l'hôpital de Tchernobyl. De nombreux patients sévèrement irradiés avaient été transférés à Moscou, cependant l'hôpital de Pripiat était toujours débordé et les blessés continuaient d'affluer. On les installait dans les lits qu'occupaient auparavant les cas les plus graves. Tout était contaminé. Même les draps n'avaient pas été changés, car il n'y en avait plus de propres.

Je suis allée chercher Mykola à la crèche. Il dormait. Je l'ai porté à la maison et, comme je ne voulais pas le réveiller, je l'ai couché tout habillé. Glev est rentré une heure plus tard. Il a contrôlé toutes les fenêtres, il a insisté pour que nous nous déshabillions tous les trois, que nous jetions nos vêtements dans un sac en plastique et que nous prenions une douche. « Les niveaux de radiation sont effrayants, pas seulement près du réacteur, mais ici aussi, a-t-il déclaré. Dès demain matin, tu pars chez ton père avec Mykola. »

Elle se lève et va se faire réchauffer une assiette de soupe sur le poêle. Elle jette un coup d'œil par la fenêtre. Dans la lumière déclinante, les derniers tas de neige se colorent de reflets rougeoyants. « Regarde comme c'est beau ! » lance-t-elle à Kisa, qui fait sa toilette, installée sur le fauteuil. Sa voix est enrouée, et elle a souvent des difficultés à déglutir. C'est la thyroïde. Elle connaît les symptômes. À Troïchina, beaucoup sont malades de la thyroïde. Elle ne sait pas s'il s'agit déjà d'un cancer, dans son cas. Cela fait bien longtemps qu'elle ne va plus chez le médecin. À quoi bon ? Il y a des médicaments qui pourraient être utiles, mais de toute façon elle ne peut pas se les payer, comme la plupart des gens de Troïchina.

Au bout de six mois sans nouvelles de Katerina, l'idée de mourir seule dans ce clapier lui était devenue insupportable. Elle en avait souvent discuté avec sa voisine et amie Ludmila. Lentement et sûrement, la décision de s'installer dans la zone d'exclusion avait mûri en elle. Et tandis qu'elle contemple le jeu des couleurs du soleil couchant, elle ne regrette pas son choix un seul instant.

Début mars, elle était retournée une dernière fois à Kiev pour demander à la milice s'ils avaient du nouveau sur sa fille. Elle savait bien que personne ne la recherchait et, si elle s'imposait de s'y rendre tous les quinze jours, c'était pour lutter contre son sentiment d'impuissance, parce qu'elle ne pouvait rien faire d'autre. Le milicien était à cran et s'était énervé contre elle, comme chaque fois.

Mais après, il y avait eu un signe du ciel. Un autre homme s'était mêlé à leur discussion. Il s'était présenté sous le nom de Kyjan. Leonid Kyjan. Le fils de Vitali Kyjan, son ami d'enfance. Il avait promis de s'occuper de l'affaire. De retour à Troïchina, elle avait envisagé d'y rester, en fin de compte, mais elle ne pouvait pas faire ça à Ludmila. Depuis quatre ans, ils vivaient à neuf avec sa famille dans cinquante mètres carrés et elle se réjouissait tellement qu'elle lui propose son appartement. Deux jours plus tard, Artemi l'avait emmenée à son poste de contrôle pour qu'elle entre dans la zone d'exclusion. Le soir, après être retournée à Ritchytsia, elle avait découvert cette maison. Était-ce ce nouvel espoir que Leonid avait introduit dans son existence, ou la nouvelle maison, avec le jardin qu'il fallait faire chaque jour ? Toujours est-il qu'elle se portait mieux ici. Ici, elle avait repris pied.

J'ai essayé de rassurer Glev. Je lui ai parlé, comme je l'avais fait devant chaque porte, de mesures de précaution. Il s'est fâché : « Arrête avec ces idioties ! »

Jamais il ne s'était fâché contre moi, pourtant ce n'est pas ce qui m'a effrayée. C'était le message caché derrière, que je ne voulais pas entendre. C'était la peur de Glev, que je ne voulais pas voir. Il n'y a pas eu moyen de discuter avec lui et il m'a dit : « Je dois retourner demain à la centrale et je ferai mon devoir, mais toi, tu pars ! » Le lendemain matin, alors que Glev était déjà au travail et que je rassemblais quelques affaires pour Mykola et moi, des véhicules équipés de haut-parleurs sont passés dans les rues, de nouveau. Je me souviens encore exactement de l'annonce : « En raison d'une situation radiologique défavorable dans la centrale nucléaire de Tchernobyl, il a été décidé d'évacuer la ville de Pripiat, à titre de mesure de précaution temporaire. Nous vous invitons à emporter avec vous des vêtements pour trois jours, quelques provisions pour la route et vos papiers les plus importants. » À 14 heures, nous devions nous tenir prêts devant nos maisons.

J'ai pris Mykola et la valise. Dans les couloirs, les voisins discutaient de l'évacuation. Quelques-uns refusaient de partir, trouvant tout ce cirque exagéré, d'autres se rongeaient les sangs. J'ai mis la valise dans le coffre et je suis partie. À la sortie de la ville, des autocars étaient stationnés à perte de vue et, tandis que je roulais le long de cette file interminable, l'expression « mesure de précaution » perdit son vernis trompeur. Je savais que jamais ils ne déploieraient autant d'efforts si la situation n'était pas grave. Je persistais pourtant à croire à cette histoire de trois jours. Ces trois jours au cours desquels tout allait s'arranger.

Quand je suis arrivée à Ritchytsia, ton Deda avait eu vent d'une rumeur d'accident. Il était question d'un incendie avec des blessés. Les choses ont changé vers midi quand le bureau du Parti a précipitamment placardé une liste et que les membres du Komsomol sont passés de maison en maison pour prévenir la population que Pripiat avait été évacuée et qu'ils devraient accueillir temporairement ses habitants. En fin d'après-midi, des bus sont arrivés et les gens ont été répartis. Deda s'est vu affecter une famille de trois personnes ainsi qu'une jeune femme. Le fait qu'il nous hébergeait n'y a rien changé.

Nous étions à l'étroit dans la maison. Le couple travaillait au sein d'une brigade de construction à Pripiat, et leur fils de neuf ans les accompagnait. La jeune femme était mariée depuis une semaine et son mari, employé des services administratifs de la ville, n'avait pas été autorisé à la suivre. J'ai appris, par elle, que, dès la veille, des cadres dirigeants de la centrale et de la ville avaient emmené leurs familles loin de la zone.

Nous nous trouvions à présent à seize kilomètres du lieu de l'accident et nous nous croyions en sécurité. De nouveaux bruits circulaient dans le village. On disait que les habitants de Pripiat étaient irradiés et qu'ils étaient contagieux. Certaines familles ont refusé d'accepter des « réfugiés » dans leurs maisons. Pour préserver le calme, on a installé ces derniers dans des écoles, dans le cinéma et dans les bâtiments administratifs du kolkhoze. Deda restait étonnamment silencieux, s'accommodant de cette situation d'urgence comme s'il s'y était toujours attendu. Le soir, il m'a prise à part et m'a glissé : « Mykola et toi, il faut que vous partiez. Très loin. Tu ne peux pas aller dans la famille de Glev à Zaporijia ? »

J'ai répondu qu'on n'évacuerait sûrement pas les gens à Ritchytsia si le site était touché. Nous ne soupçonnions pas que, à l'autre bout du village, le transport des vaches, des porcs et des bœufs en bétaillères avait déjà commencé. Les dirigeants du kolkhoze savaient qu'on allait les contraindre à abattre le bétail. Comme c'était la principale source de revenus, ils ont décrété que l'abattage était une précaution exagérée. Ils ont fait comme tous les autres kolkhozes de la future zone d'exclusion : ils ont réparti les bêtes contaminées dans tout le pays.

17

Düsseldorf, octobre 2010

Leonid mit dix minutes en métro et autant à pied pour atteindre la Friedlandstrasse. Andreï, qui habitait un petit appartement sous les toits dans un lotissement d'immeubles de quatre étages, l'accueillit comme un ami de longue date. Il alla chercher deux bières au réfrigérateur et lui demanda s'il avait faim. Comme Leonid hésitait, il enfourna une pizza surgelée et déclara en riant :

— Je ne sais pas faire la cuisine. Nous avons une cantine où je déjeune à midi et, le dimanche, c'est pizza. Ou alors je vais manger un morceau sur le pouce au bistrot d'à côté. Ma femme prétend que ça me fait grossir mais…

Ils étaient perchés sur de grands tabourets entourant un bar étroit qui séparait la petite cuisine aménagée du coin salon, équipé d'un canapé et de deux fauteuils. Ils vidèrent quelques bières. Andreï parla sans interruption, visiblement content d'avoir de la compagnie, tandis que Leonid l'écoutait, épuisé et reconnaissant. En servant les assiettes, Andreï demanda :

— Qu'est-ce qui t'amène en Allemagne ? Vraiment ?

Leonid ne répondit pas immédiatement, et Andreï ajouta :

— Mon avis, c'est que tu es venu avec un visa de tourisme et que tu cherches du boulot.

Leonid fut tenté, un instant, de confirmer cette hypothèse, mais il opta pour la vérité. Il expliqua qu'il était lieutenant de la milice, qu'il avait été suspendu de ses fonctions et qu'il était ici pour retrouver deux jeunes filles. Il parla de l'enquête à Kiev, qui l'avait mené jusqu'à Düsseldorf. En voyant Andreï l'observer d'un air sombre, le front plissé, ses grandes mains jouant avec la bouteille, Leonid crut qu'il regrettait déjà son hospitalité. Mort de fatigue, il s'apprêtait à demander à son hôte de lui accorder malgré tout deux ou trois heures de sommeil sur le canapé, lorsque Andreï se leva, alla chercher une bouteille de vodka et deux verres, qu'il remplit à ras bord.

— Ma fille a quatorze ans, dit-il en se signant. Dieu veuille qu'il ne lui arrive jamais rien de tel !

Ils trinquèrent et vidèrent leurs verres, et Andreï les resservit.

— Tu peux rester ici aussi longtemps que tu veux !

Andreï raconta qu'il connaissait des gens originaires d'Ukraine qui séjournaient illégalement en Allemagne.

— Tu sais, dans la zone frontalière entre la Pologne et l'Ukraine, il y a beaucoup d'Ukrainiens qui se procurent des papiers polonais. Ce n'est pas bon marché, mais l'investissement en vaut la peine. À la frontière, il faut des contacts et des petits cadeaux, si tu vois ce que je veux dire. Après, une fois qu'on est en Pologne, on monte dans le bus pour l'Allemagne en tant que Polonais.

Leonid supposait que c'était ce que faisait Andreï. Il parlait un russe très fluide, mais il utilisait parfois des mots ukrainiens qui le trahissaient.

À la cinquième vodka, Leonid cita le nom d'Armin Bergermann. Il expliqua qu'il était originaire de Crimée et qu'il avait à présent une société dont le siège était à Düsseldorf et qui faisait le commerce de produits alimentaires russes. Andreï écoutait attentivement. Quand Leonid se tut, il demanda :

— Et alors ? C'est bien, non ?

— On a de bonnes raisons de croire que sa fortune ne provient pas seulement des produits alimentaires, mais aussi du trafic d'êtres humains.

Tout en débarrassant les verres et les bouteilles, Andreï voulut savoir :

— Pour Bergermann, vous en êtes sûrs ?

Leonid haussa les épaules.

— Nous en sommes relativement certains, mais nous n'avons pas de preuves.

Ils allèrent se coucher vers 1 heure du matin. Leonid s'allongea sur le canapé et s'endormit instantanément.

Quand il se réveilla le lendemain matin, il était 8 heures, et Andreï était déjà parti. Sur le bar, il trouva une boîte de thé et un ordinateur portable, avec un papier à côté. « Si tu as besoin d'Internet, tu peux prendre l'ordinateur. Je vais me renseigner sur Bergermann auprès de mes collègues. » Au-dessous, il avait noté le mot de passe et précisé que la clé de l'appartement était dans l'entrée, au-dessus du portemanteau.

Leonid se connecta sur sa messagerie et écrivit à Igor qu'il avait rencontré Adriana Mazur, lui raconta leur conversation, indiqua son numéro de téléphone et demanda s'il y avait du nouveau. Puis il se doucha, prépara du thé et dénicha dans le réfrigérateur du pain et des cornichons aigres-doux. Il déjeuna en attendant la réponse d'Igor.

Après ses visites à la voisine de Valentina Chtchoukina et à la mère d'Olena à Troïchina, au printemps, il s'était de nouveau concentré sur l'université. Par le passé, le « pirate » se connectait au moins une fois par semaine au réseau de la fac, mais depuis les investigations de Leonid, plus rien ! Anna Baïdakova avait interrogé les collègues allemands sur les établissements dans lesquels Bergermann était soupçonné d'avoir une participation. La réponse ne s'était pas fait attendre. Son nom n'apparaissait pas officiellement, mais on avait identifié quatre adresses en Rhénanie-du-Nord-Westphalie dans le cadre d'enquêtes qui le visaient. Et on supposait que ce n'étaient pas les seules.

Une semaine plus tard, Artemi, le fils de Ludmila, s'était manifesté. Il savait où vivait la mère de Katerina et il y avait emmené Leonid. Ils avaient trouvé Valentina Chtchoukina occupée à jardiner dans son potager, à l'arrière d'une petite maison isolée, cachée dans les arbres, à proximité d'un minuscule cours d'eau. Elle avait eu l'air sincèrement contente de le revoir.

Artemi avait apporté deux sacs de provisions, et elle leur avait servi du thé noir contenu dans l'un d'eux. Ils s'étaient installés sur un banc à l'extérieur. Leonid lui demanda si Katerina n'avait pas laissé des papiers reçus à l'époque ou des notes qu'elle aurait prises. Valentina Chtchoukina promena son regard sur le jardin, et il se fit la réflexion qu'elle paraissait singulièrement plus pleine de vitalité et en forme que lors de leur première rencontre. Il en avait même oublié, pendant un instant, qu'ils se trouvaient en terrain contaminé. Elle avait secoué la tête en disant :

— Non, juste le numéro de téléphone du restaurant dans lequel elle devait travailler. Mais personne n'a répondu.

Il était stupéfait.

— Pourquoi vous ne me l'avez pas dit plus tôt ? Vous avez encore le numéro ?

Elle l'avait regardé avec de grands yeux.

— Oui. Je suis désolée, mais je… je l'avais déjà indiqué quand j'ai signalé sa disparition. Ils ont noté le numéro et ils ont appelé. En tout cas, c'est ce qu'ils m'ont dit après. Il paraît que personne ne connaissait Katerina à ce numéro.

Elle alla le chercher dans la maison et le lui remit. Il ne comprenait pas comment un indice aussi précieux avait pu lui échapper dans le dossier.

En se quittant, ils étaient convenus de rester en contact via Artemi. Elle lui avait tendu les deux mains, se confondant en remerciements. Et sans doute est-ce à cause de la confiance sans borne qu'elle plaçait en lui qu'il se retrouvait à présent ici, à Düsseldorf.

Il appela le soir même. C'était un numéro de portable, mais il n'était pas attribué actuellement. Il voulut vérifier dans le dossier de Katerina, pensant que Valentina Chtchoukina s'était peut-être trompée en le notant, mais il n'en trouva aucune trace. Quand il demanda à Anna Baïdakova, le lendemain matin, elle lâcha d'un ton sec :

— Si elle l'a indiqué au moment de sa déclaration, il est dans le dossier. Sinon, c'est qu'elle a eu l'intention de le faire et qu'elle a oublié. Dans l'excitation, ça arrive.

Il s'était emporté :

— Alors comment a-t-on pu lui dire qu'on avait appelé ?

Anna Baïdakova s'était radoucie :

— Je vais éclaircir ça !

Puis elle avait changé de sujet et balancé une lettre sur son bureau en disant :

— J'apprécierais que vous ne fassiez pas envoyer votre courrier privé ici !

Le nom de l'expéditeur ne figurait pas, et, sous les mots « Commissariat de police », on avait écrit Leonid Kyjan/personnel. L'enveloppe contenait une photo montrant un groupe de jeunes gens rassemblés autour d'une fontaine d'eau potable. Une tête était entourée d'un cercle au feutre. Et une mention manuscrite au verso précisait : « Vassyl Gromov à Troïchina ».

— Regarde ! dit Leonid en tendant la photo à Igor. C'est déjà un début.

Anna Baïdakova s'approcha pour voir, et demanda :

— Qui l'a envoyée, d'après vous ?

Leonid était certain que le frère d'Olena, Gritsko, n'y était pas étranger, mais il préféra se taire.

Il se rendit à l'université pour la montrer à Mme Soukova, qui identifia aussitôt le jeune homme. C'est celui qui apportait les brochures, déclara-t-elle. Le soir, Igor numérisa la photo et la versa au maigre dossier des personnes recherchées sur le réseau interne de la milice.

Toute l'équipe était réunie dans le bureau, le lendemain matin, quand la nouvelle tomba. Un homme avait été retrouvé, la gorge tranchée, dans un passage souterrain de Troïchina. On ne l'avait pas encore identifié de façon formelle, mais il s'agissait selon toute vraisemblance de Vassyl Gromov.

Un silence lugubre s'abattit sur la pièce. Quand Anna Baïdakova consulta la liste des personnes recherchées sur le réseau, elle explosa :

— Est-ce que je vous ai demandé de mettre la photo dans le dossier ? C'est inouï ! Je veillerai à ce que cette initiative individuelle ne reste pas impunie.

Igor bredouilla que c'était pourtant la procédure normale. Anna Baïdakova l'engueula de plus belle :

— Ici, nous sommes une unité spéciale. Tout passe par moi !

Anatoli Parov était appuyé contre son bureau. Regardant Anna Baïdakova avec un mépris non dissimulé qui n'échappa pas à Leonid, il lâcha :

— Au moins, nous savons maintenant que quelqu'un de la milice est mouillé dans cette affaire.

Elle contra aussitôt :

— On n'avait pas attendu ce mort pour le savoir !

Leonid s'était rendu à Troïchina pour voir Gritsko. Sa mère était ivre. Elle s'apitoya longuement sur son sort.

— Il est comme sa sœur, gémit-elle. Un glandeur et un bon à rien, qui se moque bien de savoir ce que vont devenir sa mère et les petits.

Il trouva Gritsko le soir, à la fontaine d'eau potable, là où la photo avait été prise. Il fumait, assis sur le dossier d'un banc métallique avec d'autres jeunes de son âge, et le vit approcher. Par discrétion, Leonid passa devant lui et retourna l'attendre près de sa vieille Lada Jigouli, qu'il avait garée dans l'une des rues adjacentes. Le garçon était déjà au courant de la mort de Gromov. Leonid lui demanda s'il avait quelque chose à voir là-dedans.

Gritsko le regarda d'un air de défi et se contenta de répondre :

— Je ne l'ai pas tué, mais il est possible que j'aie commis une erreur.

Leonid savait qu'il faisait allusion à la photo et murmura :

— Oui, c'est possible.

Gritsko lui lança un regard méfiant, se tut quelques secondes. Leonid lui demanda s'il savait où logeait Gromov les derniers temps. Ils étaient face à face, debout sur le bord de la chaussée, mais Leonid ne distinguait pas bien ses yeux, masqués par la capuche de son sweat noir. Gritsko dansait d'un pied sur l'autre. Haussant les épaules, il finit par lâcher d'un ton condescendant :

— Là où ils vont tous quand ils ont besoin de se faire oublier. Il était à Pripiat. Il est revenu ici parce qu'il avait un truc à faire.

Leonid savait qu'il n'avait aucune chance de retrouver qui que ce soit à Pripiat, et encore moins de mettre la main sur l'ordinateur portable avec lequel Gromov accédait au réseau de l'université. Mais il savait aussi que bon nombre de ceux qui se cachaient là-bas avaient des contacts à Troïchina et que leur ravitaillement s'effectuait depuis la ville-satellite.

— Gromov devait avoir un ordinateur portable, dit-il. Il est possible que le meurtrier l'ait récupéré, mais je ne crois pas que Gromov l'ait eu avec lui. Il n'était pas idiot. Il l'a vraisemblablement laissé à Pripiat. Il pourrait nous être utile pour retrouver ta sœur.

Sans répondre, le garçon avait fourré les mains dans ses poches et s'était dirigé nonchalamment vers la fontaine. Après quelques pas, il s'était retourné pour lui lancer :

— Qu'est-ce qui me dit que tu cherches vraiment ma sœur ?

Leonid haussa les épaules et ouvrit la porte de sa voiture.

— Je suis allé voir Valentina Chtchoukina dans la zone d'exclusion et je vais retrouver Katerina et Olena, déclara-t-il du ton le plus confiant qu'il put. Avec ou sans ton aide.

Comme Anna Baïdakova n'avait pas abordé le sujet, Leonid lui posa la question, le soir :

— Il y a du nouveau en ce qui concerne le numéro de téléphone qui a disparu du dossier ?

— Oui, répondit-elle sèchement. Valentina Chtchoukina est venue plusieurs fois ici. Elle avait l'air un peu dérangé. Elle n'a pas indiqué de numéro de téléphone. Vous l'avez ?

Leonid secoua la tête et mentit :

— Non. Elle dit qu'elle a laissé le papier ici.

Anna Baïdakova ricana :

— Et vous la croyez ! C'est toujours la même chose ! Vous ne devriez pas perdre votre temps à courir après des chimères.

Les jours suivants furent pénibles et infructueux pour le groupe. Quand ils se rassemblèrent, au mois de juin, pour mettre leurs résultats en commun, le moral était au plus bas. On ne leur avait signalé aucune nouvelle disparition, mais l'enquête sur l'organisation qui tirait les ficelles n'avait pas progressé d'un pas.

Anatoli Parov déclara :

— Nous courons derrière eux, alors qu'ils se sont sûrement rabattus sur d'autres filières depuis belle lurette. Dans quelques mois, quand les choses se seront tassées, il y aura de nouveaux Gromov dans d'autres universités du pays, et ce manège continuera gentiment.

De son côté, il remontait une piste qui menait en Autriche via la Hongrie et s'intéressait plus particulièrement à une entreprise de transports autrichienne qui possédait des bureaux à Kiev et à Budapest.

Anna Baïdakova conclut la réunion en leur fixant un nouvel objectif :

— Force est de constater que la piste des étudiantes est morte. À partir de maintenant, toute l'unité se concentre sur la société de transports !

Installé sur l'étroit comptoir de la cuisine, Leonid consultait l'ordinateur d'Andreï à la recherche d'un autocar pour Willich quand son portable sonna. Il s'attendait à entendre Igor, c'était Adriana Mazur. Elle démontra aussitôt qu'elle n'avait pas perdu son temps.

— Lieutenant Leonid Kyjan, vous êtes suspendu de vos fonctions, lui dit-elle, bien qu'il ne lui ait jamais indiqué son nom. Vous devriez prendre le premier car en partance pour l'Ukraine et rentrer chez vous.

— Vous êtes bien informée, madame Mazur, répliqua Leonid, mais je vous ai demandé où se trouvaient Katerina Chtchoukina et Olena Litovtchenko.

Elle s'éclaircit la voix et le menaça ouvertement :

— Vous vous trompez de cible ! Vous n'êtes pas en position d'exiger quoi que ce soit !

Il répondit avec beaucoup de calme :

— Détrompez-vous. Je suis en possession de l'ordinateur portable de Vassyl Gromov.

Ce mensonge improvisé avait franchi ses lèvres spontanément. À l'autre bout du fil, il l'entendit respirer pendant plusieurs secondes, puis elle raccrocha.

Leonid rangea son téléphone et quitta l'appartement d'Andreï. Il était presque midi quand il pénétra dans le San Marino. Un restaurant avec une baie vitrée côté sud, des murs crépis blancs décorés de grandes toiles et de lourdes chaises de bois clair. Derrière le comptoir, une jeune femme essuyait les verres, une autre disposait des chemins de table d'un vert acidulé et des soliflores en verre garnis d'une longue fleur. Au bout du comptoir, au fond, un homme d'âge moyen était assis devant un café et plongé dans des papiers. Leonid s'installa à l'autre extrémité et commanda un thé. Il posa les deux photos sur la table et demanda à la barmaid si elle avait déjà vu ces jeunes filles.

« Je ne les connais pas, répondit-elle, puis s'adressant à l'homme : Monsieur Bernardi, vous pouvez venir voir ? »

18

Zyfflich, de mai à juin 2010

De retour à la maison, il ne révéla pas qu'il avait retrouvé Marina. Mais il pensait sans cesse à elle.

— Elle ne s'en sortira jamais, ici, murmura-t-il aux moutons. Contre la drogue, on ne sait pas quoi faire ! Passer la frontière pour la ramener ici, on y arriverait encore, mais après ? Il faudrait aller à la police… sinon, comment elles rentreraient chez elles ? Tania ne parlerait pas de Mario Swoboda, non. Mais on ne sait jamais… S'ils l'interrogent habilement, une gamine comme elle, ça parle facilement.

Les week-ends suivants, il continua de se rendre à Nimègue comme si de rien n'était. Il lui était pénible d'aller voir Marina, mais à défaut de réussir à l'extraire de là, il voulait au moins s'occuper d'elle.

Les hommes qui lui ouvraient n'étaient pas toujours les mêmes. Dans le couloir, il donnait ses trente euros et demandait Marina. Elle arrivait en trottinant bizarrement sur la pointe des pieds, à tout petits pas. Les premières fois, elle essaya de lui offrir ses services. Ça le mettait très mal à l'aise, et il refusait. La quatrième fois, elle se roula en boule sur le lit dès qu'elle fut dans la chambre. Parfois il lui parlait de ses bêtes, de la vie à la ferme, il lui assurait que Tania allait bien, sans savoir si elle écoutait, mais elle semblait aimer ses visites. Souvent, ils restaient sans parler, elle allongée sur le lit et lui assis à côté d'elle, chacun absorbé dans ses préoccupations, deux mondes enfermés dans une petite pièce.

Il la questionna sur sa drôle de démarche, et elle lui montra ses plantes de pied mal cicatrisées.

— Parce qu'on s'est sauvées, dit-elle. Swoboda était furieux. Il m'a brûlé les pieds avec un briquet.

Il lui caressa alors la joue en disant :

— Il ne te fera plus de mal.

Ce soir-là, il crut de nouveau entendre le coup de feu. Il revit le terrain en friche et ne regretta rien.

Les humeurs de Marina étaient changeantes. Une fois, elle fondit en larmes et lui attrapa la main.

— Si Tania rentre à la maison, elle ne doit pas raconter. Il faut que tu lui dises. Elle ne doit jamais en parler.

Un autre soir, elle sembla avoir oublié qu'il était un ami de Tania et déclara :

— J'aurai bientôt remboursé toutes les dettes. Plus que quelques semaines et je retourne à la maison.

Parfois, elle avait des éclairs de lucidité. Dans ces moments, elle disait :

— Je ne peux pas me passer de ces piqûres. Je ne peux pas rentrer. Tout serait encore pire là-bas.

Il était alors presque soulagé quand il quittait l'appartement, quasiment persuadé qu'il avait raison de se taire, que c'était la volonté de Marina.

Quand il sortait, il était trop tôt pour rentrer à la ferme. Il faisait un tour dans Nimègue, à peine conscient de la présence des gens autour de lui, buvait une bière ou un café sur la place de l'ancien hôtel de ville et feuilletait les quotidiens, flânait dans les rues commerçantes et poussait parfois jusqu'au parc de Kronenburg. Il s'asseyait sur l'un des bancs et contemplait la tour. Si l'une des femmes l'abordait, il montait avec elle.

Entre deux week-ends, pendant cinq jours, il y avait son autre vie.

Le verger était en fleurs, les herbes folles proliféraient à l'endroit où il avait creusé dans la parcelle en friche, et les jours étaient longs et chauds en ce début d'été. Ils avaient installé une table et des chaises derrière la maison et mangeaient dehors. Tania lisait des romans qui avaient appartenu à Vera et lui en parlait le soir à table. Parfois, ils jouaient aux échecs. Sans être des champions, ils étaient des adversaires d'égale valeur. Tania avait repris des forces, et sa peau brunie avait la teinte veloutée de la cannelle moulue. La bizarrerie de cette existence ne lui revenait en mémoire que lorsque le facteur entrait dans la cour ou que le métayer travaillait dans les champs d'à côté et qu'elle devait disparaître précipitamment à l'intérieur de la maison.

Au début du mois de juin, il lui offrit un jeune colley. Elle se jeta à son cou, folle de joie, et l'embrassa. Quand elle jouait avec l'animal, son rire joyeux résonnait dans toute la cour. Alors, il la regardait et il était heureux, jusqu'à ce qu'un sombre pressentiment vienne gâcher l'instant. Le pressentiment que cela ne pourrait pas durer. Qu'*elle* ne resterait pas. Alors, il se remettait vite au travail et refoulait cette pensée.

Le 25 juillet, il se rendit dans l'appartement de Nimègue. Le jeune homme de la première fois le fit entrer. Dans le couloir, il lui annonça :

— Il faut que tu en choisisses une autre. Marina n'est pas là.

Lessmann se figea pendant quelques secondes.

— Non, lâcha-t-il finalement, pas d'autre. Où est Marina ?

L'homme tenta de le convaincre, soucieux de ne pas perdre un bon client.

— Prends Liouba, elle est jolie et elle a l'air d'une enfant, comme elle. Elle est gratuite pour toi, aujourd'hui. Tu peux l'essayer tranquillement.

Lessmann l'entendait comme à travers du coton. Quand il prit la parole, sa voix vibrait de colère.

— Qu'est-ce que vous lui avez fait ? Où vous l'avez emmenée ?

L'homme l'empoigna par le bras.

— Hé ! Tu vas te calmer maintenant ! Elle n'est plus là, basta ! Envolée, tu comprends ? Si tu es malin, tu acceptes mon offre.

Il sortit de l'appartement. Envolée ? Elle pouvait à peine marcher ; elle ne risquait pas d'aller loin. Pourquoi ne lui avait-elle rien dit, la dernière fois ? Il revint sur ses pas, sonna de nouveau.

— Depuis quand ? Depuis quand elle est partie ? demanda-t-il.

— Dégage ! répondit l'homme en lui claquant la porte au nez.

Lessmann erra sans but dans les rues. Il était 21 heures passées. Il faisait encore jour, et les terrasses des restaurants et des cafés étaient bondées. Peut-être allait-elle trop mal pour recevoir des clients. Dans ce cas, elle était encore dans la maison. Peut-être l'avaient-ils transférée dans un autre bordel. Il refoula cette idée.

Elle s'était enfuie ! Machinalement, il se retrouva devant l'entrée de la maison de la Kronenburger Straat, là où il avait rencontré la fille qui l'avait mené à Marina. Elle n'était pas là. Il remonta et redescendit la rue pendant près d'une heure, sans quitter des yeux le porche gagné par l'obscurité. La fille ne vint pas. Tandis qu'il arpentait inlassablement les mêmes deux cents mètres de parc, s'asseyant parfois sur un banc, observant l'étang et la tour, ses pensées s'organisaient peu à peu. Il ne la retrouverait plus. Elle était partie. Définitivement.

Il aurait dû prévenir la police depuis des semaines. Mais Marina aurait parlé de Tania, et Tania de Swoboda, et alors… Non ! Tania ne devait jamais apprendre qu'il avait retrouvé Marina et qu'il l'avait reperdue. Il cesserait de la chercher. D'ailleurs, Marina ne le voudrait pas, sinon, elle l'aurait tenu au courant de son projet d'évasion.

Depuis peu, Tania commençait à douter du succès de leurs recherches. Il abandonnerait. Il y retournerait juste un ou deux week-ends, le temps de la préparer psychologiquement. Elle comprendrait.

Elle avait dit qu'elle ne pouvait pas rentrer sans Marina. Elle resterait chez lui.

En allant à sa voiture, il songea : « Elle n'a pas voulu de mon aide. Elle s'est enfuie, tout simplement. » Mais la vision de ses pieds martyrisés et de sa démarche claudicante s'interposait, et le mot « enfuie » lui restait coincé en travers de la gorge. Non. Elle ne pouvait pas s'être enfuie. Pour aller où ?

Alors il retourna à grandes enjambées jusqu'à la maison de passe en longeant le fleuve, mais il eut beau carillonner, personne ne lui ouvrit. Il reprit sa voiture, résolu à préparer Tania à l'abandon de ses recherches. Il lui expliquerait qu'il avait épuisé toutes les possibilités, que Marina n'était sans doute plus à Nimègue. Elle se rallierait à son avis et finirait par se rendre à l'évidence.

Tania était encore debout quand il arriva, mais il ne dit rien, malgré son intention. Il se contenta de suggérer que Marina se trouvait peut-être déjà dans une autre ville.

Elle ne voulut pas en démordre et affirma :

— Non, je ne crois pas. Irina a dit que Nimègue était le terminus. Elle doit être là-bas.

Elle leva ses grands yeux sur lui et demanda :

— Tu ne veux pas abandonner, n'est-ce pas ?

Il n'eut pas le cœur de lui enlever cet espoir.

19

Zone d'exclusion, octobre 2010

Depuis deux jours, la température est au-dessus de zéro. La neige a disparu. « Tant mieux », dit-elle à Kisa, qui se frotte contre ses jambes. Elle enlève les couvertures qui masquent les fenêtres, sort pour tester la pompe à eau et se réjouit de voir que le balancier est débloqué et que, après l'avoir actionné plusieurs fois, l'eau revient. Le ciel est couvert, mais les premières brèches de bleu apparaissent dans le gris. Quand l'hiver se retire en octobre, il prend généralement son temps avant de revenir. Elle va de nouveau pouvoir faire ses lessives et étendre son linge dehors. Presque guillerette, elle rentre à l'intérieur, prépare du thé et se coupe une épaisse tranche de pain. Peut-être qu'Artemi a reçu un message de Leonid, ces derniers jours. Au moins, la neige ne l'empêchera pas de l'apporter.

Elle passe la matinée à s'activer à l'extérieur, tire la vieille bassine en zinc sous la pompe, la nettoie à grande eau. La pie a disparu. Des mésanges sautillent sur les branches dénudées du cerisier et du pommier, tandis qu'elle accroche le linge au fil tendu entre les arbres.

Il est midi quand elle rentre. Elle s'installe à sa table et rouvre son cahier.

Le matin suivant, j'ai pris la voiture pour me rendre au travail. Des convois militaires circulaient sur la route, et j'ai été arrêtée au bout de quelques kilomètres. Un soldat m'a demandé mon laissez-passer. « Il vous en faut un pour accéder à la zone, a-t-il déclaré sèchement. Si vous n'en avez pas, faites demi-tour. »

Je lui ai expliqué que j'étais infirmière et que je devais prendre mon service à l'hôpital de Tchernobyl. Je lui ai montré ma carte professionnelle de l'hôpital de Pripiat, et il m'a laissée entrer. Avant de pénétrer dans le bâtiment, j'ai d'abord dû ôter mes vêtements, puis me doucher avec une solution désinfectante.

Dans le courant de la matinée, j'ai enfin réussi à téléphoner à Glev. Il a dit que tous les ouvriers du réacteur étaient réquisitionnés pour les travaux de déblaiement et qu'il était hébergé avec d'autres dans une école du village. « Va chez ma sœur à Zaporijia. Emmène Mykola et ton père », m'a-t-il chuchoté.

À midi, j'ai été convoquée avec quelques collègues par l'administration. Une fois de plus, il a fallu d'abord signer un papier par lequel nous nous engagions à respecter la plus stricte confidentialité. Le camarade nous a expliqué que nous allions être transférées dans un camp de pionniers à proximité de Poliske. Une sorte d'hôpital de fortune y avait été aménagé pour regrouper les femmes enceintes de la zone d'exclusion. Il a prononcé les mots de « devoir », de « sacrifice pour le bien de l'Union soviétique », et j'ai mis du temps à saisir qu'il faisait allusion aux femmes enceintes. Il nous a dit : « Parlez avec ces femmes. Faites-leur comprendre que les enfants qu'elles mettront au monde ne pourront pas être en bonne santé, avec un tel niveau d'irradiation. »

J'ai chancelé. J'avais envie de vomir.

Nous étions censées prendre nos fonctions au camp de pionniers le 30 avril, après avoir réglé nos affaires privées.

J'ai quitté l'hôpital vers 14 heures. On ne m'a pas rendu mes vêtements. « Nous les avons brûlés, m'a dit l'homme au sas de décontamination, et vous devriez en faire autant avec tout ce que vous avez rapporté de Pripiat. »

Je me souviens d'avoir songé : « Qu'est-ce qu'il raconte ? Tout ce que nous possédons est à Pripiat. Dans deux jours... »

J'étais debout à côté de ma voiture, comme paralysée dans ma blouse d'infirmière. Que la situation soit plus grave que je ne voulais me l'avouer, ce soupçon m'avait accompagnée toute la journée, à la manière d'une lointaine musique de fond. Maintenant, une seule phrase me trottait dans la tête : « Nous ne rentrerons pas à la maison dans quelques jours. » J'étais incapable de penser plus loin. Il ne semblait pas y avoir de plus loin.

La mine du crayon accroche le papier, comme pour la forcer à réfléchir. Elle était persuadée qu'elle avait compris pendant le déroulement même de la catastrophe. Mais à présent qu'elle s'efforce de reconstituer les faits, sa vision évolue, car elle est amenée à filtrer et à extraire les informations qu'elle a reçues par la suite.

D'ailleurs, était-il question d'une catastrophe à ce moment-là ? Non ! Le mot n'était pas prononcé. Tout suivait son cours dans le calme et la discipline. Peut-être est-ce toujours une question de dénomination. Elle se rappelle que Glev avait raconté plus tard que, dans les premiers jours, des centaines de jeunes soldats, inconscients du danger, s'étaient baignés dans la rivière. Ils s'étaient promenés torse nu et s'étaient fait bronzer sur les rives. C'étaient les premiers jours chauds du printemps, et personne ne les avait mis en garde. « Des travaux de déblaiement après un accident », leur avait-on dit. Les jeunes gens étaient contaminés avant même de connaître le mot.

Elle taille son crayon.

Mes souvenirs sont comme des feuillets mobiles. Il y en a que je retrouve rapidement et qui sont faciles à classer, mais les pages qui les séparent sont tout aussi importantes. J'ai toujours beaucoup de mal à reconstituer la période qui relie une séquence à la suivante. Je ne veux rien écrire d'erroné. L'ordre des événements est capital.

Lorsque je suis rentrée le soir, ton Deda m'a raconté qu'il était question d'évacuer Ritchytsia à son tour. J'étais assommée. J'ai fait le sac de Mykola, décidée à mettre à profit les deux jours avant le début de mes nouvelles fonctions pour le conduire à Zaporijia. Je suis partie le soir même. Je n'ai pu parcourir que cinq kilomètres, jusqu'à l'un des points de contrôle. J'avais un laissez-passer, à présent, mais ils ont approché un compteur Geiger de la voiture. Ce crépitement indicible ! Ils ont dit qu'elle était contaminée et que je devais la laisser là.

Je les ai suppliés : « Seulement jusqu'à la prochaine gare. Seulement jusqu'à la gare de Yaniv. » Le militaire a secoué la tête : « La gare est fermée. Elle n'est plus desservie. »

Je suis rentrée à pied à Ritchytsia en tenant Mykola par la main. Il était épuisé, il grelottait. J'ai sorti une veste du sac pour la lui mettre. Ce faisant, je me disais : « Contaminée. Tu n'aurais pas dû l'asseoir dans la voiture contaminée. Tu ne devrais pas lui mettre cette veste. »

Tout était mal. Quoi que je fasse, je ne pouvais rien faire de bien. Je le savais. Quelque part au fond de moi, je le savais. Mais c'est impossible de penser quelque chose comme ça sans perdre espoir. Et sans espoir, on devient dingue.

Je ne sais pas si c'est à ce moment que j'ai résolu de ne pas me présenter à mon poste. Je ne sais pas non plus si j'ai réfléchi aux conséquences. Mais ma décision de ne pas laisser Mykola tout seul, c'est ce soir-là que je l'ai prise.

Au village, on proclamait désormais officiellement que la vodka permettait de se protéger contre la radioactivité, et les magasins ont été rapidement dévalisés. Des substituts distillés en douce ont été mis en vente à des prix exorbitants. On en administrait même aux enfants ; les mères en donnaient à leurs nourrissons.

Comment te décrire l'atmosphère dans le village ? Il y avait cette étrange normalité. Tout naturellement, on se consacrait aux préparatifs des cérémonies du 1er mai et on avait droit, chaque jour, à des informations officielles rassurantes. Mais, dans le même temps, les bruits les plus contradictoires circulaient. Il se disait qu'on pouvait manger tous les aliments sans aucune arrière-pensée à condition de bien les laver. Que le bétail avait dû être transféré hors du kolkhoze, parce qu'il n'était évidemment pas possible de laver les prés et qu'il n'y avait pas assez de fourrage pour les bêtes.

D'un autre côté, on apprenait que certains membres du bureau local du Parti avaient déjà pris le large avec leurs familles, qu'il était prévu d'évacuer les villages dans un rayon plus étendu et que Ritchytsia serait concerné.

Je suis restée avec Deda et Mykola, je n'ai pas pris mes fonctions le 30 avril. Les cérémonies du 1er mai n'ont pas été sans nuage, mais elles ont été maintenues. Aucun des orateurs n'a mentionné la centrale Lénine ni la probabilité d'une prochaine évacuation, bien qu'ils aient forcément été au courant.

Deux jours plus tard, le moment était venu. De nouveau, des véhicules équipés de haut-parleurs ont sillonné les rues. De nouveau, il a fallu faire vite. De nouveau, ils ont présenté les choses de telle façon que tous étaient persuadés de rentrer chez eux dans quelques jours. Ils ont dit : « Le rayon de la zone d'évacuation doit être provisoirement élargi. Contentez-vous d'emporter le strict nécessaire. »

Beaucoup ont refusé de partir, surtout des personnes âgées. Ils se sont cachés chez eux. Des soldats ont fouillé les maisons et les ont traînés de force dans la rue, où les attendaient des autocars et des camions. La plupart, comme moi, étaient anéantis. Ton Deda ne voulait pas partir, et deux soldats l'ont poussé dehors sans ménagement. J'ai pleuré. Non parce que nous devions partir, mais parce qu'ils traitaient ton Deda comme ça.

J'attendais dehors, ressassant les mots de Baba à propos de l'année 1943. « Ils nous ont regroupés de force sur la place du village. »

Elle regarde par la fenêtre. Dehors, le ciel est bleu et dégagé, à présent. Ce 3 mai, pour la première fois, elle a pensé que les événements se répétaient, qu'ils se répétaient encore et toujours. Les mêmes événements, simplement dans d'autres habits.

Ils étaient montés dans un autocar à destination de Kiev. Pendant le trajet, elle avait eu l'impression que l'attente angoissée des derniers jours se dissipait. Elle ne s'était pas présentée à son travail dans le camp de pionniers. Une faute professionnelle qui ne manquerait pas d'avoir des conséquences graves. Elle ne retrouverait certainement pas son poste à Pripiat.

Elle n'avait pas parlé à Glev depuis des jours, et il n'était au courant de rien. Peut-être qu'elle avait mis aussi sa carrière à lui en péril, mais il comprendrait qu'elle ne pouvait pas abandonner Mykola.

Voilà à quoi elle avait réfléchi dans l'autocar qui la menait à Kiev, sans se douter à quel point ces préoccupations paraîtraient dérisoires et risibles. Elle écarte le cahier et contemple le linge. Une légère brise s'est levée, et le drap se gonfle comme une voile.

20

Düsseldorf, octobre 2010

L'homme était petit, avec des cheveux clairsemés. Il s'approcha de Leonid.

— Bernardi. Je suis le gérant.

Il observa les deux photos posées sur le bar et secoua la tête.

— Nous voyons passer beaucoup de clients, dit-il d'un ton aimable. On n'arrive pas à se souvenir de tous les visages.

Leonid hocha la tête.

— Je n'ai pas dit qu'elles étaient clientes. À l'ambassade d'Allemagne à Kiev, ces jeunes filles ont présenté un contrat de travail pour un job d'étudiant, dit-il, avant de marquer une courte pause. Avec cet établissement.

— Non, répondit Bernardi, visiblement surpris, ce n'est pas possible, et il avala sa salive. Qui êtes-vous, d'ailleurs ? Vous êtes de la police ? Non… Vous n'êtes pas d'ici.

— Je viens de Kiev et je suis à la recherche de ces jeunes filles. Elles ont obtenu un visa parce qu'elles étaient en mesure de produire un contrat de travail avec votre établissement. Elles sont portées disparues.

— Mais c'est totalement absurde ! répliqua Bernardi, furieux.

Leonid sortit de sa serviette la copie du contrat remis par l'ambassade d'Allemagne et la posa devant lui.

Le gérant prit le papier qui portait l'en-tête « San Marino » et la signature « Bernardi ». Leonid l'observa attentivement : il eut l'impression qu'il le voyait pour la première fois.

— Je n'ai pas signé ça, affirma Bernardi, catégorique.

Il alla chercher un bon de livraison à l'autre bout du comptoir et le posa à côté du contrat de Leonid. Le logo et la signature étaient identiques.

Les premiers clients arrivaient pour déjeuner, et le gérant ramassa les documents et prit Leonid par le bras.

— Suivez-moi, je vous prie !

Il l'entraîna dans la cuisine, où les préparatifs du déjeuner battaient leur plein, puis dans une pièce exiguë à l'arrière.

— Il s'agit manifestement d'une escroquerie. Mais avant de continuer à discuter, je veux savoir qui vous êtes, dit-il en s'asseyant à un petit bureau bordé de piles de papiers.

Leonid expliqua qu'il était mandaté par les parents des jeunes filles. Après tout, ce n'était pas vraiment un mensonge.

— Un détective privé, donc, constata Bernardi, rassuré. Mon établissement n'est pas le premier à faire l'objet de ce genre d'accusations. Je n'ai entendu parler de rien, ces derniers temps, mais certains de mes collègues ont reçu la visite de la police il y a six mois. J'ignore si c'était aussi pour une question de contrat de travail. En tout cas, quelqu'un avait utilisé leurs adresses.

Leonid hocha la tête. Les dates correspondaient. Au printemps, Anna Baïdakova avait transmis la question aux collègues allemands. Bernardi posa côte à côte le contrat de travail et un bon de commande. Il fouilla dans le tiroir et en sortit une loupe.

— Je présume qu'ils copient le tampon avec la signature. Peut-être sur des factures que nous avons émises ou sur des bons de commande comme celui-là. Avec un bon photocopieur couleur, c'est facile. Après, on reproduit la signature avec un stylo à bille.

Il examina le logo du contrat à la loupe et tendit les deux à Leonid.

— Regardez par vous-même. Il y a un petit espace entre le « n » et le « a ». La personne a soulevé son stylo à cet endroit.

Leonid regarda à son tour et lui demanda s'il achetait des produits alimentaires russes.

Il fronça les sourcils.

— Jamais ! s'offusqua-t-il. Nous sommes un restaurant italien ! Les seuls produits que nous faisons venir de l'étranger sont italiens : des fromages, des salaisons, des vins.

Leonid insista :

— Vous n'avez jamais eu affaire à la société Russische Spezialitäten Bergermann à Düsseldorf ?

Bernardi fut formel :

— Non ! C'est la première fois que j'entends ce nom.

Leonid rangea les photos et les copies.

Entre-temps, la salle de restaurant s'était remplie. Quand il voulut régler, Bernardi fit un geste de dénégation.

— C'est la maison qui régale, dit-il.

Leonid reprit le bus pour Düsseldorf. Le soleil était au zénith. Seuls quelques nuages troublaient le ciel. Il songea qu'il arrivait sans doute trop tard. Deux mois trop tard. Tout ça parce qu'il avait respecté les consignes d'Anna Baïdakova et qu'il s'était consacré pendant deux mois aux investigations sur la société de transports autrichienne !

Ils avaient bouclé l'enquête en août. Tout le Groupe IV et la division de la lutte contre le crime organisé s'étaient mobilisés. La collaboration avec les collègues en Autriche et en Hongrie avait fonctionné comme sur des roulettes. Et pour la première fois, le commandant Baïdakova et le lieutenant Parov avaient travaillé main dans la main. L'opération transnationale qu'ils avaient montée avait permis d'arraisonner plusieurs poids lourds du transporteur autrichien. Les policiers avaient mis la main sur quarante-deux clandestins d'Ukraine et de Biélorussie cachés dans huit camions. Les bureaux de la société en Autriche, en Hongrie et à Kiev avaient été perquisitionnés simultanément. En tout, quatorze personnes avaient été arrêtées, dont sept à Kiev.

L'intervention avait été un succès, pourtant Leonid ne pouvait s'empêcher de compatir avec les clandestins interceptés. Ils avaient juste tenté de gagner l'Europe. De leur plein gré. On ne les avait pas déplacés de force et personne ne leur avait volé leurs papiers. Le seul business réalisé par l'entreprise avait consisté à les transporter. Ces gens, qui ne disposaient pas d'une invitation en Europe et qui n'étaient pas assez riches pour obtenir un visa, avaient réuni toutes leurs économies pour se payer une place à bord d'un poids lourd, parce qu'on leur avait dit qu'il était possible, même pour un clandestin, de trouver un travail correct dans cet eldorado.

Après cette victoire, Anna Baïdakova leur avait lu la lettre de félicitations adressée par le colonel général de la milice et avait débouché une bouteille de champagne.

Le soir même, Leonid fit part de ses doutes à Igor :

— Depuis le début, on nous répète qu'on est en présence d'indices sérieux de trafic d'êtres humains et de prostitution forcée. Tout ça pour démanteler une filière d'immigration clandestine ! On ne m'ôtera pas de l'esprit qu'on nous balade depuis des semaines avec du menu fretin, dans le but d'empêcher d'autres investigations.

Igor renchérit, avec un sourire ironique :

— Pour une fois, ça fait plaisir de voir Anna Baïdakova et Parov sur la même longueur d'onde ! Pas de discussions à n'en plus finir, pas de conflits de compétences. Du vrai beau travail d'équipe ! Je trouve qu'on devrait mettre à profit les trois jours de congés extraordinaires qu'Anna Baïdakova a obtenus. Après tout, elle nous a dit qu'on avait carte blanche, la semaine dernière !

Cela ne correspondait pas tout à fait à la vérité. Ses mots avaient été : « Sur ce cas, vous avez carte blanche ! » Mais ils décidèrent de s'en tenir à l'interprétation d'Igor.

Le jour suivant, Leonid se rendit à Troïchina pour prendre de nouveau contact avec Gritsko. Sa mère refusa de le laisser entrer, le traitant de traître. Il lui fallut un certain temps pour démêler ce qui s'était passé, au milieu des insultes et des phrases inachevées. Peu après leur rencontre à la fontaine, la milice s'était présentée à leur domicile. Ils avaient dit que c'était au sujet du meurtre de Gromov, puis avaient demandé où Gritsko se trouvait cette nuit-là. Quand ils étaient partis, elle avait envoyé son plus jeune fils le prévenir.

Depuis, le garçon avait disparu. Leonid passa un coup de fil aux collègues de la police judiciaire. Une heure plus tard, il avait le dossier Gromov sous les yeux. Gritsko était le suspect numéro un et faisait l'objet d'un mandat d'arrêt. On aurait trouvé un témoin qui avait surpris une conversation téléphonique entre les deux jeunes gens, le soir du crime. Il aurait entendu Gricha donner rendez-vous à Gromov dans le passage souterrain.

Ce qu'il découvrit ensuite le laissa sans voix. L'information concernant le témoin émanait du Groupe IV. La copie d'un mail était agrafée au procès-verbal de la déposition de Dmitro Kasimirov, dix-huit ans, résidant à Troïchina. L'expéditeur était Igor Charov.

Igor fixa le papier pendant plusieurs secondes. Puis il chercha dans ses messages envoyés. Le mail avait été effacé, mais pas de manière professionnelle. Il lui fallut quelque temps pour retrouver le contenu de la corbeille avec le mail en question. Il avait été expédié deux jours après la rencontre de Leonid avec Gritsko, peu après midi.

Igor lui lança un regard coupable de ses yeux délavés. Il était clair qu'ils voyaient tous deux la même explication. Quand Igor quittait momentanément son poste de travail, il ne prenait jamais la peine de déconnecter son ordinateur, se contentant d'éteindre l'écran. Les autres collègues s'en étaient sûrement rendu compte.

Leonid fut pris d'une fureur sans nom. Il nota l'adresse de Dmitro Kasimirov et retourna à Troïchina. Un homme proche de la soixantaine lui ouvrit. Quand Leonid montra sa carte professionnelle en demandant à parler à Dmitro, l'autre le dévisagea d'un air soupçonneux :

— Mon fils n'est pas là. C'est à quel sujet ?

— Il faudrait que je le voie au sujet de sa déposition.

Le père de Dmitro fronça les sourcils.

— Quelle déposition ? Je ne suis pas au courant.

— Est-ce que je pourrais lui parler, s'il vous plaît ? demanda Leonid très poliment.

L'homme redressa la tête et déclara avec une fierté manifeste :

— Ça doit être un malentendu. Mon fils est à Kharkov. Il a obtenu une bourse d'études.

Leonid ravala sa salive.

— Quand est-ce qu'il l'a obtenue ?

— Il y a six semaines. Il est parti deux jours après.

En regagnant sa voiture, Leonid shoota de rage dans une canette de bière. Une place à l'université en échange d'un témoignage. Ce n'était pas la première fois qu'il voyait ça. Mais c'était un prix sacrément élevé à payer !

Quelqu'un était visiblement prêt à actionner tous les leviers possibles pour stopper leur enquête. À un moment donné, Igor et lui avaient dû frôler la vérité et faire peur à ceux qui tiraient les ficelles. Gromov était mort, et Gritsko était le meurtrier. D'une pierre deux coups ! Inutile de parler à Dmitro : il ne changerait pas un mot à sa déposition. C'était son visa pour quitter Troïchina, sa seule chance d'avoir un avenir.

Gritsko était futé. Il s'était sûrement mis au vert à Pripiat. Et il s'y trouvait relativement en sécurité, dans un premier temps.

Leonid était presque arrivé à Düsseldorf quand son portable sonna. C'était Adriana Mazur.

— J'ai des informations pour vous. Retrouvez-moi à la galerie.

— Il y a un petit parc dans votre rue. J'y serai dans une demi-heure, dit-il, puis il raccrocha.

Il avait perçu la nervosité dans sa voix. Le portable de Gromov faisait son petit effet.

21

Zyfflich, de juin à août 2010

Elle avait appelé le chien Kolia. Elle sortait dans la cour avec lui, lançait la vieille balle de tennis aussi loin qu'elle pouvait et faisait la course avec lui pour aller la chercher. Elle jouait jusqu'à l'épuisement pour refouler le mal du pays qui la submergeait souvent ces dernières semaines.

Le pire, c'était le week-end, quand Lessmann partait à la recherche de Marina. Les trois premiers mois, elle se sentait pleine d'espoir. Elle attendait son retour, la nuit, à l'affût de bonnes nouvelles. À présent, il n'avait même pas besoin de parler : à sa façon d'entrer dans la maison, elle voyait et elle entendait qu'il revenait bredouille.

Au début, la période du bordel et son évasion formaient une sorte de mur. Un mur au-delà duquel elle était incapable de penser, comme si elle n'avait jamais eu de vie avant. Quand elle racontait à Lessmann des épisodes antérieurs, elle avait l'impression d'évoquer la vie d'une autre. Elle était incapable de se projeter dans l'avenir. Pas sans l'amie qu'elle avait laissée tomber.

Un mois auparavant, elle avait insisté pour que Matthias Lessmann l'emmène un mercredi après-midi à Nimègue. Ils avaient flâné dans la ville ; il lui avait montré les places, le parc et les rues qu'il explorait.

En retournant à la voiture, l'idée l'avait effleurée pour la première fois. « Il ne la trouvera pas. Je ne la reverrai jamais. » Tout en elle s'était contracté à cette pensée. Sa détresse était telle qu'elle s'était mise à pleurer sans pouvoir s'arrêter. Lessmann avait dû la soutenir jusqu'à l'escalier d'un petit immeuble. Ils s'étaient assis côte à côte sur les marches. Elle avait sangloté, la tête appuyée contre son épaule. Lui attendait qu'elle s'apaise, les coudes calés sur les genoux, le menton posé sur les doigts croisés de ses grandes mains. Le soleil brillait, une brise légère soufflait et les gens passaient devant eux. Un homme s'arrêta, demanda quelque chose en hollandais, et Lessmann répondit : « Non, ça va aller. Il faut du temps. » Après, ils étaient repartis vers la place de l'ancien hôtel de ville. Dans un restaurant, elle était allée aux toilettes se rafraîchir le visage, puis ils avaient mangé une glace en terrasse.

Ce fut comme si cette crise avait fait sauter le mur mental. Dans les jours qui suivirent, elle se mit à repenser souvent à sa vie à Troïchina et à Kiev, et elle n'avait plus l'impression qu'il s'agissait d'une autre. À présent, elle osait se projeter dans un avenir au-delà de la semaine suivante et de l'espoir de retrouver Marina.

Il lui avait fallu tous ces mois. L'isolement et le calme de la ferme, et Matthias Lessmann qui la traitait comme sa fille et auprès duquel elle se sentait protégée et en sécurité.

Il avait tué Mario. Il l'avait fait pour elle. Il cherchait Marina tous les week-ends et il était persuadé qu'il allait la retrouver. Il le faisait pour elle. Comment lui avouer qu'elle avait renoncé ? Et surtout, comment lui avouer qu'elle voulait rentrer à la maison ? Que cette existence cachée, avec lui pour seul contact, devait avoir une fin.

C'était l'un des premiers jours d'août. Il faisait chaud. Vers midi, ils transportèrent la mangeoire des moutons, qui avait besoin de réparations, dans l'atelier, où Lessmann dévissa les lattes pourries et les remplaça par des neuves. Elle alla dans la grange chercher la chaise longue qu'ils avaient achetée en juin dans une jardinerie près de Bottrop, afin de s'installer dans le verger pour lire à l'ombre des arbres.

Une femme à vélo passait sur la route. Elle portait une robe rouge sans manches, dont la jupe flottait au vent. Le champ de blé doré de l'autre côté de la route, le ciel bleu et la cycliste rouge, devant. Elle ne parvenait pas à se détacher de ce spectacle. Il lui fallut quatre ou cinq secondes pour comprendre qu'il n'y avait pas qu'elle qui observait. La femme l'observait aussi. Alors seulement, elle rentra en courant dans la grange. Alors seulement, elle prit conscience que la femme n'était pas une étrangère. Elle vivait au village et venait de temps à autre donner un coup de main à la ferme du voisin. Lessmann avait dit que c'était la sœur de l'agriculteur.

Elle lâcha le siège et se précipita dans l'atelier.

— Elle m'a vue, annonça-t-elle d'une toute petite voix. La femme à vélo. Celle du village. Elle m'a vue.

Lessmann était en train de mesurer une latte et il réagit avec un calme stoïque, sans s'interrompre dans son travail.

— Ça devait bien arriver un jour.

— Qu'est-ce qu'on va dire ? demanda-t-elle. Qu'est-ce qu'on va dire si quelqu'un pose la question ?

Il replia le mètre.

— Si on demande, je dirai que c'était une touriste qui a crevé et qui a réparé son vélo dans la cour. Ça s'est déjà produit plus d'une fois.

Elle repartit chercher la chaise longue et, en marchant vers le verger, elle sentit soudain que la sensation était revenue. Cette sensation de perdre pied, ce vertige qu'elle éprouvait quand elle guettait les gens à l'arrêt de bus, par l'interstice de la fenêtre, en attendant un client. Là-bas, elle était la femme invisible. Et elle l'était de nouveau ici.

Elle déplia le siège et leva les yeux à travers la frondaison du pommier. Une lumière tamisée tombait sur son visage, et l'idée lui traversa l'esprit que ce n'était pas juste un instant d'inattention. Qu'elle était volontairement restée là, exposée aux regards. Elle essaya de lire, mais fut incapable de se concentrer. La réponse lisse de Lessmann, prétendant qu'elle était une cycliste victime d'une crevaison, lui revenait sans cesse, et elle ravalait ses larmes.

22

Zone d'exclusion, octobre 2010

Ceux qui ne pouvaient pas être recueillis par des parents ont été hébergés dans une caserne réquisitionnée. Des dortoirs de vingt lits. Bien des larmes ont coulé dans ces lits, les premières nuits. Le bâtiment d'en face abritait une cuisine pour collectivités et une cantine, dirigées par une responsable. Les femmes s'inscrivaient sur une liste et se chargeaient, sous son contrôle, de préparer des repas chauds pour tous une fois par jour.

Deda était quasiment inaccessible. C'était comme si ce qui se passait autour de lui ne le concernait plus. Il ne s'occupait que de Mykola, qu'il ne quittait pas des yeux.

Je me faisais du souci pour Glev. Je n'avais pas eu de nouvelles depuis des jours. Il ne savait pas où nous étions, et je n'avais aucun moyen de le joindre. Je m'étais liée d'amitié avec Alina, la jeune femme qui avait été relogée dans la maison de Deda et qui habitait à présent avec nous dans la caserne. La responsable de la cuisine avait un téléphone dans son bureau, et elle autorisait Alina à appeler son mari. Il était en poste à Tchernobyl-ville, où il était affecté à la répartition du travail des civils. Par son intermédiaire, j'ai enfin obtenu l'adresse de Glev et j'ai pu lui écrire pour lui dire où nous nous trouvions.

Les relations avec mon amie Marianna s'étaient espacées au fil des ans, mais le lien ne s'était jamais brisé. Elle vivait avec son mari et ses deux enfants dans le quartier de Golosiivski et était devenue infirmière-chef à l'hôpital où nous avions fait nos études. Le 7 mai, j'ai tenté ma chance et me suis rendue chez elle en métro.

Elle était là. Elle m'a saluée chaleureusement, puis a reculé d'un pas en s'écriant : « Qu'est-ce que tu as fait à tes cheveux ? »

J'ai passé la main sur ma tête. « Coupés », j'ai dit, et je me suis effondrée en larmes. Elle m'a fait entrer. Nous nous sommes assises dans la cuisine, Marianna a fait du thé et m'a raconté que beaucoup de gens avaient déjà quitté Kiev. Il y avait eu des échauffourées à la gare, parce que les trains étaient bondés et qu'on ne pouvait plus acheter de billets. Depuis, la situation s'était calmée. À l'hôpital de Kiev, ils avaient aussi des patients venus de la zone d'exclusion, qui présentaient de graves symptômes d'irradiation.

Ensuite, je lui ai parlé des douze jours qui venaient de s'écouler. J'ai passé sous silence ce que j'avais vu à l'hôpital ; après tout, je m'étais engagée à garder le secret. Mais je lui ai dit que je n'avais pas voulu laisser Mykola seul et que je n'avais pas pris mon nouveau poste.

Marianna, qui avait toujours eu sa façon de voir très pragmatique, a formulé sans détour les conséquences logiques.

« Tu n'as pas pris le travail qui t'était attribué : c'est du sabotage ! Tu avais le privilège de vivre à Pripiat, tu l'as gâché. Tu en es bien consciente ? »

Valentina pose son crayon et masse son poignet droit de la main gauche. Il est douloureux. Elle n'est pas habituée à écrire pendant des heures. Poussé par la brise, un nuage vient parfois masquer le soleil, qui descend déjà dans le ciel. Elle sort de la maison, palpe le linge, le décroche et le pose sur le banc après l'avoir plié. Seul son gros pull n'est pas encore complètement sec.

Marianna avait exprimé les choses à sa manière directe, et elle, Valentina, était restée assise à ruminer dans cette cuisine : « Je ne retournerai pas à Pripiat. Peut-être même que Glev va perdre son travail. Et tout ça par ma faute ! »

Aussi absurde que cette préoccupation lui paraisse à présent, c'est elle qui lui avait redonné sa capacité à agir. Pas tout de suite, mais dans les jours d'après, elle avait cessé d'attendre. D'attendre que l'ennemi invisible quitte Pripiat, comme tous ses compagnons d'infortune le faisaient.

Kisa grimpe sur le banc, prête à s'installer confortablement sur le linge. Elle la chasse et tend l'oreille. Ici ou là, un cri d'oiseau. Aucun bruit de moteur. Artemi ne viendra plus aujourd'hui pour lui apporter des nouvelles de Leonid. Peut-être demain. Demain, le temps restera sec. Elle le sent dans l'air.

Glev est arrivé le 12 mai. J'ai tressailli quand je l'ai vu. Mon Glev, si grand et baraqué, si plein de vitalité, avait le visage gris et marchait comme un vieillard. On lui avait accordé dix jours de congé. Ensuite, il devrait retourner à son poste. Nous nous sommes assis au soleil, dans la cour de la caserne. Il tenait Mykola sur ses genoux et ne voulait plus le lâcher. Il n'a pas beaucoup parlé, le premier jour. Quand je lui ai confessé que j'avais gâché notre avenir à Pripiat, il a dit : « Ne te fais pas de souci pour ça, Valia, personne ne retournera à Pripiat dans les années à venir. »

Je ne sais pas combien de temps je suis restée à côté de lui, avec cette phrase qui tournait dans ma tête vide. Cette simple phrase au-delà de laquelle il était impossible de penser. Je me suis levée, j'ai marché en long et en large devant lui, et j'ai dit que nous pouvions aller à Ritchytsia avec Deda. Je lui ai demandé s'il savait quand nous aurions la possibilité d'aller chercher nos affaires dans l'appartement et s'il ne pouvait pas déjà récupérer des jouets pour Mykola, des albums de photos et quelques bricoles de ce genre et les rapporter à sa prochaine visite. Pendant que je parlais, Glev restait sans bouger, regardant Mykola qui jouait avec les autres enfants. Quand je me suis tue, il a secoué la tête. « Tu ne m'as pas bien compris, Valia. Ton père non plus ne retournera pas dans sa maison. Tout ce qui se trouve dans la zone d'exclusion est contaminé. Nous n'avons plus rien. »

Aujourd'hui, il me semble que ce n'est pas tant la nouvelle en elle-même qui m'a terrifiée que le ton de Glev. Il a parlé très calmement, comme s'il ne s'agissait pas de lui et de sa famille. Je me suis rassise à côté de lui et j'ai pleuré. Bien sûr, j'ai pleuré parce que nous avions tout perdu et aussi parce que je ne savais pas ce que nous allions devenir. Mais j'ai surtout pleuré pour Glev, car je venais de comprendre qu'il n'était pas seulement épuisé et surmené. L'étincelle qui brillait dans ses yeux s'était éteinte, et il regardait fixement devant lui comme un aveugle. Un peu après, il s'est étendu sur mon lit dans le dortoir, il a refusé de manger ; il s'est endormi et ne s'est réveillé que seize heures plus tard. Le lendemain, il n'a réussi à avaler qu'une demi-tranche de pain. Pendant deux ou trois heures, il a paru aller mieux, puis il a replongé dans sa léthargie, comme la veille, et a dû s'allonger de nouveau. Quand il s'est levé, l'après-midi, l'oreiller était couvert de cheveux.

Le troisième jour, j'ai insisté pour que nous allions à la polyclinique. Nous avons pris le métro. Entre la sortie de la station et la clinique, Glev a dû s'arrêter plusieurs fois. Nous avons attendu cinq heures avant d'être vus.

« Il a besoin de repos », a déclaré le médecin, en lui prescrivant un médicament à base de vitamines que nous devions acheter en sortant. Puis il nous a congédiés. Glev voulait rentrer directement à la caserne, mais l'hôpital où travaillait Marianna n'était pas loin. J'ai réussi à le convaincre d'y passer, en priant pour qu'elle y soit. Nous avons eu de la chance : elle était de service et elle a aussitôt mobilisé ses collègues. Le

médecin a examiné Glev et a dit qu'il avait besoin de perfusions. Des perfusions très chères. Nous n'avions pas assez d'argent sur nous, mais Marianna s'est portée garante. Glev est resté pendant quatre jours à l'hôpital et il a reçu des perfusions quotidiennes. Le traitement nous a coûté trois mois de salaire, et, comme nous gagnions bien notre vie à Pripiat, nous avons pu payer. Il allait mieux après ça. Il manquait encore d'appétit, mais il arrivait à manger un peu, trois fois par jour.

J'ai raconté à Marianna ce que Glev m'avait dit, et elle a posé l'index sur ses lèvres.

« Valia, c'est bien pire que ce que nous pensions il y a cinq jours, quand nous étions dans ma cuisine. Au ministère de la Santé, ils ont peur qu'on ne découvre la véritable ampleur de l'affaire et que ça ne déclenche une panique. Dans les polycliniques, les médecins ont pour consigne de traiter tout ça comme une sorte d'épidémie de grippe. Des symptômes passagers qui disparaîtront avec des médicaments à base de vitamines. »

C'est aussi grâce à Marianna que Glev n'a pas été obligé de retourner immédiatement dans la zone d'exclusion. Le médecin n'avait pas le droit de diagnostiquer une irradiation sévère, mais il a attesté que Glev n'était pas apte à travailler pendant les quatre semaines à venir.

Marianna nous a rendu un autre service inestimable. Ses beaux-parents possédaient une datcha, au bord du Dniepr, qu'ils n'utilisaient presque jamais. Elle a proposé de nous y héberger provisoirement. Il n'a pas été facile de convaincre Deda, qui s'obstinait à répéter : « Pourquoi partir encore ailleurs ? Autant rester ici, pour si peu de jours ! » Nous n'avons pas eu le cœur de lui dire la vérité. Dans la caserne, certains commençaient à affirmer que le retour ne se ferait pas avant des années, mais il ne semblait pas les entendre.

Le 30 mai, des personnes de l'administration de Kiev sont venues à la caserne et nous ont réunis à la cantine, nous demandant de nous munir de nos papiers. Ils nous ont expliqué que nous devions déposer des demandes de relogement auprès du ministère et nous ont lu la liste des pièces à produire. Cette annonce a provoqué beaucoup de larmes, de jurons et de gémissements, car la plupart n'avaient pas les documents requis, soit qu'ils les aient oubliés, soit qu'ils les aient laissés dans l'attente du retour imminent promis. Mais surtout elle confirmait définitivement les rumeurs : personne ne retrouverait sa maison dans les années à venir.

L'après-midi, Deda a disparu. Quand il est revenu le lendemain, il était un autre homme. Il avait tenté de retourner à Ritchytsia et s'était fait refouler par les soldats à la frontière de la zone d'exclusion. L'un d'eux avait dit : « Papi, on ne peut plus vivre dans ces villages, juste mourir ! Nous sommes en train de les raser et de les enterrer. »

Il n'avait pas voulu le croire et s'était représenté le lendemain matin. Alors, ils l'avaient mis dans un camion qui repartait pour Kiev après avoir livré des denrées alimentaires.

Jusqu'à sa mort, ton Deda n'y a pas cru. Même quand, deux ans plus tard, nous avons été autorisés à visiter pour la première fois les cimetières de la zone d'exclusion, il a refusé de nous accompagner. Il n'aurait pas supporté. Il n'aurait pas supporté de devoir repartir le soir, lui qui avait survécu à Ritchytsia aux années de famine et à la guerre. Désormais, le pays était occupé par un ennemi invisible. Il ne prononçait jamais le mot « radioactivité ». Il nommait cet ennemi « démesure ». « Un pays fertile, contaminé et rendu inhabitable par la démesure. »

À l'ouest, le soir qui tombe peint dans le ciel de grands nuages mauves, devant lesquels les branches des arbres dessinent leurs toiles d'araignée noires.

Et voilà, une fois de plus, elle est allée trop vite en besogne : elle a anticipé ! Elle n'a pas respecté la chronologie et a décrit des conséquences dont elle ignorait tout au moment des faits. Katerina lui pardonnerait certainement. Elle referme le cahier. Demain, elle retracerait encore une période heureuse. Une période pendant laquelle elle pensait pouvoir oublier la catastrophe et Pripiat. Et recommencer une nouvelle vie.

23

Düsseldorf, octobre 2010

Il attendit longtemps dans le petit parc. Ne la voyant pas venir, il tenta de la joindre par téléphone. Adriana Mazur ne répondit pas. Une pluie fine s'était mise à tomber, qui collait à ses cheveux et à son manteau, et il se résolut finalement à aller à la galerie. Il n'entrerait pas, il se contenterait de sonner.

Dans le hall d'entrée, il croisa la jeune femme du cabinet d'avocats qu'il avait interrogée la veille sur les horaires d'ouverture de la galerie. Elle lui sourit. Quand il entra dans l'ascenseur, il entendit courir derrière lui, et un jeune homme vêtu d'un costume qui tombait impeccablement lui emboîta le pas. « Un juriste », songea Leonid, et il se félicita de sa perspicacité lorsque l'homme descendit comme lui au troisième étage.

L'entrée de la galerie était face à l'ascenseur. L'homme se dirigea vers le cabinet d'avocats, mais s'arrêta pour consulter son téléphone portable. Leonid remarqua aussitôt les traces sur la porte de la galerie. Il interrompit l'autre et lui montra la porte. Elle avait été fracturée, et Leonid n'eut qu'à pousser un peu pour l'entrebâiller. Il l'ouvrit complètement et appela :

— Madame Mazur ? Madame Mazur, vous êtes là ?

— Allez voir ce qui s'est passé ! J'appelle la police, déclara l'homme qui retourna dans le couloir en direction du cabinet.

Leonid entra dans la galerie. La pièce mesurait au moins cent mètres carrés. Avec ses murs couverts de tableaux et diverses sculptures posées sur des socles ou à même le sol, l'ensemble ressemblait plus à un entrepôt qu'à une galerie dont la scénographie témoignerait d'une volonté artistique. Regardant autour de lui, il découvrit une autre porte sur sa gauche, qui ouvrait sur un petit bureau décoré de meubles en bois anthracite et en cuir blanc.

Il prit son mouchoir, ouvrit prudemment les tiroirs du bureau et les armoires, puis les referma. Il finit par trouver quelques classeurs et en sortit un. Dès le premier document, il comprit ce qui lui avait échappé au San Marino. Il posa son mouchoir et continua de tourner les pages. Le classeur contenait des contrats. La galerie East Art travaillait avec des restaurants, des hôtels et des entreprises. Elle était propriétaire des œuvres qui ornaient les murs du San Marino, et l'établissement acquittait des frais de location mensuels. Voilà comment ils avaient mis la main sur les tampons et les signatures pour établir les faux contrats de travail.

Il rangea le classeur, retourna vers le bureau et voulut allumer l'ordinateur. Mais le disque dur avait été démonté et la base prévue pour accueillir un portable était vide. Il regarda sa montre. Il s'était écoulé plus d'un quart d'heure. Où était la police ? Cette question en appela une autre. Pourquoi l'homme ne revenait-il pas ?

Leonid se tenait dans l'encadrement de la porte du bureau et s'apprêtait à aller se renseigner auprès du cabinet d'avocats, lorsque deux policiers pénétrèrent prudemment dans la galerie. Leonid devina aussitôt ce qu'ils pensaient et leva les mains en signe d'apaisement.

— Je ne suis pas le cambrioleur. C'est moi qui ai découvert le cambriolage et qui vous ai fait prévenir.

Ils lui empoignèrent les bras et lui passèrent les menottes.

— Demandez au cabinet d'avocats ! déclara-t-il sans se départir de son calme.

— On ne nous l'avait encore jamais faite, celle-là ! s'exclama, hilare, l'un des deux en fouillant les poches de Leonid.

Il composa un numéro de téléphone, marmonna quelque chose du genre « a pu être arrêté sur le lieu du délit ». Le deuxième inspecta d'abord le bureau, avant de faire le tour de la galerie.

— Vérifiez auprès du cabinet d'avocats à côté ! insista Leonid. J'ai demandé au jeune homme de prévenir la police.

Devant leur absence de réaction, il commença à soupçonner quelque chose.

Quand il se retrouva dans une salle d'interrogatoire, qu'il découvrit que le cambriolage avait été signalé par la secrétaire du cabinet d'avocats et que l'homme dont il parlait était inconnu, tout devint clair. Il relata les faits conformément à la vérité, dit qu'il était lieutenant de la police ukrainienne, évoqua son enquête à Kiev en expliquant qu'il recherchait deux jeunes filles portées disparues, mentionna ses soupçons à l'encontre d'Adriana Mazur et le rendez-vous qu'il devait avoir avec elle dans l'après-midi.

Ils se mirent en relation avec Kiev pour vérifier sa version, et un mail leur parvint en fin de soirée : « … Leonid Kyjan est suspendu de ses fonctions pour cause de manquements professionnels répétés. Il n'est pas en mission pour nous en République fédérale d'Allemagne. » La réponse émanait du commandant Baïdakova.

Il répondit aux questions des inspecteurs et demanda à pouvoir téléphoner, mais Igor ne décrocha pas.

Ils le conduisirent dans une cellule. Un agent lui apporta un plateau avec des sandwiches, du thé et une banane. Après avoir mangé, il fut enfin en état de réfléchir correctement à sa situation.

Allongé sur sa couchette, les yeux rivés au plafond, il s'interrogea sur les raisons qui avaient poussé Adriana Mazur à le faire incarcérer. Il était évident qu'elle avait été déstabilisée quand il avait mentionné le portable de Gromov. Son coup de bluff et sa menace de se tourner vers la police allemande l'avaient rendue nerveuse. Comme elle n'avait aucun intérêt à ce qu'il soit arrêté, il ne pouvait y avoir qu'une seule explication : elle savait à présent qu'il n'était pas en possession de ce portable.

Il repensa à cette soirée d'août, où, après avoir vainement cherché à rencontrer le prétendu témoin Dmitro Kasimirov, il s'était plongé dans le dossier Gromov. Aucune charge ne pesait contre Gritsko, à part la déposition de Dmitro. Non seulement ce dernier prétendait avoir entendu la conversation téléphonique, mais il affirmait que Gritsko possédait un couteau à cran d'arrêt et avait déclaré vouloir tuer Gromov s'il lui tombait entre les mains.

Leonid avait attentivement examiné les photos de l'autopsie. Elles montraient un jeune homme baraqué qui, d'après le compte rendu, mesurait un mètre quatre-vingt-quatre. Il s'était demandé comment le chétif Gritsko, du haut de son mètre soixante-dix, était censé avoir tranché la gorge de cet homme.

Il était encore absorbé dans le dossier quand Anatoli Parov fit irruption dans le bureau. Il jeta un coup d'œil par-dessus son épaule.

— Comment se fait-il que vous ayez ce dossier ? s'enquit-il, lui lançant au visage son haleine empestant l'alcool.

Leonid choisit de ne pas entendre et lui répondit par une question.

— Vous connaissez Gritsko Litovtchenko ? Je veux dire, vous l'avez déjà vu ?

— Non. Pourquoi ?

Le regard de Parov trahissait une totale incompréhension. Leonid tourna les pages jusqu'au mail prétendument envoyé par Igor.

— Ni Igor ni moi n'avons expédié ce message, déclara-t-il.

Anatoli Parov en prit connaissance sous l'œil soupçonneux de Leonid.

— Vous en mettriez votre main au feu ? finit par lâcher Anatoli. Vous êtes sûr que ce n'est pas Igor Charov qui l'a écrit ?

Leonid perçut clairement le doute chez son collègue ; ça le rendit enragé et il en oublia toute prudence.

— En ce qui concerne Igor, je suis sûr à cent pour cent, mais pas en ce qui vous concerne ! Après tout, c'est grâce à vous que nous avons passé des semaines sur cette filière d'immigration clandestine. Nous aurions aussi bien pu laisser le boulot aux douaniers. Mais l'objectif était peut-être justement de nous empêcher de continuer à enquêter sur les dessous de ce cas ? lança-t-il en tapant du poing sur le dossier.

Il se leva d'un bond. Les deux hommes se toisèrent pendant plusieurs secondes, prêts à frapper, séparés seulement par l'haleine chargée de vodka de Parov.

Celui-ci recula finalement d'un pas, et s'appuya sur le bureau de Leonid. Il tourna le dossier vers lui et attrapa la photo du cadavre de Gromov, posée sur le dessus.

— Ça, dit-il en montrant l'incision qui barrait la gorge, c'est du travail de professionnel ! Je l'ai dit à Anna Baïdakova dès qu'ils ont trouvé le cadavre, et elle était du même avis. Par la suite – vous étiez là aussi –, elle a reconsidéré l'enquête à l'université et elle l'a déclarée terminée. Le cas Gromov a été transmis à la police judiciaire. Après ça, je ne m'en suis plus occupé.

J'ignorais l'existence de ce mail et d'un témoin. On disait simplement que l'affaire était élucidée.

— Par qui ? Qui vous a dit que l'affaire était élucidée ?

Parov haussa les épaules.

— Je ne sais plus exactement. Peut-être un collègue de la brigade criminelle.

— Après son témoignage, ce témoin, Dmitro Kasimirov, a reçu une bourse de l'université de Kharkov qui lui est tombée du ciel.

Parov se taisait. Au bout de quelques secondes, il se pencha vers lui.

— Écoutez, Kyjan, quand les choses prennent cette tournure-là, il vaut mieux arrêter de creuser. S'ils veulent vous foutre dehors, ils trouveront toujours une raison.

Puis il s'approcha de la fenêtre et scruta l'obscurité.

— Savez-vous, commença-t-il prudemment, quel genre de logement Anna Baïdakova occupe ? Elle est propriétaire d'un appartement en plein centre ; on parle de cent vingt mètres carrés.

Leonid était au courant de ces rumeurs, mais il connaissait aussi celles qui couraient sur Parov. On disait qu'il fréquentait les bars les plus chers et qu'il jouait de grosses sommes au black-jack. Il était las, il n'avait pas envie de perdre son temps avec des bruits de couloir, et cette soudaine familiarité de Parov le dégoûtait. Néanmoins, quand il avait affirmé ignorer l'existence du mail et du témoin, il l'avait cru sur parole.

Après cette conversation, il ne rentra pas directement chez lui ; il alla dans un bar et il but. Ce soir-là, il dut s'avouer que tous les espoirs qu'il avait fondés sur l'indépendance de l'Ukraine, au début des années quatre-vingt-dix, étaient restés lettre morte. Certes, les lois avaient évolué, et la réforme de la constitution de 2004 semblait concéder davantage de droits aux individus, mais c'était seulement sur le papier. Au sein de la milice, le pouvoir des vieux apparatchiks était resté intact : ils entretenaient les meilleures relations avec la politique et les oligarques. Rien n'avait changé. Ceux qui avaient tenté de réformer la milice avaient été virés depuis longtemps. Et ceux qui étaient restés, le système les avait dévorés. Ils acceptaient les règles ou ils se couchaient.

Ce soir-là, il reconnut en son for intérieur que son combat était perdu d'avance. Il ne s'accrocherait pas à sa carrière dans la milice. En faisant ce constat, il ressentit ce tressaillement, cette douleur brève qui vous traverse quand on vous remet un os en place. Aussi incroyable que cela paraisse, cette décision avait été une libération, en dépit de l'avenir incertain qui se profilait devant lui. Il suivrait la trace des deux filles et il savait déjà, ce soir-là, que ses jours dans la milice étaient comptés.

L'agent de police entra dans sa cellule pour reprendre le plateau. Leonid s'allongea sur le lit et s'endormit.

24

Zyfflich, août 2010

Aller ensemble à Nimègue avait été une erreur. Il l'avait senti dès que Tania s'était effondrée en larmes sur les marches du petit escalier. Ce n'étaient pas des larmes de frustration ou de déception, mais celles qu'on verse quand la dernière lueur d'espoir s'est envolée et qu'on ne sait plus à quoi se raccrocher. Il n'y avait pas de mots pour consoler de ça. Il le savait et n'avait même pas essayé. Des gens passaient devant eux, et des flots de voitures. Elle s'était calmée peu à peu lorsque les ombres des maisons d'en face avaient atteint le milieu de la chaussée.

Depuis lors, quelque chose avait imperceptiblement changé dans leur vie commune. Le quotidien était le même, mais Tania passait plus de temps devant la télévision et semblait s'éloigner peu à peu. Il continuait d'aller le week-end à Nimègue : il traversait la ville, mais évitait le parc de Kronenburg et la maison où il retrouvait Marina. Il s'installait dans le bar de la Nonnenstraat qu'il fréquentait après ses visites à la jeune fille et lisait les journaux hollandais en sirotant une bière. Il ne cherchait pas Marina, mais il venait là pour atténuer son mensonge. Quand, de retour à la maison, il répondait au regard de Tania en secouant la tête, il ne mentait pas : il s'était rendu à Nimègue et ne l'avait pas trouvée.

Ce 14 août, la soirée était terriblement lourde. L'orage qui avait éclaté dans l'après-midi n'avait pas rafraîchi l'atmosphère. Lessmann, qui avait juste fait un petit tour dans la ville, était déjà en nage. Il se replia rapidement dans le bar de la Nonnenstraat et se plongea dans la lecture de *De Gelderlander*.

Il faillit ne pas la voir, car la photo sur le bord gauche de la troisième page était petite et très retouchée. Elle était accompagnée de ce titre : « *Who kent deze vrouw ?*[1] » Il scruta fixement l'image. Marina, les yeux fermés, les cheveux peignés vers l'arrière, sa mort adoucie par un filtre flou.

Il dut relire plusieurs fois le texte au-dessous avant que l'information parvienne à son cerveau anesthésié.

On l'avait retrouvée dans un coin de forêt en bordure de Nimègue. La police hollandaise supposait qu'il s'agissait d'une prostituée et qu'elle était originaire d'Europe de l'Est. Quiconque possédait des renseignements était invité à contacter le numéro de téléphone indiqué.

L'article ne précisait pas quand elle avait été découverte ni les causes du décès. Il fut pris de vertiges. Il

1. « Qui connaît cette femme ? »

se leva en chancelant. La serveuse lui demanda s'il ne se sentait pas bien. « Juste un peu d'air », dit-il en sortant sur le pas de la porte.

Il s'appuya contre le mur extérieur, ferma les yeux et vit Marina roulée en boule sur le lit, son regard – que les murs de la petite chambre ne parvenaient pas à contenir – rivé sur des images lointaines qui n'appartenaient qu'à elle.

Il respira à fond, envisagea d'appeler le numéro de téléphone. Il pourrait dire qu'elle s'appelait Marina, qu'elle venait d'Ukraine. Qu'elle avait travaillé dans l'appartement du port. Il songea aussi qu'il ne devait pas se présenter, qu'il fallait rester anonyme.

Dans le ciel, un nouvel orage se préparait, l'air chaud était chargé d'électricité. Si la police tentait de s'appuyer sur le journal pour progresser dans son enquête, il était possible qu'elle ait trouvé son corps depuis plusieurs semaines. Trois semaines ! C'était trois semaines auparavant qu'il s'était rendu à la maison de passe pour la dernière fois. Et ils l'avaient jeté dehors, parce qu'elle était déjà morte ! Voilà comment les choses avaient dû se passer. Il n'aurait rien pu faire. Dès le mois de juillet, il n'aurait rien pu faire pour elle.

Une légère brise se leva, déplaçant les masses d'air chaud. Des nuages bas et noirs arrivèrent de l'ouest et s'étendirent sur la ville. Quand les coups de tonnerre et leur cortège d'éclairs se déchaînèrent, que les premières gouttes de pluie s'écrasèrent, il avait reconstitué la chronologie des faits de façon à prouver son innocence.

Il retourna à l'intérieur, découpa l'article et quitta le bar dès que l'orage se fut un peu calmé. Les gens s'abritaient sous les porches ou prenaient le frais devant leurs fenêtres grandes ouvertes, des enfants couraient sur les trottoirs, sautant dans les flaques et savourant l'averse avant de disparaître dans les maisons. L'air avait fraîchi et il eut l'impression de respirer pour la première fois de la journée.

Sur la place du Grote Markt, il trouva une cabine téléphonique, sortit la coupure d'article de sa poche et composa le numéro. On lui demanda son nom, mais il ne répondit pas et déclara très vite :

— La jeune fille de *De Gelderlander* s'appelait Marina. Elle venait d'Ukraine et travaillait dans un bordel.

Il indiqua l'adresse de la maison et raccrocha.

En retournant à sa voiture, il ressentit un soulagement dont il eut honte. Au moins, c'en était fini de l'incertitude des dernières semaines. Il savait où était Marina. Il n'avait rien pu faire pour elle, mais son appel aiderait peut-être les autres femmes qui se trouvaient dans l'appartement.

Quand il arriva à la ferme, il constata que l'orage ne l'avait pas épargnée non plus. De grandes flaques se résorbaient progressivement dans le sol desséché de la cour. La maison était plongée dans l'obscurité. Tania était déjà couchée. Tant mieux. Kolia lui fit la fête dans l'atelier ; il s'accroupit et caressa longuement l'animal. Puis il prit une dernière bière dans la cuisine. Il ne fallait pas compter dormir.

Le soulagement qu'il avait ressenti dans un premier temps s'était évanoui pendant le trajet du retour. Il avait fait place à une inquiétude diffuse qu'il ne parvenait pas à analyser, ni à chasser.

Il sortit avec sa bouteille, attrapa l'une des chaises de jardin, la renversa pour l'égoutter et s'assit. Des nuages passaient dans le ciel, masquant la demi-lune à intervalles réguliers. À présent, la fraîcheur de l'air était bienfaisante, mais la touffeur reviendrait le lendemain. Il attendit. Attendit que son trouble se dissipe ou se précise pour pouvoir le nommer. C'est seulement quand il cessa d'y réfléchir et qu'il laissa son regard vaguer dans le noir, la tête vide, que les questions prirent forme.

Pourquoi n'avait-il pas passé ce coup de téléphone en avril ? Pourquoi n'avait-il jamais pensé à prévenir la police hollandaise de façon anonyme, comme il venait de le faire, pendant toutes les semaines où il allait la voir ?

Parce qu'il avait parlé de Tania à Marina. Parce qu'il lui avait dit que sa ferme n'était située qu'à vingt minutes de là. Parce qu'ils auraient trouvé Tania et alors… alors sûrement aussi Mario Swoboda.

Il eut envie de vomir. Il avait tout fait de travers. Il y a six mois, il avait perdu le contrôle de son existence. Non, pas perdu. Abdiqué. Peu à peu.

Vers 4 heures du matin, les premières lueurs du jour apparurent. Il ouvrit la porte de l'atelier, mit du grain dans une écuelle en plastique et alla le répandre sur le sol du poulailler. À l'est, le soleil s'élevait au-dessus du rebord du monde dans un orange incandescent. Il ramassa les abreuvoirs des poules, les nettoya sous le robinet de la grange et les remplit d'eau fraîche. Les moutons se rassemblèrent près de la barrière. Il versa un seau de pulpe de betterave dans l'auge et s'assura que les agneaux en avaient leur part. Il exécutait chaque opération comme un automate, se réfugiant dans ces gestes quotidiens pour sentir le sol sous ses pieds.

Quand il eut fini de s'occuper des animaux, il s'arrêta un instant près de la barrière. Trine vint frotter sa tête contre sa main, mais il ne lui parla pas, incapable d'exprimer par des mots les contradictions qui grondaient au fond de lui. Il savait juste qu'il ne supporterait plus longtemps cette vie de mensonges et de silences. Il n'y avait qu'une solution. Tania devait partir. Pourtant, rien que d'y penser, il était pris à la gorge par un sentiment d'abandon à peine supportable. En même temps, il n'aspirait qu'à une seule chose : retrouver la paisible harmonie qui constituait sa vie avant son arrivée.

25

Zone d'exclusion, octobre 2010

Elle l'entend longtemps avant de le voir. Les bruits de moteur sont rares ici, et les pétarades du petit scooter reconnaissables entre mille.

Elle sort à sa rencontre pour le saluer.

— Artemi, mon garçon ! Quel plaisir de te voir !

Il lui adresse un sourire radieux, tout en déchargeant un sac plein à ras bord, qu'il porte à l'intérieur de la maison. Elle a mis de côté un peu du thé noir de la dernière fois et a fait chauffer de l'eau.

Il reste sur le pas de la porte, lui transmet les amitiés de sa mère et de sa sœur, lui demande si la première offensive de l'hiver n'a pas été trop pénible et explique que la température devrait rester entre six et dix degrés au cours des prochains jours, mais que de la pluie est à prévoir.

Elle attend qu'il parle de Leonid, des nouvelles d'Allemagne, mais elle ne le bouscule pas. Elle apprécie sa voix et une présence humaine. Dans le sac, elle trouve du sel, du sucre, deux kilos de farine et, tout au fond, deux paires de collants et une lettre de Ludmila.

Lorsque le thé est prêt, il n'a pas besoin de lui rappeler que le feu qui brûle dans le poêle ne libère pas que de la chaleur dans l'atmosphère… Elle enfile sa veste en lainage, sort à l'extérieur avec les deux tasses et s'installe sur le banc.

C'est lui qui a des choses à raconter. Dans sa vie à elle, il n'y a rien de nouveau. Tout au plus pourrait-elle mentionner qu'elle se replonge dans le passé jour après jour. La sœur d'Artemi et sa mère, Ludmila, ont attrapé une grippe carabinée la semaine dernière, parce qu'ils ont été privés de chauffage pendant quatre jours, comme tout le quartier, à cause de la conduite de gaz de Troïchina qui a eu des problèmes, pile quand le froid est arrivé. Au même moment, les habitants ont reçu une note les informant que le prix des forfaits mensuels allait augmenter en raison d'une forte hausse de la consommation de gaz.

Tandis qu'il boit son thé, promenant son regard sur le jardin, elle se hasarde à poser la question.

— Et Leonid Kyjan ? dit-elle à mi-voix. Est-ce qu'il s'est manifesté ?

Artemi secoue la tête.

— Il est parti il y a trois jours, mais je n'ai pas encore de nouvelles.

— Trois jours ? Seulement ?

— Il y a eu des problèmes de visa. Il a été obligé d'attendre particulièrement longtemps.

Elle a du mal à cacher sa déception. Elle essaie courageusement de sourire, mais le petit tremblement aux commissures des lèvres la trahit. Artemi lui tapote gentiment la main et dit :

— Il se manifestera quand il aura trouvé quelque chose. Et si la neige n'est pas trop haute ici, je viendrai tout de suite vous prévenir.

Elle acquiesce, mais elle trouve insupportable l'imprécision de sa formulation. Elle la remplace mentalement par « quand il l'aura trouvée ».

Elle se rend bien compte qu'il n'est pas aussi confiant qu'elle. Elle ne sait pas pourquoi elle lui pose quand même la question, alors qu'elle pense connaître la réponse et ne veut pas l'entendre.

— Tu crois qu'il va la trouver rapidement ?

La réponse fuse.

— Je suis sûr que si quelqu'un peut trouver Katerina, c'est bien Leonid Kyjan.

Une brise légère s'est levée. Le long de la clôture du jardin, elle a planté des pieux dans la terre, qu'elle a coiffés de bocaux vides. Le vent fait chanter les verres quand il effleure leurs ouvertures. C'est censé éloigner les souris. Les tintements se perdent dans le lointain. Dans sa tête, elle modifie encore la phrase d'Artemi. « Je suis sûr que Leonid Kyjan va la trouver. »

Avant de se mettre en route, il lui demande comme toujours s'il peut faire autre chose pour elle. Elle dit que le toit la préoccupe. Pas pour l'instant, mais plus tard, quand la neige s'amassera dessus. Dans la grange, il déniche une planche, cherche un ustensile de jardin adéquat et fixe la planche sur la pelle. Quand ce sera nécessaire, ce système lui permettra de déblayer de larges bandes de neige sur le toit.

En partant, il réitère sa promesse de venir la voir dès que Leonid se sera manifesté.

De retour dans la maison, elle triture les informations dans tous les sens jusqu'à ce qu'elles deviennent de bonnes nouvelles. Si Leonid était parti pour l'Allemagne quinze jours auparavant et n'avait pas donné signe de vie, ce serait mauvais signe. Mais n'étant là-bas que depuis trois jours, ça n'avait rien d'étonnant qu'il n'ait pas encore appelé Artemi. Il téléphonerait dans les prochains jours, et alors, peut-être…

Elle jette un coup d'œil vers la table. D'ici là, elle devrait avoir fini.

Le 1er juin, le mari de Marianna nous a emmenés à la datcha de ses parents. Je m'attendais à une petite cabane. Et même ça, ç'aurait été mieux que les dortoirs de la caserne, où la promiscuité alimentait sans cesse des disputes. Quand nous sommes arrivés, je n'en croyais pas mes yeux. La datcha était une solide maison en bois, avec une petite véranda. Le beau-père de Marianna occupait un poste important au Parti, à Kiev, et il avait manifestement su en tirer des avantages. Le jardin descendait en pente douce jusqu'au fleuve et était à peu près aussi grand que le champ de Deda à Ritchytsia. Le terrain était fermé par une clôture le long de la route et de chaque côté.

La maison se composait d'une seule pièce, mais il ne manquait rien. Un poêle, des casseroles et de la vaisselle, une table, des chaises et deux lits. Divers ustensiles de jardin étaient soigneusement alignés contre un mur, à côté d'un lit pliant. Nous n'en croyions pas nos yeux. Le terrain était isolé, et le mari de Marianna nous a expliqué que le village le plus proche se trouvait à dix kilomètres et que, de là-bas, un autocar assurait la liaison avec Kiev deux fois par semaine.

Dès le premier jour, Deda s'est consacré au jardin. Marianna avait dit qu'elle avait planté des carottes, des oignons et des betteraves rouges au printemps, ainsi que des pommes de terre, mais qu'elle n'avait pas trouvé le temps de s'en occuper depuis. Les mauvaises herbes avaient tout envahi, et on ne distinguait plus les plantations. Deda s'est mis au travail séance tenante, secondé par Mykola, qui ne le lâchait pas d'une semelle.

Glev allait mieux. La première semaine, il était obligé d'aller s'étendre encore une ou deux fois par jour et il mangeait avec difficulté. Mais au bout de deux semaines, son appétit est revenu et il a repris des forces. Je me souviens du soir où il a recommencé à faire le fou avec Mykola : toute la maison résonnait de son rire.

Elle fait quelques pas jusqu'au poêle et se verse le reste de thé. Elle ne l'écrirait pas à sa fille, mais elle se souvient surtout de ce soir-là parce que Glev a fait l'amour avec elle pour la première fois depuis plus de deux mois. Mykola s'était endormi dans les bras de son grand-père, sur la véranda, et Glev l'avait entraînée dans la maison et avait fermé la porte. Les contours de leurs corps étroitement enlacés se fondaient dans le jour déclinant qui entrait par la fenêtre. Ivres de caresses, ils ne sentaient plus que leurs peaux l'une contre l'autre. Bientôt, quand ils s'abîmèrent l'un dans l'autre, cette frontière s'évanouit à son tour.

Glev parlait très rarement des travaux dans la zone d'exclusion, et jamais en présence de ton Deda. Des milliers de soldats, de réservistes et de civils étaient mobilisés. Certaines brigades se consacraient exclusivement à l'abattage des animaux, qu'il s'agisse des animaux domestiques ou du gibier dans les forêts.

Glev faisait partie des brigades de nettoyage. Elles allaient de village en village, équipées de véhicules extincteurs, et aspergeaient d'eau les rues et les maisons afin de fixer dans le sol la poussière radioactive que le vent soulevait sans cesse. Au début, ils avaient un simple masque à gaz pour toute protection. Au bout de quatre jours, on leur a fourni des combinaisons de protection et on leur a prescrit de se doucher avant chaque repas et après le travail en se frottant vigoureusement avec des brosses. Il disait : « La chaleur de l'été et le vent sont nos pires ennemis. »

Le 23 juin, il devait se présenter à Tchernobyl pour reprendre son poste. Je l'ai supplié de ne pas y aller, mais Glev ne voulait pas en entendre parler. « C'est mon devoir, et je vais le faire, comme les autres. » Il s'est absenté pendant quinze jours. Quand il est revenu, il a rapporté le terme « liquidateur » de là-bas. C'était ainsi qu'on appelait ceux qui étaient chargés de faire disparaître les conséquences de la catastrophe dans la zone d'exclusion. Il a eu droit à un repos de dix jours à la maison, puis il est reparti. Il n'était pas aussi exténué que lors de son arrivée à la caserne, mais il semblait souvent absent, le regard perdu dans le vague. Quelques jours plus tard, alors que Deda était parti avec Mykola au bord du fleuve, nous étions assis côte à côte sur la marche de la véranda. Il a dit : « Nous enterrons les villages, Valia. »

Je n'ai pas compris de quoi il parlait, et j'ai répondu : « Qu'est-ce que tu racontes ? »

Il s'est penché en avant, évitant mon regard. « Nous rasons les villages. Maison après maison. Dans les chambres, il y a les meubles ; dans les armoires, les vêtements ; dans les cuisines, la vaisselle. Et les tiroirs contiennent les albums de photos, les lettres et tous ces trucs. Nous creusons des fosses et nous poussons tout ça dedans, avec les gravats. Quand nous avons fini, il reste juste un monticule. Quand nous avons fini, c'est comme s'il n'y avait jamais eu de village à cet endroit. »

Pendant plusieurs minutes, je suis restée là, à penser : ce n'est pas possible. Pourquoi il raconte des choses comme ça ?

Il a dit : « Je n'entre plus dans les maisons. Dans le premier village, je suis entré, j'ai sorti les souvenirs de famille. Je pensais, au moins on peut leur laisser leur histoire. Mais rien, aucun objet, aucune photo ne doit quitter la zone. »

Le crayon à papier ne mesure plus que six centimètres, et il a de nouveau besoin d'être taillé. Bientôt, il sera complètement usé.

À compter de cet après-midi-là, il n'a plus jamais évoqué son travail, au cours des permissions. Il parlait du camp de pionniers, où ils étaient logés, des collègues, qui venaient de l'ensemble de l'Union soviétique, et des soirées, où ils tuaient le temps en jouant aux cartes et aux dés.

Elle éprouve un douloureux serrement dans la poitrine. Elle n'a pas voulu le voir, à l'époque, mais à chaque nouvelle mission il semblait s'éloigner d'elle plus irrémédiablement. Il est reparti encore à quatre reprises, pour quinze jours chaque fois. Et à la fin du mois d'août, il n'était plus le même. Il ne semblait plus capable d'éprouver la moindre joie. Ce qui le caractérisait le plus, sa légèreté et sa confiance dans l'avenir, tout ça avait disparu. Pendant des mois, elle se rassura en se disant que ça passerait, qu'il fallait laisser agir le temps. Plus tard, il lui arriverait de songer que, s'il avait perdu un bras ou une jambe, elle aurait pu voir ce qu'il avait subi et ne se serait pas sentie aussi impuissante.

À la mi-août, Glev est rentré définitivement. Dans la zone d'exclusion, ils étaient en train de construire un sarcophage autour du réacteur 4.

Deda parlait toujours de retourner dans sa maison. Quand nous essayions de lui expliquer ce qu'il en était de Ritchytsia, que, même si le village n'était pas enterré, il était devenu inhabitable, il ne semblait pas écouter.

En septembre, il a dit : « Je vais préparer le jardin pour l'hiver. Après, je rentrerai à la maison. »

Par deux fois, il a tenté de regagner Ritchytsia, mais il a été refoulé à la frontière de la zone d'exclusion et est revenu bredouille.

Glev a trouvé un emploi sur un chantier naval dans le port de Kiev. Du lundi au samedi, il logeait dans un foyer de jeunes travailleurs et venait parfois passer le dimanche à la maison, quand une voiture pouvait l'emmener.

Nous avons vécu un an et demi dans la datcha. Je marchais régulièrement jusqu'au village voisin et, quand j'avais de la chance, j'arrivais à attraper l'autocar pour Kiev. Alors, je me rendais à l'office du logement, où j'attendais pendant des heures dans le couloir pour demander où en était l'appartement qu'on nous avait promis. S'il me restait du temps après, je passais voir Glev ou Marianna.

En mars 1988, nous avons enfin obtenu un appartement à Troïchina. Le quartier était déjà en construction au moment de l'accident. Un grand nombre de ceux à qui on avait fait miroiter un logement en ont été privés, au profit des déplacés. Nous occupions la moitié du nouveau quartier, et n'étions pas les bienvenus. Nous étions les « Tchernobylzi », ceux qui avaient piqué les appartements des autres, ceux qui étaient malades et risquaient d'être contagieux. Heureusement que nous étions nombreux, sinon la cohabitation aurait sans doute été insupportable.

Il nous a fallu encore six mois pour rassembler quelques meubles, un peu de vaisselle et de linge. Certes, nous avions obtenu une petite aide financière pour le démarrage, mais on ne trouvait pas les objets dans le commerce. Dès que j'apprenais qu'il y aurait une vente de torchons, d'assiettes ou de casseroles le lendemain, je me précipitais à l'endroit indiqué et je faisais la queue pendant des heures.

À Troïchina, j'ai découvert aussi l'inconvénient majeur de ne pas avoir de jardin. Le temps était révolu où nous pouvions consommer des légumes et des fruits frais à notre guise. Si je n'arrivais pas dans les magasins suffisamment tôt, il ne restait plus rien.

J'essayais de me concentrer sur les bons côtés. Glev vivait enfin avec nous et, tous les matins, il partait travailler au port. De nouveau, nous avions des gens autour de nous. Je me suis liée d'amitié avec ma nouvelle voisine, Ludmila, dont la famille venait également de Pripiat. J'ai retrouvé Alina. Mykola est entré à l'école maternelle. Tandis que je m'occupais d'arranger notre nouveau foyer, j'ai négligé Deda. Il quittait souvent l'appartement dès le matin pour ne revenir que le soir.

Noyée dans ses pensées, elle regarde fixement par la fenêtre. La voilà, sa faute. Cette inattention prolongée, qu'elle ne se pardonne pas.

Son père n'avait jamais été très loquace, mais à Troïchina – elle le remarqua beaucoup trop tard – il cessa complètement de parler. Comme tant d'autres déplacés, arrachés à leurs villages, il n'arrivait pas à s'adapter à cette vie, et elle ne s'en rendit pas compte.

En septembre, j'ai été informée que je devais me présenter à mon nouveau poste à la polyclinique. En prenant mes fonctions, j'ai compris que le manquement dont je m'étais rendue coupable autrefois n'avait jamais été signalé. En avril 1986, on avait d'autres chats à fouetter à Tchernobyl.

Je travaillais souvent jusqu'à une heure tardive, et Glev, qui mettait parfois deux heures pour rentrer, n'était jamais à la maison avant 20 heures. Deda s'occupait alors de Mykola. Mais il n'était pas rare que je le retrouve endormi sur le canapé, tandis que notre fils jouait chez Ludmila, la voisine, avec Artemi, d'un an son aîné.

Deda s'était mis à boire, et je n'ai rien remarqué pendant tous ces mois. Une fois, Mykola a allumé la cuisinière pour se faire réchauffer la soupe de la veille et l'a oubliée sur le feu. Quand je suis arrivée, le liquide s'était évaporé et les légumes étaient calcinés, la cuisine, enfumée et la casserole, fichue. J'ai réveillé Deda et je me suis fâchée très fort, lui reprochant de n'être qu'un bon à rien, même pas capable de surveiller son petit-fils et je ne sais quelles horreurs encore. Il m'a fixée de ses yeux vitreux sans répondre. Il y avait quelque chose dans son regard qui m'a terrifiée et que je n'aurais pas su nommer. Par la suite, je l'ai observé chez beaucoup d'autres, ce regard qui n'enregistre rien. Qui plonge dans le vide.

Glev était plus compréhensif. « Laisse-lui sa vodka, plaidait-il, il veut juste oublier. » Deda dormait chez nous, et je veillais à ce qu'il mange, qu'il se lave régulièrement et qu'il ne sorte pas sans manteau l'hiver. Parfois, je l'apercevais en compagnie d'autres hommes. Ils se disaient les noms de leurs villages et se confortaient mutuellement dans la certitude qu'ils avaient existé. Le hochement de tête des autres constituait la seule preuve de leur existence « d'avant ».

26

Düsseldorf, octobre 2010

Le lendemain, ils vinrent chercher Leonid vers 10 heures pour le conduire au LKA, la direction de la police judiciaire du Land, dans la Völklinger Strasse. Quand il pénétra dans la salle d'interrogatoire, un grand type costaud aux cheveux gris lui emboîta le pas. Il avait le visage buriné, marqué par une fine cicatrice qui lui barrait la joue gauche de la pommette au menton. Avec son jean et son blouson rouge, il paraissait déplacé dans ce lieu. Leonid lui donnait une petite cinquantaine d'années, peut-être un peu plus.

— Steigerer. Direction de la police judiciaire. Division de la lutte contre le crime organisé, déclara-t-il d'une profonde voix de basse, en tendant à Leonid son énorme main.

Il ne semblait pas s'intéresser au cambriolage et voulut en savoir plus sur l'enquête de Leonid à l'université de Kiev. Comme la veille, celui-ci fit donc un compte rendu aussi précis que possible, évoquant les faux contrats de travail qui avaient permis d'obtenir frauduleusement les visas et la disparition de Katerina et Olena, dont il venait de retrouver une première trace. Il parla de Gromov, qui avait piraté les données à l'université de Kiev, et précisa qu'Olena et bon nombre d'autres jeunes filles possédaient une invitation d'une université allemande. Il raconta comment, grâce à l'artiste Nesterov, il avait découvert le rôle joué par Adriana Mazur, mais passa sous silence ses difficultés au sein du Groupe IV à Kiev.

— J'avais prévu de rencontrer Adriana Mazur dans un parc. Voyant qu'elle ne venait pas et qu'elle ne répondait pas au téléphone, je me suis rendu à la galerie. La porte était fracturée.

Il mentionna ensuite sa visite au San Marino et ce qu'il avait découvert en fouillant le bureau de la Mazur.

— Je ne comprenais pas comment ils se procuraient les tampons et les signatures pour les contrats de travail. En fait, dans un classeur de la galerie, j'ai trouvé des contrats prouvant que les restaurants louaient des tableaux et des sculptures chez East Art.

Steigerer ne l'interrompit pas. Il l'écoutait, très concentré, l'observait de ses yeux vifs et sombres, imperturbable.

Quand il eut terminé son récit et que Steigerer ouvrit la chemise en carton posée devant lui, Leonid nota intérieurement que c'était la première fois qu'il bougeait depuis qu'il s'était assis.

Steigerer lui glissa une photo sur la table. Leonid la regarda, et se laissa pesamment retomber contre le dossier de sa chaise. Il ferma les yeux un instant, puis se pencha de nouveau en avant pour l'examiner. Adriana Mazur portait un tailleur rouge. Son pied droit était chaussé d'un escarpin assorti, le gauche était nu. Autour de son cou, on distinguait une fine ligne sanguinolente, qui devait être l'œuvre d'un fil métallique ou d'un lacet.

Il leva les yeux et crut lire la question sur les traits impassibles de Steigerer.

— Pourquoi aurais-je voulu la tuer ? demanda-t-il d'une voix calme. Elle était ma seule chance de découvrir quelque chose sur les filles !

Hochant la tête d'un air satisfait, Steigerer prononça ses premières paroles :

— Adriana Mazur est décédée vers minuit.

Leonid saisit aussitôt : à ce moment-là, il était déjà en détention provisoire.

Steigerer s'inclina vers lui.

— Ce qui est intéressant, c'est que tout converge pour vous désigner comme l'auteur des faits.

Il posa un portable sur la table.

— Les derniers appels reçus sur le téléphone d'Adriana Mazur provenaient du portable avec carte prépayée que nous vous avons confisqué. Et aussi… ceci, ajouta-t-il en ouvrant le calendrier du téléphone.

Il était noté : 23.00. Kyjan.

Leonid baissa les paupières. Pendant sa nuit en cellule, il avait essayé de reconstituer l'enchaînement des événements de la veille, comme dans un jeu de dominos, mais quelle que soit la façon dont il agençait les pièces, quelle que soit la stratégie supposée derrière l'affaire, son arrestation ne collait pas. À présent, elle semblait même carrément absurde. Il ne pouvait y avoir qu'une seule raison : elle n'était pas prévue. Ou plutôt, elle n'était pas prévue dans la galerie et à l'heure où elle s'était produite.

Steigerer poursuivit :

— On vous a sur les enregistrements vidéo de l'accueil. La caméra ne filme pas l'ascenseur. On vous voit entrer dans le hall, tandis que la secrétaire du cabinet d'avocats en sort. L'homme dont vous prétendez qu'il est monté avec vous n'apparaît nulle part. Nous avons vos empreintes digitales sur la porte de la galerie et sur un classeur. Tout correspond. Vous êtes entré par effraction dans la galerie et vous avez volé le disque dur et l'ordinateur portable. Il n'y avait plus personne dans le cabinet d'avocats au moment de l'effraction, puisque la secrétaire était partie la dernière.

Il énonçait les faits sans quitter Leonid des yeux.

— Mais ensuite, il s'est passé un événement imprévu. La secrétaire est revenue quatre minutes plus tard, car elle avait oublié quelque chose. Elle a vu la porte entrouverte et a prévenu la police.

Steigerer rangea la photo dans la chemise.

— Dès hier soir, il y avait des incohérences. Vous n'étiez en possession ni du disque dur ni du portable, et aucun des deux ne se trouvait dans la galerie.

Il marqua une pause, guettant ses réactions.

— Ce matin, nous avons reçu cette note.

Il rouvrit le dossier, en tira la sortie papier d'un échange de mails. Dans sa demande, le LKA avait écrit :

« … les informations que vos investigations vous ont permis d'obtenir sur la résidente allemande Adriana Mazur. »

Et, plus loin :

« … nous déplorons que, dans le cadre du contrat de coopération qui nous lie, vous ne nous ayez pas transmis le nom d'une personne suspecte agissant sur le territoire allemand. »

Dans sa réponse, au-dessous, Anna Baïdakova expliquait que le Groupe IV avait enquêté auprès de l'université de Kiev et que la piste les avait menés en Allemagne. Elle poursuivait :

« Nous avons alors sollicité l'aide administrative des autorités allemandes et vous avons adressé une liste d'hôtels et de restaurants en vous priant de les contrôler. Ces vérifications ne nous ont pas permis d'obtenir de nouveaux éléments qu'il y aurait eu lieu de vous communiquer. Ainsi que je vous l'ai indiqué, le lieutenant Kyjan a été suspendu le 10 septembre pour cause de rétention répétée d'informations… Le nom d'Adriana Mazur n'apparaît pas dans notre dossier. »

— Que répondez-vous à ça ? conclut Steigerer.

Leonid l'entendait comme en sourdine. Certes, le mail d'Anna Baïdakova ne contenait pas de contre-vérités, mais il omettait plusieurs points déterminants : elle lui avait demandé de ne rendre compte de ses investigations qu'à elle seule et lui avait interdit de rédiger un procès-verbal officiel. Elle avait déclaré l'enquête officiellement terminée et l'avait suspendu de ses fonctions parce qu'il avait poursuivi les investigations.

Il rendit les mails à Steigerer, qui attrapa un mince dossier bleu sur le bord de la table et l'ouvrit. Il contenait quelques feuilles volantes, notamment la photocopie du contrat de travail de Katerina Chtchoukina et les photos des deux jeunes filles qu'on avait confisquées à Leonid lors de son arrestation.

— Venons-en à Olena Litovtchenko et Katerina Chtchoukina. Les deux filles atterrissent ici, à l'aéroport de Düsseldorf, le 22 septembre de l'année dernière. Ensuite, on perd leur trace.

Il tendit à Leonid les copies des demandes de visas.

— L'hôtel avec service traiteur avec lequel Olena Litovtchenko avait un contrat de travail était lui aussi client de la galerie. Nous sommes en train d'examiner tous les contrats d'Adriana Mazur et de les confronter avec les documents de l'ambassade d'Allemagne à Kiev. Il apparaît d'ores et déjà que votre enquête rejoint une piste que nous suivons depuis plusieurs mois. Que savez-vous de Bergermann ?

Leonid secoua la tête.

— Pas grand-chose. Grandi en Crimée et installé en Allemagne à la fin des années 1990. Ouvre peu après, ici, à Düsseldorf, une petite boutique de spécialités russes. Deux ans plus tard, crée d'autres magasins. Il séjourne régulièrement dans sa maison de Crimée, et on lui prête des relations très haut placées, jusque dans le gouvernement ukrainien. Nous n'avons trouvé qu'une seule enquête dans laquelle son nom apparaisse. En 2006, dans le port de Kiev, on a découvert, dans l'un de ses conteneurs, huit filles qui devaient être acheminées vers l'Allemagne.

Il marqua une pause, se rappelant que c'était Anatoli Parov qui lui avait communiqué ce vieux dossier en lui glissant : « Par ailleurs, le collègue qui refusait de lâcher la piste de Bergermann a été victime d'un accident mortel. »

Leonid reprit le fil de son récit :

— C'est par l'intermédiaire de Nesterov, un artiste ukrainien, que je suis tombé sur Bergermann et Adriana Mazur. Elle avait organisé une exposition pour Nesterov ici, à Düsseldorf. Bergermann était présent au vernissage et semblait très proche d'elle.

Lorsque Leonid se tut, Steigerer déclara :

— Nous le soupçonnons depuis des années de tirer ses revenus de la prostitution forcée. Il y a un an, lors d'une descente dans un bordel, nous avons découvert une mineure de quinze ans, originaire de Biélorussie. Dès son arrivée ici, elle avait été transférée avec d'autres filles dans une maison dont elle avait tenté de s'enfuir, mais elle était tombée par malchance dans la pièce où se négociait la vente. Elle a réussi à identifier avec certitude deux des hommes. L'un était Bergermann. C'était une première percée. Nous avons fait perquisitionner ses locaux professionnels et privés, et il a été entendu, mais nous n'avons pas réussi à trouver d'autres indices. Nous n'avions qu'un seul et unique témoin. Elle a été placée sous protection dans un logement sécurisé et, au bout de dix jours, elle s'est rétractée…

Steigerer esquissa un sourire amer qui lui tordit le bas du visage. Le coin gauche de sa bouche était figé.

— … Plus tard, on a appris que l'un des agents de protection rapprochée lui avait prêté son portable pour qu'elle appelle sa famille…

Steigerer regroupa les pièces du dossier et le referma.

— Vous pouvez partir, conclut-il. Les soupçons qui pesaient contre vous sont levés.

Quand ils se retrouvèrent dans le couloir, il lui demanda :

— Qu'est-ce que vous avez l'intention de faire maintenant ?

Leonid n'hésita pas longtemps. Seul, il n'arriverait à rien. Et avec la mort d'Adriana Mazur, il avait perdu sa dernière carte. Il haussa les épaules.

— Il reste encore les invitations de l'université de Düsseldorf, dit-il. D'après ce qui figurait dans les dossiers, la personne responsable était une certaine Mme Lehners, mais il semblerait que personne ne la connaisse, là-bas.

Steigerer réagit comme il l'avait espéré.

— Tout seul, vous n'obtiendrez pas grand-chose de ce côté-là. Nous sommes déjà sur l'affaire. Je vous propose qu'on s'y attelle ensemble.

Leonid hocha la tête, satisfait. Il suivit Steigerer dans son bureau pour récupérer son portable, ses papiers et son portefeuille. Il demanda à utiliser l'un des PC et trouva un mail d'Igor.

« Fais attention à toi ! Ici, on dit que tu aurais tué Adriana Mazur et que tu es recherché par la police allemande. Dépêche-toi de quitter l'Allemagne ! Il semblerait qu'on soit en train de te mettre tout sur le dos, ici comme là-bas. Dis-moi si je peux t'aider. Anna Baïdakova explique à qui veut l'entendre que la piste de l'université a été explorée à fond et que, si nous n'avons pas avancé, c'est que tu as fait de la rétention d'information. Ils ont perquisitionné ton appartement et ils vérifient si tu possèdes de l'argent sur des comptes… »

Leonid regardait fixement l'écran. Il y avait un truc qui n'allait pas. Il finit par poser la question à Steigerer :

— Savez-vous à quel moment Kiev a été informé des soupçons de meurtre qui pesaient contre moi ?

Steigerer s'installa devant un autre poste et se livra à une rapide recherche. Au bout de quelques secondes, il poussa un soupir de soulagement.

— Ça m'aurait tout de même étonné… Kiev a été avisé ce matin que la victime avait été identifiée comme étant Mme Mazur. Rien de plus. Nous savions pertinemment que vous ne pouviez pas être en cause, et votre nom n'apparaît pas dans le message en question.

Leonid hocha la tête.

— J'ai reçu un message de mon collègue Igor, de Kiev. Il écrit que je suis soupçonné du meurtre.

Il orienta l'écran vers Steigerer.

— Mais le plus intéressant, ajouta-t-il en montrant le haut du mail, c'est l'heure.

Steigerer se pencha en avant. Le mail avait été expédié la nuit précédente, vers 2 heures du matin.

27

Zone d'exclusion, octobre 2010

C'est le froid qui la réveille. Il gèle. L'hiver est revenu en douce pendant la nuit. Elle a laissé le poêle s'éteindre. Artemi avait assuré que le temps resterait doux, mais elle aurait dû se fier à son intuition et au vent qui avait tourné, la veille.

Elle retire les couvertures des fenêtres. Le ciel est immense et la première lueur du jour presque violette. Point de neige en vue. La gelée blanche recouvre le jardin tel un drap usé jusqu'à la corde. Elle jette un coup d'œil du côté de la pompe. Mais non, il faut plus qu'un petit coup de gel nocturne pour la bloquer. Le pire, c'est quand elle est gelée et qu'il n'y a pas de neige. Alors, elle est obligée d'aller chercher de l'eau à la rivière avec un seau.

Elle rallume le poêle, essaie de se concentrer sur les points encourageants. Le soleil a encore de la vigueur.

La température de la journée devrait rester positive pendant un certain temps.

Quand elle s'assied à sa table et reprend son crayon, il fait bon dans la pièce.

Au début de 1989, ton Deda n'était plus que l'ombre de lui-même. Il lui arrivait de plus en plus souvent de ne pas retrouver notre immeuble ou d'oublier l'étage. Il errait alors dans le quartier, et nous le cherchions pendant des heures. Une fois, Mykola est revenu en larmes de l'une de ces expéditions. Il l'avait découvert sur l'un des chantiers de construction : il était tellement ivre qu'il n'arrivait plus à marcher. Je continuais d'essayer de lui parler, alternant colère et douceur. Je lui disais qu'il se suicidait par l'alcool. Qu'il devait penser à nous. Mais mes paroles ne l'atteignaient plus.

Le 24 mars 1989, il est rentré le soir à la maison, il s'est allongé sur le canapé et s'est endormi. Pour toujours. Sa mort était prévisible, nous l'avions vue venir à grands pas, et pourtant elle me heurta de plein fouet. Pendant deux jours, je suis restée assommée.

À la fin du mois d'avril, j'ai tiré de l'armoire la petite valise que Deda avait rapportée de Ritchytsia et je l'ai ouverte. Elle contenait la photo de mariage de mes parents, celle qui était accrochée au-dessus du banc de la cuisine, à la maison. Ton Deda et ta Baba souriaient, radieux. Le cadre en bois était encore là, mais le verre avait sans doute été cassé. Comment décrire le bonheur que me procura cette découverte ? C'est la seule photo que je possède de l'époque « d'avant ».

Glev a rapporté un nouveau verre à la maison, quelques jours plus tard, et quand il a ôté le fond du cadre, un papier est tombé. Il devait être là depuis très longtemps car la feuille était impossible à déplier. Il a dû utiliser une lame de couteau, mais nous n'avons pas pu lire ce qui était écrit. C'étaient des caractères latins ; nous avons juste reconnu la date, 1945. J'ai tout de suite pensé à Baba, qui était allée en Allemagne autrefois. Nous avons essayé de deviner. Peut-être un certificat de démobilisation ou un papier de l'usine où elle travaillait. En même temps, je trouvais bizarre qu'elle ait gardé ça et l'ait caché avec autant de soin.

Au port, Glev connaissait un ouvrier qui venait de Leipzig ; il lui a montré le papier.

Le soir, il a rapporté la traduction. C'était une sorte d'acte de naissance. « Pas un vrai, avait expliqué le collègue, plutôt une sorte de certificat. » Baba avait accouché d'un enfant en mars 1945, en Allemagne. Une fille.

À ce jour, j'ignore si Deda connaissait l'existence de cet enfant et du papier derrière la photo de mariage. Parfois, je pense qu'il savait. Sinon, pourquoi aurait-il glissé cette photo et seulement celle-ci dans sa valise ? D'autres fois, je pense à la précipitation dans laquelle nous avons dû quitter Ritchytsia et je me dis qu'il a dû l'attraper comme ça, sans réfléchir.

Je ne pouvais pas lui poser la question. Je ne pouvais plus la poser à quiconque, je percevais juste ce vacillement.

Quand j'étais petite, Baba me donnait parfois l'impression d'être ailleurs, lorsqu'elle me regardait. Dans ces instants-là, je me sentais bizarrement insuffisante. Non qu'elle ne m'aime pas, mais il y avait alors quelque chose d'étrange dans son regard. Comme si, à travers moi, sa fille, elle en cherchait une autre.

Elle grelotte, bien qu'il fasse chaud dans la pièce. Ce bout de papier léger comme une plume avait pesé des tonnes sur elle. Une fois, elle avait fait un rêve : elle était assise sur le banc dans le jardin de Ritchytsia. Sa mère parlait de l'époque en Allemagne, en chuchotant presque, comme autrefois. Puis elle se levait pour aller à l'intérieur et revenait avec un nourrisson dans les bras. Elle le berçait contre elle en disant : « C'est ma fille. »

Dans le rêve, elle demandait à sa mère : « Et moi ? », mais celle-ci tournait les talons et s'éloignait avec le bébé.

Quelques jours plus tard, j'ai brûlé le papier avec sa traduction. Ma vie était suffisamment compliquée comme ça ; je refusais de garder à la maison la preuve que Baba avait frayé avec l'ennemi.

Mykola allait à l'école, je travaillais à la polyclinique et Glev, au port de Kiev. Nous nous en sortions correctement. Comme tous les liquidateurs, nous étions dispensés de loyer. Et comme pour les autres, les doses quotidiennes de radiations reçues par Glev au cours de ses interventions dans la zone d'exclusion avaient été consignées dans son dossier professionnel. Les chiffres frôlaient le niveau maximum toléré, mais restaient toujours au-dessous.

À la polyclinique, les médecins avaient des doutes sur ces taux. Les faiblesses immunitaires, les maladies du système nerveux et les diagnostics de cancer s'accumulaient. Quand l'un des médecins a fait une conférence sur le sujet et a ouvertement exprimé son scepticisme sur les doses de rayonnement inscrites dans les protocoles d'intervention, il a été rappelé trois jours plus tard à Moscou. Simple « mutation temporaire », selon la terminologie officielle.

Des rumeurs de fausses couches et de malformations chez les nourrissons couraient dans le quartier. Personne ne les confirmait, personne ne les démentait, mais les femmes avaient peur, et le nombre d'avortements est monté en flèche.

Glev était devenu très fragile, et chez lui le moindre bobo mettait des semaines à guérir. Mais ce n'était pas le pire. Il se montrait de plus en plus renfermé, passait ses soirées assis sur le canapé, en silence, les yeux perdus dans le vague. Parfois, il se mettait en colère sans raison, s'emportant contre Mykola et contre moi, avant de s'excuser quelques minutes plus tard d'un ton geignard.

À la datcha déjà je l'avais trouvé changé, mais à présent il m'était carrément étranger. Les moments où je retrouvais mon Glevko, l'homme que j'avais épousé, étaient de plus en plus rares. Comme s'il y avait un trou au fond de lui par lequel s'écoulait peu à peu sa vitalité. Naïvement, j'essayais de me convaincre que tout allait s'arranger, qu'il fallait juste de la patience et du temps. À la polyclinique, je constatais que de nombreux liquidateurs étaient dans le même cas. Les médecins diagnostiquaient : « État d'épuisement. Cause inconnue. »

L'un des médecins a réussi à lui obtenir une cure de repos de quatre semaines en Crimée en raison de son immunodéficience. J'étais folle de joie, et même Glev semblait reprendre courage.

Le 8 août 1989, je l'ai conduit à la gare avec Mykola. Sur le quai, il m'a embrassée tendrement, il a pris son fils dans ses bras, il ne voulait plus le lâcher, et m'a dit : « Tu vas voir, Valia, tout ira bien. »

Quand le train s'est ébranlé, il se tenait à la fenêtre. Il n'a pas agité la main.

Dans le lointain, bien au-delà de la clôture du terrain, Valentina aperçoit le miroitement blanc des troncs de bouleaux dans le soleil. Elle se lève et attrape la boîte en carton sous le lit. Tout ce dont il n'avait pas pu lui parler à la maison, il le lui avait écrit de Crimée. Son séjour avait été prolongé de deux semaines. Dix lettres en six semaines. Elle les sort de leurs enveloppes, les trie par date et les relit. Dans la deuxième lettre, il évoque la nuit fatale, qu'il appelait « la nuit des Cavaliers bleus » depuis qu'il lui avait montré la photo dans le journal.

« Je ne me pardonnerai jamais de vous avoir laissés dormir. Pourtant, je m'en suis douté, Valia. Je me suis douté que cet incendie allait tout bouleverser. »

Dans la septième lettre, il décrit la baignade dans la mer Noire.

« Nager vers le large, quand le vent ne souffle pas, que l'eau est lisse comme un miroir et qu'on s'éloigne de la terre ferme. Il règne un silence universel dans lequel je flotte comme si je n'avais pas de corps. C'est le même silence que celui qui régnait dans la zone d'exclusion quand les brigades de chasseurs avaient fait leur travail. »

Pourquoi n'avait-elle pas remarqué, sur le moment, qu'il ne mentionnait jamais personne dans ses lettres ? Il parlait de la nourriture, de l'hébergement, de ses excursions dans les environs et des vitamines qu'on lui administrait. Mais jamais d'un autre curiste, d'un médecin ou d'une infirmière. Elle scrute chaque page et ne déniche qu'une seule phrase donnant à penser qu'il n'était pas seul, là-bas. Dans la première lettre, il précisait : « … nous sommes six par chambre. »

Dans la dernière, il annonçait son retour, du moins c'est ce qu'elle avait compris à l'époque. « On me laisse sortir mercredi prochain. » Aucune indication sur l'heure d'arrivée du train à Kiev, aucun mot pour se réjouir des retrouvailles.

Le 19 septembre, je me suis rendue à la gare dès le matin. Il y avait deux trains par lesquels il était susceptible d'arriver. L'un vers midi et l'autre en fin de journée. Longtemps encore après le départ du train du soir, je suis restée assise à l'attendre dans le hall. Peut-être avait-il manqué son train. Peut-être sa cure avait-elle été prolongée. Peut-être…

Je trouvais cent raisons. Je voulais même croire qu'il s'était endormi et qu'il avait raté Kiev. Pourtant, je savais. Dès que le train du soir a redémarré, je savais. Mais l'espoir est plus fort que ce qu'on sait. L'espoir a ses règles à lui. J'ai attendu la nuit et le lendemain dans cette gare. Contre toute évidence, je voulais croire qu'il arriverait par l'un des prochains trains. Comment t'expliquer qu'il m'était impossible de quitter la gare sans lui ?

Elle suffoque, les lettres se brouillent devant ses yeux pendant quelques minutes, et elle pose le crayon. Elle enfile ses bottes, sa veste, et sort. La fraîcheur et la clarté de l'air lui font du bien. Elle ouvre la porte de la clôture et se retrouve dans la rue.

Et voilà, elle la tenait, cette période qu'elle avait occultée, qui se cachait au fond d'elle comme un lac obscur, immobile et calme. Autour d'elle, la vie changeait, la perestroïka prenait son essor. Tout n'était qu'incertitude, et elle se bouchait les yeux et les oreilles et attendait. Elle attendait Glev.

28

Zyfflich, octobre 2010

Les premières journées d'octobre gardaient le souvenir de la chaleur d'été, mais les nuits étaient fraîches, à présent. Le matin, une fine couche de rosée recouvrait les prés et faisait scintiller les toiles d'araignées apparues aux fenêtres pendant la nuit. À cette heure matinale, l'air était gorgé du parfum des pommes mûres et de la terre grasse.

Matthias Lessmann avait prévu d'aller au supermarché vers midi, et ils établissaient ensemble la liste des courses pendant le petit déjeuner.

— Des timbres, suggéra Tania. Tu peux passer prendre des timbres à la poste ?

Elle nota le bref tressaillement sur son visage. Elle n'avait pas envie de se justifier, pourtant elle ajouta :

— Je ne voulais pas écrire à la maison sans donner de nouvelles de Marina. Mais maintenant… Ça fait un an et…

Elle tendit le bras par-dessus la table et lui prit la main.

— … il faut que je me manifeste et que j'explique à la mère de Marina ce qui s'est passé.

Il hocha la tête sans la regarder. Concentré sur sa liste, il écrivit « lait, fromage, huile » et, au-dessous, « timbres. » Il leva les yeux et demanda :

— Liquide vaisselle, lessive… Il manque autre chose ?

Elle retira sa main et secoua la tête.

— Non, il ne manque rien, répondit-elle sur un ton dont l'insolence la surprit elle-même.

Quand il fut parti, elle remplit le tambour de la machine de linge clair. La veste d'été de Matthias était dans la penderie. Il était temps de la laver et de la remiser pour l'hiver. Elle vérifia les poches et trouva une coupure de journal dans la poche de poitrine.

Elle chancela et glissa lentement sur le sol. Elle n'aurait su dire combien de temps elle resta assise là, d'abord engourdie, puis le corps secoué de sanglots, balançant le torse d'avant en arrière. Elle finit par se calmer peu à peu, mais ne bougea pas, tenant toujours le bout de papier déchiré à la main.

Elle ne parvenait pas à lire le texte en hollandais, mais la photo montrait Marina. Marina morte. Elle découvrit la date dans la marge supérieure. L'article datait de plus de six semaines.

Les questions se bousculaient dans sa tête, et elle n'avait pas de réponses.

Savait-il que c'était Marina ? Pourquoi ne lui avait-il pas montré l'article ? S'il savait qu'il s'agissait d'elle, pourquoi retourner à Nimègue ? Comment était-elle morte et où se trouvait-elle à présent ? L'avait-on enterrée, enterrée quelque part en Hollande, anonyme ?

Elle lissait le visage de papier du bout du doigt, inlassablement, comme si la photo allait lui apporter les réponses.

Elle avait envie de vomir. Vomir de honte. Tandis qu'elle était en sécurité ici, qu'elle se promenait en ville, qu'elle allait même au cinéma, Marina mourait quelque part dans Nimègue.

Elle se leva péniblement, tituba jusqu'à la salle de bains, remâchant les mêmes pensées : je lui ai fait confiance. Je me suis reposée sur lui. Elle, je l'ai abandonnée. Depuis cet été, je l'ai abandonnée. Je me suis baladée dans les rues de Nimègue et j'ai mangé une glace. Est-ce qu'il savait déjà, à l'époque, qu'elle était morte ?

Elle se pencha au-dessus de la cuvette des toilettes et rendit tout ce que son estomac contenait. Après, elle se rinça longuement la bouche et se lava le visage à l'eau froide.

Quand elle sortit de la pièce, elle n'avait qu'une phrase en tête : elle est morte. Elle est morte depuis des semaines.

Elle glissa la coupure de journal dans sa poche de pantalon et alla s'asseoir sur les marches du perron, à l'avant de la maison. Elle ne s'était encore jamais assise à cet endroit. On pouvait la voir de la route. Elle resta là sans bouger, regardant au-delà du portail et des haies, par-delà le champ, jusqu'à une rangée d'arbres dans le lointain. Les questions revenaient, exigeant des réponses. Elle ressortit le papier de sa poche.

Comment Matthias Lessmann avait-il su que la fille de la photo était Marina ? Ce qu'elle avait de plus caractéristique, c'était sa taille et ses grands yeux marron, mais la photo ne montrait que le visage. Les yeux fermés. Peut-être l'article précisait-il qu'elle était petite ?

Autre hypothèse : il ignorait vraisemblablement que c'était Marina. Il avait découpé l'article sur la foi d'un simple soupçon et avait oublié de le lui montrer.

Pourtant, de nouvelles questions surgissaient au fond d'elle, des questions terribles qu'elle aurait voulu étouffer. Est-ce parce qu'elle était assise sur ce perron et qu'elle se montrait au monde qu'elle ne pouvait plus leur échapper ?

Avait-il retrouvé Marina ? L'avait-il reconnue sur la photo parce qu'il la connaissait ?

Mais pourquoi le lui aurait-il caché ?

Inutile de chercher les raisons au loin dans les arbres, elles étaient devant elle, sur les marches en quelque sorte.

Elle avait dit : « Je ne peux pas retourner à la maison sans Marina. » À l'époque, il lui avait promis son aide pour se débarrasser d'elle, c'est sûr. Mais les choses avaient évolué. Ça faisait longtemps qu'il ne voulait plus qu'elle parte.

D'autres questions l'assaillirent, et son estomac se contracta encore.

Sa photo avait-elle été publiée dans le journal parce qu'on ignorait qui elle était ? Comment était-elle morte ? Avait-elle été assassinée ?

Elle cala ses coudes sur ses genoux, enfouit sa tête bourdonnante dans ses mains. Elle resterait ici à l'attendre. Il faudrait qu'il lui explique pourquoi il ne lui avait pas montré l'article. Et pourquoi il continuait d'aller à Nimègue le week-end.

Il devait y avoir une explication.

Puis elle songea à Mario. Mario Swoboda, que Lessmann avait tué et enterré. Dont il n'avait plus jamais reparlé. Que savait-elle vraiment de Lessmann ?

Elle ne prit pas de décision, mais, comme un automate, elle rentra à l'intérieur de la maison, sortit un grand sac en plastique et commença à faire ses bagages.

29

Düsseldorf, octobre 2010

Leonid se concerta avec Steigerer, et ils décidèrent qu'il ne répondrait pas au mail d'Igor dans un premier temps, par prudence. Il l'avait envoyé depuis son ordinateur du Groupe IV, et il n'était pas sûr. Quelqu'un d'autre y avait déjà accédé par le passé.

Après, Steigerer alla chercher du café et lui fit quelques confidences.

Il travaillait depuis quinze ans au LKA, à Düsseldorf, et il était passé quatre ans auparavant de la division criminelle à celle du crime organisé. Il avoua qu'il avait souffert, au début.

— Il faut avoir une sacrée tolérance à la frustration. On passe son temps à essuyer des revers. Mais la patience finit par payer.

Puis il évoqua Bergermann :

— Ça fait longtemps que nous l'avons dans le collimateur, celui-là, dit-il. À Interpol, ils l'ont à l'œil aussi, mais la coopération avec Kiev a toujours été compliquée dès qu'il s'agissait de Bergermann.

Ils étaient assis face à face, et Leonid expliqua les difficultés auxquelles il s'était heurté lui aussi, racontant les semaines qui avaient précédé sa suspension.

— Notre travail est particulièrement délicat quand il s'agit d'oligarques comme Bergermann, commença-t-il prudemment. Les hommes de son acabit ont des contacts au sommet de l'appareil. Il donne de grandes réceptions dans sa villa de Crimée, les politiciens ont leurs entrées chez lui. L'argent coule à flots dans les mains qui le protègent.

Il se rappela que même Anna Baïdakova l'avait reconnu d'un ton résigné.

— Oubliez ça, Kyjan ! lui avait-elle conseillé. Si vous vous engagez dans cette voie, votre combat est perdu d'avance.

Il avait essayé malgré tout. Avec Igor, il avait constitué un dossier Bergermann. Ils avaient d'abord examiné sa situation financière. Ils avaient collecté des informations auprès de l'administration fiscale et s'étaient renseignés à la douane sur les quantités de marchandises exportées par Bergermann au cours de l'année précédente. Comme ils ne pouvaient pas procéder par la filière officielle, tout passait par des échanges de services et des contacts personnels. Leurs investigations avaient peu à peu révélé une nébuleuse de sociétés dans lesquelles Bergermann était impliqué. Igor conservait les pièces du dossier chez lui pour éviter qu'elles ne tombent entre de mauvaises mains.

Par quelle source Anna Baïdakova avait découvert leurs recherches, Leonid l'ignorait encore. Toujours est-il qu'elle avait tempêté et menacé de les virer du Groupe IV s'ils n'arrêtaient pas sur-le-champ. Ce jour-là, pour la première fois, elle lui avait fait de la peine. Sa voix était montée dans les aigus et il avait nettement perçu la panique derrière les gesticulations autoritaires.

Quelques jours plus tard, il avait rendu visite à Nesterov. À vrai dire, il avait seulement l'intention de lui faire part de ses découvertes sur Bergermann. Le vieil homme était à son atelier et l'avait accueilli comme un ami. Après avoir évoqué ses recherches, Leonid avait avoué au peintre qu'il ne savait plus comment progresser. Tandis qu'il parlait, son sentiment d'impuissance avait fait place à la fureur. Il marchait nerveusement entre les sculptures achevées et les ébauches. Nesterov l'observait, puis s'était mis à polir un bloc de pierre avec du papier émeri.

— Mon garçon, avait-il commencé d'un ton posé, en t'agitant comme ça dans tous les sens, tu fais exactement la même chose que dans ton travail : tu gaspilles tes forces.

De la main qui tenait le papier émeri, il avait montré à droite puis à gauche :

— Ici, il y a un mur et là, un mur. Tu le sais. Ça n'a pas de sens de foncer dedans, ça ne va pas les faire disparaître. Tu dois ouvrir la porte pour continuer d'avancer.

Ils avaient discuté pendant plus d'une heure. C'est cet après-midi-là que l'idée de se rendre en Allemagne avait germé dans son cerveau.

Nesterov avait dit :

— Je me suis rappelé que quelqu'un était venu chercher Adriana Mazur le soir où nous nous étions rencontrés à la faculté. Un homme, entre cinquante-cinq et soixante ans. Très soigné de sa personne. Il parlait russe avec un accent. Sur le moment, j'ai pensé qu'il venait de Pologne comme Adriana Mazur, mais à présent, il me semble qu'il s'agissait plutôt d'un accent allemand.

Puis il avait dessiné l'homme à gros traits, gommant et reprenant plusieurs fois son croquis, avant de lâcher, résigné :

— Je n'obtiendrai pas mieux. Ça fait trop longtemps.

Lorsque Leonid avait pris congé, le vieil homme semblait avoir deviné son intention car il avait ajouté malicieusement :

— Quand je ne progresse plus avec une de mes sculptures, je la mets dans la voiture et je la transporte ailleurs. Dès que la lumière tombe différemment, ça donne un autre point de vue. Les forces et les faiblesses ressortent immédiatement.

Leonid avait emporté le portrait de l'inconnu ; il était dans la valise entreposée chez Andreï.

Après le récit de l'épisode Nesterov, Leonid exposa à Steigerer ce qu'il savait du réseau opaque de sociétés de Bergermann. Il avoua qu'il était arrivé à un point de blocage. Hochant la tête, Steigerer suggéra :

— Vous pouvez jeter un coup d'œil à ce que nous avons réuni sur l'homme et les résultats d'Interpol. C'est vraisemblablement identique.

Ils traversèrent le couloir et pénétrèrent dans un bureau en open space. Pendant les quatre heures que Steigerer avait passées avec Leonid, ses collègues avaient épluché les contrats de la galerie East Art. Ils avaient envoyé les noms des clients à l'ambassade d'Allemagne à Kiev. La réponse était arrivée par mail : elle comportait, en pièces jointes, plus de cinquante demandes de visas avec des contrats de travail et des invitations provenant de diverses universités. Les documents étaient pour la plupart en ukrainien.

Steigerer observa :

— Le meurtre d'Adriana Mazur prouve que vos investigations sur les deux filles sèment le trouble dans le réseau Bergermann. C'est le moment de l'exploiter. Je vous propose de mettre nos forces en commun : nous vous soutenons dans vos recherches, et vous nous aidez à enquêter sur Bergermann… Pour commencer, nous aurions bien besoin de votre concours comme traducteur.

Leonid ne répondit pas aussitôt, s'interrogeant sur d'éventuelles arrière-pensées de son interlocuteur, mais finit par balayer ses réserves. Alors qu'il pensait avoir définitivement perdu la partie, le matin, il bénéficiait à présent de nouvelles possibilités. Il décida de les mettre à profit.

Des photos de Katerina, d'Olena et d'autres jeunes filles étaient punaisées sur le mur de l'open space. Elles provenaient du fichier des disparus d'Interpol. Sur le bord, à droite, il reconnut celle d'Adriana Mazur que Steigerer lui avait montrée en salle d'interrogatoire. Au-dessous, quatre photos d'inconnues.

Ils passèrent en revue les demandes de visas, et la liste des disparues s'enrichit des noms de plusieurs candidates au départ. Le travail s'effectuait en bonne intelligence. Leonid était frappé par l'ambiance de respect mutuel qui régnait entre les collègues, dans laquelle il fut immédiatement inclus. Il dut d'abord s'habituer à s'entendre nommer « Herr Kyjan ». Les appels fusaient de bureau en bureau dès qu'une question de traduction se posait. En regardant le mur de photos, il ressentit une douloureuse impression de déjà-vu et s'avoua qu'il connaissait la plupart des photos et des noms. Il y a six mois, quand ils avaient commencé leurs investigations à l'université de Kiev, ils avaient déjà fait le lien avec la disparition de ces filles. Cette pensée le rendait fou. Fou de rage contre lui-même, parce qu'il s'était soumis, parce que, comme aurait dit Nesterov, bloqué devant le premier mur, il avait tourné pour foncer dans l'autre.

Ils travaillèrent à six sur les dossiers jusqu'en fin d'après-midi. Leonid donnait un coup de main pour les traductions, tandis que les autres appelaient les universités allemandes pour joindre les personnes qui avaient prétendument envoyé les invitations. Partout la réponse fut la même : il n'y avait pas de collaborateur de ce nom, et les employés qui auraient dû s'occuper du dossier n'avaient jamais expédié les documents concernés.

Leonid avançait bien. Enfin, il avait accès à tous les papiers qu'il avait si souvent réclamés à Anna Baïdakova. Toute trace de méfiance à l'égard de Steigerer et des nouveaux collègues s'évanouit.

Après les demandes de visas, les contrats de travail et les invitations, il cherchait à présent les réponses de l'ambassade. Elles ne figuraient pas dans les papiers qu'Anna Baïdakova lui avait communiqués, quelques mois plus tôt, aussi l'avait-il soupçonnée de faire de la rétention d'informations. Mais ici non plus, il ne les trouvait pas.

Il alla voir Steigerer, qui était en train d'imprimer la photo d'une nouvelle fille.

— Comment se fait-il que nous n'ayons pas reçu les confirmations de visas ?

Ce « nous » lui était venu spontanément aux lèvres, et il se réjouit de voir Steigerer le reprendre :

— Nous avons demandé toutes les pièces.

Ils épluchèrent de nouveau quelques demandes. Les confirmations manquaient partout.

Steigerer attrapa son téléphone et composa un numéro. Il tomba sur une annonce enregistrée, invitant à rappeler pendant les horaires de bureau.

— Eh bien, nous éclaircirons la question demain matin, dit-il en raccrochant.

Leonid retourna devant le mur de photos. Il dénombra vingt-trois jeunes filles. Vingt-trois jeunes filles pour lesquelles tout concordait. Elles étaient portées disparues, avaient reçu une fausse invitation d'une université et un faux contrat de travail avec un client de la galerie East Art.

Leonid se renseigna sur les photos placardées sur le bord droit du panneau, au-dessous de celle d'Adriana Mazur. Steigerer s'approcha et dessina un cercle avec son index autour de celles de deux des hommes.

— Ces deux-là étaient gérants d'un club dans lequel Bergermann a vraisemblablement une participation. Malheureusement, nous n'avons pas de preuves, expliqua Steigerer en s'appuyant contre un bureau. Voici comment fonctionne le business : Bergermann fournit les filles, et soit elles travaillent dans ses clubs, soit elles sont vendues au plus offrant. Je vous avais parlé de la jeune fille qui avait été témoin d'une véritable mise aux enchères. Le plus rentable, c'est sans doute quand elles officient dans ses clubs. Lorsqu'elles se déprécient, il les revend. Généralement dans des pays voisins comme les Pays-Bas, le Danemark, la Belgique ou la Pologne.

Il croisa les bras devant sa large poitrine.

— Bergermann lui-même se tient à distance respectueuse des milieux de la prostitution et du trafic d'êtres humains. Ici aussi, il évolue dans les hautes sphères : il se présente comme un amateur d'art et un mécène, et fait régulièrement des dons à des œuvres.

Il pointa le doigt vers une photo.

— Celui-ci, c'est Mario Swoboda. Nous l'avions à l'œil depuis un certain temps, jusqu'à ce qu'il disparaisse sans laisser de traces au début de l'année. Nous avons retrouvé sa voiture dans une banlieue de Düsseldorf, mais après, plus rien ! Celui qu'on voit sur la photo tout en bas, c'est Bülent Kelic, le bras droit de Swoboda. Lorsqu'on a récupéré la voiture, on a interrogé Kelic, mais il a refusé de parler. Une semaine plus tard, les collègues de Krefeld découvraient son cadavre dans une forêt. Nous supposons que les deux en savaient trop et que Bergermann les a éliminés. Ça fait partie du « système Bergermann » : quand une faille apparaît quelque part, on la colmate en vitesse !

À 19 heures passées, le bureau commença à se vider. Simone Wegener, qui faisait partie de l'équipe de Steigerer, proposa à Leonid de le conduire à l'appartement d'Andreï. En chemin, elle lui confia :

— Adriana Mazur n'était pas apparue sur nos écrans radar dans le cas Bergermann, mais, quand Steigerer a appris votre arrestation, il a aussitôt flairé qu'il y avait un lien.

Leonid la questionna sur Steigerer. Elle répondit :

— Il dirige l'enquête contre Bergermann depuis des années. Ça a commencé en 2002, après la mort de deux prostituées de luxe. À l'époque, il était encore à la division criminelle. C'était la première fois qu'une piste pointait vers Bergermann. Après, les cas dans lesquels il était impliqué se sont multipliés, mais on n'a jamais rien pu prouver contre lui. Jusqu'à ce qu'on mette enfin la main sur ce témoin…

Leonid dit que Steigerer lui en avait parlé.

— Steigerer est très apprécié des collègues, reprit Simone Wegener. Il a la réputation d'être réfléchi et compétent. C'est quelqu'un dont on a beaucoup à apprendre et qui soutient ses équipes. Rien à voir avec ces carriéristes qui rejettent la moindre erreur sur les collègues. Mais quand on a perdu notre unique témoin, il a pété un câble. Personne ne l'avait encore jamais vu dans cet état. La corruption n'a jamais pu être établie, mais Steigerer est persuadé que l'homme de la direction nationale de la police judiciaire qui devait assurer la protection de la fille, celui qui lui a passé son portable, avait touché de l'argent ou autre chose.

En s'engageant dans la Friedlandstrasse, elle lui proposa de passer le prendre le lendemain matin à 7 h 30. Il accepta.

Andreï était rentré et le salua avec une certaine circonspection.

— Où étais-tu passé ? demanda-t-il.

Leonid relata son incarcération. Il ne dit pas un mot d'Adriana Mazur, ni de sa collaboration avec la direction de la police judiciaire du Land.

Andreï l'observait avec gravité.

— Je me suis renseigné autour de moi sur Armin Bergermann et… je crois que tu es peut-être injuste avec lui. Il fait beaucoup pour la communauté ukrainienne.

Leonid hocha la tête :

— Je sais, mais j'ai désormais la certitude qu'il tire sa fortune du trafic d'êtres humains.

Andreï se leva et alla chercher la bouteille de vodka et deux verres. Le dos tourné à Leonid, il suggéra :

— Tu ferais mieux de ne pas creuser dans cette direction, tu comprends ?

Ils burent en silence.

— Allez, Andreï, qu'est-ce que tu sais ? finit par demander Leonid.

Andreï secoua la tête.

— Ne m'en veux pas, j'ai une femme et des enfants, et j'ai besoin de ce boulot.

Leonid comprenait parfaitement. Il ne voulait surtout pas créer d'ennuis à son nouvel ami.

— Ne t'inquiète pas. J'ai trouvé un hébergement. Demain matin, je m'en vais, répondit-il.

Il vit l'embarras et le soulagement se succéder sur le visage d'Andreï.

30

Zone d'exclusion, octobre 2010

La promenade à l'air frais lui a fait du bien. De retour dans la maison, elle remet du bois dans le poêle, va chercher deux pommes de terre qu'elle fait cuire et qu'elle mange avec du chou blanc en conserve. Son regard revient toujours à la pile de lettres classées sur la table. Ces lettres et deux photos prises à l'anniversaire de Marianna en mai 1989 sont tout ce qui lui reste de lui. Sur ces photos, il lui est déjà étranger. Celles qui montraient le vrai Glev sont restées dans la zone d'exclusion en 1986. Les photos, et lui avec.

Le repas terminé, elle lave l'assiette, range la vaisselle et passe le balai. Après, il n'y a plus rien à faire, et elle se rassoit à contrecœur à la table. À présent, il ne lui reste plus qu'à parler de ses mensonges.

Je ne me souviens plus du retour en métro, puis en bus. Ludmila s'inquiétait de ne pas me voir rentrer.

C'est elle qui s'occupait de Mykola en mon absence. Elle a demandé où était Glev. Je ne sais plus ce que je lui ai répondu, sans doute rien du tout. Quand elle m'a attirée contre elle, j'ai eu l'impression que quelque chose éclatait dans ma poitrine, et je me suis effondrée en larmes.

Les jours et les semaines d'après disparaissent derrière des voiles épais. Je ne me souviens que de bribes. Que je suis allée à la polyclinique et que l'un des médecins a appelé l'établissement thermal. Qu'il m'a dit que Glev avait pris le train pour Kiev le 19 septembre. Que j'ai déposé une déclaration de disparition à la milice quelques jours plus tard et que le milicien a dit : « En cure comme ça, on a vite fait d'en rencontrer une autre. » Que j'ai expliqué à Mykola que son père n'était pas encore rétabli et qu'il devait prolonger son séjour en Crimée.

Pendant trois semaines, j'ai traversé la vie comme dans une bulle et j'ai attendu des nouvelles de Glev. Aujourd'hui, je crois que j'ai su d'emblée, dès la gare, qu'il ne reviendrait pas. Une certitude en sommeil, que l'on ne supporte qu'en la laissant pénétrer lentement, goutte à goutte, dans sa conscience.

Après le désespoir est venue la colère. Il nous avait abandonnés, il ne s'était pas battu. Aujourd'hui, je vois les choses différemment. Mais à l'époque, c'est cette fureur qui m'a donné la force de reprendre ma vie en main. Rétrospectivement, les choses changent, le recul permet d'avoir un autre point de vue. Je sais que je n'ai pas perdu Glev à l'automne 1989. Je sais que ce n'est pas mon Glevko qui m'a laissée seule avec l'incertitude. Dans les semaines qui ont suivi, j'ai souvent rêvé de lui. Dans mes rêves, il est sur une plage, sa valise à la main. Il porte le costume marron avec lequel il est monté dans le train pour la Crimée. Des vaguelettes lèchent ses pieds et il contemple la mer. À l'horizon s'étire cette mince ligne entre le bleu du ciel et le bleu de l'eau qui se dissout peu à peu. Je l'appelle. Il regarde dans ma direction. Il ne me fait pas signe. Puis il se tourne de nouveau vers l'eau et se met à avancer.

C'est ainsi qu'elle est née, l'histoire de la noyade de Glev. Je ne l'ai d'abord racontée qu'à Mykola. Au bout de quatre semaines, en effet, j'étais à court de réponses à ses questions et je ne voulais pas qu'il ait à endurer les interrogations et l'incertitude que j'avais tant de mal à supporter moi-même. « Un accident en se baignant, je lui ai dit, ton père s'est noyé. » Une douleur violente, je sais. Mais au moins, il pouvait faire son deuil et n'avait pas à douter de l'amour de son père.

Au bout d'un moment, cet accident de baignade est devenu partie intégrante de notre existence, tout naturellement. Les voisins, les amis de Mykola et mes collègues, tous savaient que Glev s'était noyé en Crimée. Autour de moi, l'accident de baignade est devenu la vérité.

Elle prend le taille-crayon et tourne deux fois le crayon sur la lame, elle s'avance vers le poêle et jette la fine rosette de bois dans le feu.

À l'époque, les grands bouleversements politiques étaient en marche, mais elle n'en prit conscience qu'à la marge. L'Union soviétique se disloquait. Il régnait une atmosphère de renouveau mêlée d'une profonde insécurité, tandis qu'elle était occupée à garder la maîtrise de sa petite vie. Dès qu'elle croyait avoir surmonté le plus gros des difficultés, d'autres surgissaient.

Elle se souvient du courrier de l'office du logement qui arriva en mars 1990. On lui demandait de libérer l'appartement. Quelqu'un du voisinage l'avait dénoncée : son mari n'habitait plus avec elle depuis six mois, et, sans lui, elle n'avait aucun droit à un appartement de liquidateur.

Les bouleversements politiques jouèrent en sa faveur, en l'occurrence, car le sentiment d'insécurité sévissait aussi dans les administrations. Le mari de Marianna appartenait au tout nouveau parti social-démocrate uni d'Ukraine et il avait le bras long. Il obtint que la « procédure Chtchoukina » soit provisoirement suspendue.

Elle revient s'asseoir à la table.

En août 1991, l'Ukraine a déclaré son indépendance. Nous étions inquiets de l'avenir ; en même temps, nous espérions des jours meilleurs. J'en discutais avec Ludmila et les collègues. Nous savions que le pays aurait un chemin difficile à parcourir et que la situation ne se redresserait pas du jour au lendemain. Les premières années seraient rudes, mais après… Cet « après », nous ne l'avons jamais inscrit dans un délai concret, nous ne lui avons jamais fixé de date, d'année. L'espoir ne se laisse pas réduire à une date. Il a toujours une longueur d'avance.

Glev avait disparu depuis près de deux ans et je m'étais faite à l'idée qu'il ne reviendrait plus. Ma colère s'était dissipée depuis longtemps. Pas mon amour. Mon amour était toujours à sa recherche. Aujourd'hui encore.

Il faut aussi que je te parle de ce marché dont Ludmila avait appris l'existence en septembre. Il était à l'extérieur de Kiev, et on lui avait dit qu'on pouvait y acheter des meubles, des ustensiles de ménage et des vêtements pour une misère. Un samedi, nous y sommes allées ensemble. Il y avait foule, et on trouvait vraiment de tout. Nous avons parcouru les allées. Il me fallait des draps. Je n'en avais que deux paires et ils servaient tout le temps. Ils avaient été maintes fois rapiécés et si souvent lavés qu'ils étaient usés jusqu'à la trame.

Sur une table, il y avait un album de photos et je l'ai feuilleté. Des portraits, des photos de fêtes de famille et d'excursions. Les lieux ne m'étaient pas inconnus. Ludmila m'a entraînée vers un autre stand, et je me suis fait la réflexion que c'était bizarre de vendre ses photos de famille au marché. Puis mon regard s'est posé sur un landau orné d'une fleur en feutre, sur le côté, et j'ai songé : sous la fleur, il y a cette trace de brûlure qui a tant désolé Anastassia. Elle habitait au-dessus de chez nous à Pripiat, et j'ai compris à cet instant d'où venaient les photos.

J'ai été saisie d'un vertige. J'ai arraché des mains de Ludmila la veste qu'elle examinait et je l'ai jetée à la figure du vendeur en hurlant : « Comment vous avez eu ces affaires ? Elles viennent de Pripiat. Elles sont contaminées ! »

L'homme m'a insultée, m'a traitée de menteuse et m'a empoignée et tirée jusqu'à la rue. Ludmila est arrivée à ma rescousse et lui a flanqué un coup de sac à main. Une voiture de la milice était garée dans la rue, et deux hommes en sont sortis. Le vendeur a déclaré : « Elle a essayé de voler une veste », et il est retourné à son stand sans un mot de plus.

Ils ont contrôlé nos identités, et nous avons dû vider nos sacs, malgré nos protestations d'innocence. De nouveau, j'ai tenté d'expliquer que les marchandises provenaient de la zone d'exclusion. Le plus âgé des deux m'a toisée, les yeux réduits à deux fentes, et m'a dit : « Tu devrais bien réfléchir à ce que tu dis. Voler, ça peut aller chercher loin. Tirez-vous d'ici et ne revenez jamais. C'est compris ? » Nous avions compris. Nous n'avons plus jamais entendu parler de la plainte pour vol.

Le jour décline, et l'ombre s'installe dans les coins de la pièce. Ses yeux la brûlent ; elle referme le cahier. Après l'épisode du marché, elle repensa souvent au landau, imaginant une mère qui ne se doutait de rien et couchait son nourrisson dedans pour l'emmener en promenade, intimement persuadée de lui faire du bien. L'album de photos aussi la poursuivait. Elle retourna plusieurs fois au marché avec un foulard et des lunettes noires. Avec le recul, elle sait combien c'était absurde, mais à l'époque, elle se disait que ce n'était pas impossible. Pas impossible que son album à elle se trouve aussi sur l'un de ces étals. Avec les photos sur lesquelles Glev débordait d'énergie, images d'un temps où ils avaient encore un avenir commun.

Kisa se frotte contre ses jambes. Elle la prend dans ses bras et lui caresse la tête. « Aujourd'hui, nous ne pouvons pas aller nous coucher tôt, nous allons devoir consommer un peu de pétrole », murmure-t-elle à l'oreille de la chatte, avant de la reposer sur le sol. Dans la cuisine, elle coupe quelques feuilles de menthe séchée. Elle l'a cueillie dans la prairie qui borde la rivière. La menthe, c'est bon pour la santé. Elle allume la lampe à pétrole et occulte les fenêtres.

À la polyclinique, nous voyions arriver de plus en plus de patients dont le système immunitaire était déficient, et, dans les cités, on parlait de « sida de Tchernobyl ». Nous étions par ailleurs confrontés à un phénomène que les médecins s'obstinaient à appeler « épuisement ». Une doctoresse a comparé un jour ces patients à des arbres vigoureux dont les racines n'atteindraient plus l'eau. Cette maladie touchait aussi bien des liquidateurs que des gens originaires de Pripiat ou d'autres villages de la zone d'exclusion. Ils étaient apathiques et n'arrivaient pas à s'habituer à cette vie étrangère qu'on leur imposait. Nous ne pouvions rien pour eux. Ça se terminait souvent par un courrier que nous recevions quelques mois plus tard, nous informant de la mauvaise nouvelle.

Le taux de suicide à Troïchina était le plus élevé de tout le pays, à l'époque.

C'est à cette période que j'ai fait la connaissance de Iakov. Je n'avais que trente et un ans et, parfois, quand Mykola était endormi et que je m'occupais, le soir, des tâches domestiques, j'étais prise à la gorge par un sentiment de solitude intolérable.

Iakov travaillait dans un garage. Il s'était présenté à la clinique avec une profonde entaille à la base du pouce. Dès que je suis entrée dans la salle de soins, il a commencé à me faire du gringue. « Si j'avais su que je trouverais une aussi belle femme ici, je n'aurais pas tant attendu pour me blesser. » J'ai désinfecté sa blessure et je lui ai bandé la main, tandis qu'il me couvrait de compliments. Ça faisait un bien fou.

Quand j'ai eu terminé, il a déclaré : « S'il n'y a pas d'autre moyen de vous revoir, je vais me couper chaque jour. De quoi j'aurai l'air, dans quelque temps ? Pensez-y ! Vous ne voulez pas être responsable de ça ! »

Il dégageait une vitalité à laquelle j'étais incapable de résister. Le lendemain soir, nous avons flâné dans les rues et beaucoup ri. Et quand je me suis retrouvée dans l'ascenseur montant à mon appartement, je me sentais légère comme ça ne m'était pas arrivé depuis des années. Une semaine plus tard, je l'ai invité chez moi et nous avons couché ensemble. Comme amant, il était décevant, mais ça tenait peut-être au fait que je le comparais à Glev. J'étais affamée, et je voulais avant tout un homme à mes côtés qui partage mes joies et mes peines.

Mykola l'aimait bien aussi, et comme Iakov n'avait qu'une petite chambre à proximité de l'atelier, au bout d'un mois, il habitait plus ou moins chez nous. Il lui arrivait souvent de boire un verre de trop, mais il avait le vin gai et faisait le pitre avec Mykola, et je fermais les yeux sur le fait qu'il ne participait presque pas aux frais du ménage.

Iakov possédait une voiture et parfois il nous emmenait au bord du Dniepr ou en ville. Je me souviens d'une chaude journée de printemps à Kiev. Dans les allées, les fleurs des marronniers se dressaient dans les grands arbres comme des cierges allumés, et les fleurs tendres des bouleaux jonchaient les rues et les trottoirs, telle l'écume sur une plage. En chemin, Iakov a croisé une ancienne connaissance. Il a décrété qu'il fallait célébrer ces retrouvailles. Pendant ce temps, Mykola et moi, nous profiterions de la ville. Il nous a donné rendez-vous deux heures plus tard à la voiture. Nous avons attendu quatre heures. Vers 9 heures du soir, nous avons pris le métro, puis le bus, et nous sommes arrivés à la maison une heure avant minuit. Iakov était déjà là. Nous l'avons trouvé affalé devant la table de cuisine : il était ivre et nous a expliqué en bredouillant qu'il avait oublié l'heure. J'étais furieuse et je me suis fâchée tout rouge, lui conseillant de ne pas recommencer. Il s'est levé d'un bond et m'a plaquée contre le placard en sifflant : « Ne t'avise pas de me menacer ! »

À vrai dire, à cet instant, j'aurais dû savoir. Des maris qui buvaient et qui frappaient, il y en avait beaucoup à Troïchina, mais j'avais toujours cru que ça ne m'arriverait pas à moi.

31

Zyfflich, octobre 2010

Des timbres. En roulant vers le supermarché, il était incapable de penser à autre chose. Le moment était donc arrivé : elle allait écrire, puis elle repartirait chez elle.

C'était peut-être le mieux. Il aurait tôt fait de se réhabituer à une vie sans elle. Seulement, quand il songeait qu'elle n'avait pas de papiers, qu'elle devrait aller à la police pour rentrer chez elle en toute sécurité, il commençait à s'inquiéter.

Peut-être qu'il devrait la ramener ? Via la Pologne. Tania en avait parlé. Elle avait dit que beaucoup d'Ukrainiens versaient des pots-de-vin aux douaniers pour travailler à l'Ouest. Pourquoi est-ce que ça ne marcherait pas aussi dans l'autre sens ? Elle pourrait sans doute rentrer chez elle de cette façon. À l'époque, avec les convois humanitaires, Vera était passée par la Pologne : ils avaient mis trois jours pour atteindre

Kiev. Il fallait qu'il fasse entrer Tania clandestinement en Pologne et qu'il la conduise jusqu'à la frontière ukrainienne. De là, s'il lui donnait assez d'argent, elle se débrouillerait toute seule pour parvenir jusqu'à Kiev. Jamais elle ne devrait apprendre ce qui était arrivé à Marina.

Au supermarché, il essaya de remplir le chariot en se concentrant sur la liste des courses, comme d'habitude, mais il n'était pas tranquille. Ses yeux restaient rivés sur le mot « timbres ». À la caisse, il constata qu'il avait oublié le fromage et le lait, mais résolut de ne pas retourner les chercher. Il ne savait pas pourquoi, mais il voulait rentrer à la maison le plus vite possible.

Le point de vente du Lotto situé à côté du supermarché faisait également bureau de poste, et il se renseigna sur le prix d'un timbre pour l'Ukraine. La jeune femme l'ignorait ; elle chercha sur l'ordinateur mais mit du temps à trouver. Il s'impatienta et demanda :

— Si je colle un euro quarante-cinq dessus, est-ce que ça suffira ?

Elle hocha la tête, soulagée :

— Ça suffira dans tous les cas pour une lettre simple.

Il acheta dix timbres à un euro quarante-cinq et se dépêcha de quitter la boutique.

Quand il pénétra dans la cour de la ferme, il vit que la porte du perron était ouverte. Kolia courut à sa rencontre. Il se gara sous l'auvent, sortit la caisse des courses du coffre et entra dans la maison en passant par l'atelier. En arrivant dans la cuisine, il aperçut sa veste claire qui traînait par terre dans le couloir. Aussitôt, son cœur se mit à battre. Il posa la caisse, ramassa la veste et plongea la main dans la poche intérieure. La coupure de journal avait disparu.

— Tania, appela-t-il d'une voix étrangement rauque. Tania, où es-tu ?

Il monta l'escalier. Elle était dans sa chambre, en train de mettre ses vêtements dans un sac. Ses gestes étaient nerveux : elle fourrait les choses dans le plastique et les ressortait l'instant d'après pour les jeter sur le lit.

— Depuis combien de temps tu étais au courant ? demanda-t-elle sans le regarder. Et comment tu l'as appris ? Comment tu savais que c'était Marina sur la photo ?

Elle prononça les premiers mots d'un ton sonore et impérieux, puis sa voix se brisa.

Il ignorait par quel bout commencer, il la voyait mettre ses habits dans le sac et ne pensait qu'à une chose : « Elle s'en va. »

Il finit par lâcher :

— Elle ne voulait pas rentrer à la maison.

Tania le fixa, incrédule.

— Tu l'as trouvée. Quand ? Où ? Tu m'as menti tout ce temps ?

Les larmes ruisselaient sur son visage.

— Marina ne voulait pas partir, murmura-t-il. Elle était… Elle avait besoin de ses drogues.

En le disant, il savait que ce n'était pas toute la vérité, seulement une parcelle. Juste la vérité d'un ou deux soirs.

— Je ne te crois pas ! rugit-elle.

Elle sortit la coupure de journal de sa poche de pantalon et la lui tendit :

— Dis-moi ce qui est écrit là-dedans ! Dis-moi comment elle est morte !

— Ils n'en parlent pas, répliqua-t-il d'un ton très calme, content de pouvoir répondre clairement et sans mentir à cette question. Ils demandent juste si quelqu'un connaît cette jeune fille et invitent à contacter la police hollandaise si on sait quelque chose sur elle.

Il marqua une petite pause.

— J'ai appelé la police et j'ai dit qu'elle s'appelle Marina.

Elle se mit à hurler :

— Elle ne s'appelle pas Marina, tu m'entends ? Elle ne s'appelle pas Marina, et je ne m'appelle pas Tania.

Il ne voyait pas ce qu'elle voulait dire et resta immobile, sans bouger, pensant que c'était le choc. Il savait qu'il aurait dû prévenir la police plus tôt, et il avait honte d'invoquer cet appel tardif pour se dédouaner.

Quand Tania se fut calmée, il murmura :

— Je ne comprends pas…

Elle secoua la tête.

— Ils nous ont donné ces noms, répondit-elle fermement. On a toutes de nouveaux noms. C'est pour qu'on oublie qui on était.

Elle se força à prendre une profonde inspiration, et il la vit lutter intérieurement. Puis elle releva la tête et déclara :

— Elle s'appelait Katerina Chtchoukina. Et moi, je m'appelle Olena.

Il perçut le changement dans sa voix quand elle prononça ces noms. Une sorte d'étonnement. Et quand elle les répéta, c'était comme si elle avait pris une décision.

— Katerina Chtchoukina. Olena Litovtchenko.

Il fut pris d'un terrible vertige. Il ne parvenait pas à intégrer ce qu'elle lui disait. Tout n'était que mensonges. Depuis le début, que des mensonges. Tel un noyé, il se cramponnait à cette pensée. Et sous ce magma s'élevait cet autre nom. Il se répétait inlassablement chaque syllabe : Chtchou-ki-na, Chtchou-ki-na.

Il connaissait ce nom. Vera l'avait introduit dans son existence. Chtchoukina. Pas Katerina. Un autre prénom. Il lui échappait.

Il s'appuya contre le chambranle de la porte et entendit Tania comme en sourdine. « Aller à la police à Nimègue… la voir… une tombe… », mais les mots ne l'atteignaient pas. Ils étaient refoulés par des images qui se réveillaient au fond de lui.

Vera devant la table de cuisine, avec ce classeur bourré de photocopies de vieux documents et de lettres récentes. Vera, les joues roses et la voix tremblante d'excitation, disant : « J'ai retrouvé une fille d'Anastassia Sokolova. Elle s'appelle Valentina Chtchoukina. » Tout tournait autour de lui, et il entendait le flot de paroles de Tania et il voulait qu'elle se taise.

— Pourquoi es-tu ici ? Ici, dans ma ferme ? murmura-t-il, cherchant son souffle. Ce n'est pas un hasard.

Enfin, elle s'arrêta de parler et le regarda, effrayée. Il n'attendit pas sa réponse, ne voulant pas l'entendre.

Comme en transe, il tourna les talons et descendit en chancelant les marches du perron et se dirigea d'un pas incertain vers le pré où paissaient ses moutons. Il resta longtemps devant la clôture, à regarder sa terre. Ici, il avait toujours réussi à retrouver un certain calme intérieur, à organiser ses pensées. Mais à présent il n'y arrivait pas. Une toile de mensonges, depuis le début. Ses mensonges à elle et les siens à lui. Et comme un insecte, il s'était pris dans ses fils minuscules.

Les images des derniers mois se bousculaient dans sa tête. Sans cesse, il entendait Tania dire « Chtchoukina » et il revoyait Vera assise à la table de cuisine avec ce classeur. À la recherche de sa mère biologique. Il essayait de relier les images les unes aux autres. Il n'y arrivait pas.

Une rafale de vent souleva les feuilles mortes au pied des arbres fruitiers et les essaima à travers le jardin et la cour. Il n'y prêta pas attention, transporté en pensées en ce jour de février où tout avait commencé. Il avait ouvert la porte et l'avait laissée entrer dans sa vie.

« Ma vie. » Il n'était pas conscient, à l'époque, de la solitude dont étaient empreintes les années qui avaient suivi la mort de Vera. Il ne lui manquait rien. Jusqu'à ce qu'elle débarque. Elle avait rendu solitaires les années d'avant.

Quand il jeta un coup d'œil dans la cour, il la vit sortir par l'atelier et se diriger vers lui, et il songea : Olena. Elle s'appelle Olena.

Elle s'arrêta devant lui et lui tendit le petit papier. Le papier couvert de caractères cyrilliques qu'il avait trouvé dans l'ourlet de sa robe et rangé dans l'armoire de la salle de bains. Il n'y avait pensé qu'une fois ou deux, en se demandant où il était passé, puis il l'avait oublié.

32

Düsseldorf, octobre 2010

Quand Leonid prit une tasse de thé avec Andreï, le lendemain matin, l'atmosphère était pesante, et son nouvel ami évitait ses regards. Finalement, Andreï rompit le silence embarrassé :

— Je ne viens pas de Pologne. Je suis ukrainien, tu comprends. Mes papiers…

Il marqua une courte pause et regarda enfin Leonid dans les yeux :

— Un de mes collègues m'a conseillé d'être prudent. On pourrait examiner mes papiers plus attentivement à la frontière, la prochaine fois, si je continue à poser des questions idiotes.

Leonid hocha la tête en signe d'acquiescement.

— Je ne voulais pas te causer de problèmes. Je suis désolé, dit-il, sincèrement ennuyé.

À 7 h 30 précises, il descendit dans la rue, où Simone Wegener l'attendait déjà. Lorsqu'il posa sa valise sur le siège arrière, elle lui demanda en riant s'il comptait emménager au LKA. Il faillit lui révéler la vérité, puis il pensa aux faux papiers d'Andreï et répondit :

— J'aime bien garder mes affaires avec moi.

Quand ils pénétrèrent dans l'open space, Steigerer était déjà au travail avec trois de ses collaborateurs. Leonid posa sa valise dans un coin et constata que le mur s'était enrichi de nouvelles photos. Quand il s'en approcha, Steigerer l'entraîna à l'écart.

— Nous avons de mauvaises nouvelles, dit-il doucement. Les collègues néerlandais ont pu identifier Katerina Chtchoukina.

Leonid sentit ses épaules se raidir à ces mots. Il songea à Valentina Chtchoukina qui attendait un signe de vie de sa fille, là-bas, dans la zone d'exclusion.

Ils retournèrent devant le mur. À côté de la photo provenant du dossier de disparition de Katerina, il y en avait une autre à présent, celle de son cadavre. Sur le bord inférieur figurait le nom de Marina avec un point d'interrogation.

— Je suis désolé, ajouta Steigerer. Les résultats viennent de nous arriver par mail des Pays-Bas.

Leonid songea que, pendant les six derniers mois, il avait toujours envisagé qu'il pourrait ne pas retrouver les deux filles. Mais qu'il les retrouve mortes, ça, il l'avait exclu. Leur disparition ne remontait qu'à un an, et l'objectif des trafiquants était tout de même qu'elles rapportent de l'argent le plus longtemps possible !

Steigerer alla leur chercher des cafés et invita Leonid à s'asseoir. Il venait d'appeler les collègues hollandais et lui fit un compte rendu de ce qu'il avait appris.

Le corps de Katerina avait été découvert le 27 juillet, dans un bois près de Nimègue. La jeune fille était vraisemblablement de constitution fragile, et elle était décédée d'un arrêt cardiaque causé par une consommation intensive de drogues. Elle n'était pas morte dans la forêt ; on l'y avait déposée.

Après parution d'un avis dans un quotidien de Nimègue, la police avait reçu un appel téléphonique. L'informateur avait déclaré que la fille s'appelait Marina et qu'elle travaillait dans un bordel, dans un appartement du quartier du port.

Steigerer souffla bruyamment.

— Comme le renseignement était anonyme, que la maison comporte plusieurs appartements et que le type n'a pas précisé dans lequel il la rencontrait, la demande de perquisition a été refusée.

Steigerer avala une gorgée de café.

— Mais il y a tout de même une bonne nouvelle, poursuivit-il. La maison avait été placée sous surveillance il y a quelques mois, car l'un des habitants était soupçonné de participation à une attaque à main armée. Les photos qui avaient été prises à l'époque vont nous être adressées dans la matinée. Cela nous aidera peut-être.

Leonid songea qu'il faudrait qu'il envoie la nouvelle à Artemi pour qu'il la communique à Valentina Chtchoukina. Sa gorge se noua. Pas maintenant. Plus tard.

Sur une table à côté du mur étaient étalées diverses photos de Bergermann. Leonid les balaya du regard, tandis que ses pensées se concentraient sur Olena. Peut-être que les jeunes filles travaillaient toutes les deux dans l'appartement. Peut-être qu'Olena s'y trouvait encore.

Steigerer vint se placer à sa droite et commenta :

— Voilà tout le matériau brut que nous avons accumulé sur Bergermann. Ce sont presque exclusivement des photos de presse officielles. Nous n'avions pas assez d'éléments pour justifier un placement sous surveillance.

Il en choisit deux et continua :

— Ici, vous le voyez avec deux députés du Landtag et là, lors d'une manifestation de la confédération patronale.

Leonid songea que, dans ce pays, les choses ne se passaient pas différemment de chez lui, en définitive. Tout était toujours affaire de relations.

Son regard se posa de nouveau sur la table. Il avait remarqué quelque chose. Sur l'une des photos. Mais quoi ? Il en prit une sur le bord gauche. Elle montrait Bergermann en compagnie de deux hommes et d'une femme sur une terrasse, en été. Entre des tables et un buffet dans le fond, on distinguait d'autres convives. Leonid était intrigué par un homme qui se tenait à deux tables de Bergermann.

Il ne l'avait jamais rencontré, il en était sûr, pourtant il avait l'impression de le connaître. Mais d'où ?

Il tendit le cliché à Steigerer :

— Vous savez qui c'est ?

Steigerer l'examina en plissant les yeux et secoua la tête.

— Non.

Leonid le retourna : les noms des deux hommes et de la femme aux côtés de Bergermann étaient inscrits au dos. Ils ne lui évoquaient rien. La date et le lieu étaient indiqués en dessous : 12 mai 2009, gala de bienfaisance, bureau de l'ambassade d'Ukraine à Bonn.

Cela ne l'avançait pas non plus, et pourtant, il éprouvait cette fébrilité très particulière qu'on ressent quand on sait qu'on a découvert une pièce maîtresse du puzzle, mais qu'on ignore encore où elle se place. Steigerer manifestement aussi.

— Thomas, tu peux venir ? lança-t-il, puis il entoura d'un coup de feutre la tête de l'homme dans le fond. Essaie de savoir qui c'est !

Le jeune homme regagna son ordinateur. Leonid se souvint alors.

Il alla fouiller dans sa valise et en sortit le dessin de Nesterov. Ce n'étaient que quelques traits esquissés, mais ils montraient les caractéristiques principales. Le front haut, la raie parfaitement rectiligne qui se poursuivait un peu sur l'arrière de la tête, les lunettes sans monture et surtout le nez étonnamment fin.

Il tendit le croquis à Steigerer :

— Ce type était venu chercher Adriana Mazur à la sortie de l'université de Kiev.

Le jeune collègue revint avec la réponse :

— Konrad Blasch. Employé de l'ambassade d'Allemagne à Kiev.

Leonid et Steigerer échangèrent un regard de connivence : ils devaient s'occuper de toute urgence des confirmations de visas qui leur manquaient.

— Thomas, dit Steigerer, tu cherches tout ce qu'on a sur lui !

Puis il s'assit à son bureau, appela l'ambassade à Kiev et demanda pourquoi les avis d'attribution des visas n'étaient pas dans les dossiers. On lui passa différentes personnes jusqu'à ce qu'on finisse par reconnaître qu'on ne se l'expliquait pas non plus et que les avis ne figuraient effectivement pas dans le fichier. Il existait évidemment des archives contenant les pièces, mais il fallait d'abord les extraire et les faxer, et ça prendrait du temps. Steigerer s'énerva et demanda à parler à l'ambassadeur, mais on lui répondit qu'il était en déplacement.

Leonid lui glissa à l'oreille :

— Dites-lui que quelqu'un de la milice pourrait les aider à effectuer les recherches dans les archives.

Steigerer hocha la tête et proposa aimablement à son interlocutrice :

— J'apprends à l'instant qu'un collègue de la milice de Kiev est prêt à vous donner un coup de main.

— Un instant, je vous prie, demanda la femme au bout de la ligne, manifestement troublée.

Quand elle reprit la ligne, elle expliqua d'un ton raide :

— Nos archives bénéficient de l'immunité diplomatique. La milice n'est pas autorisée à perquisitionner ces locaux.

Steigerer se leva d'un bond et aboya dans le combiné :

— Qui parle de perquisition ? Je vous ai simplement proposé de l'aide ! Mais comme vous voudrez. C'est une entrave à l'enquête judiciaire, et je vais m'adresser au ministère des Affaires étrangères. Eux parviendront sûrement à joindre votre ambassadeur.

Elle bégaya nerveusement :

— Veuillez attendre un instant !

Puis de nouveau la petite musique apaisante, qui ne fit qu'exaspérer Steigerer davantage. Quand elle reprit la ligne, elle annonça :

— Allô, vous m'entendez ? Nous allons vous faxer les avis dans le courant de la journée.

Steigerer raccrocha et grogna, satisfait :

— Vous voyez bien que c'est possible !

Vers 10 h 30, les photos de la surveillance à Nimègue arrivèrent. Elles avaient été prises entre le 14 et le 22 mai 2010 mais présentaient d'importantes lacunes, car la maison n'était sous surveillance que lorsque l'individu observé se trouvait à l'intérieur. Il y en avait néanmoins plus de trois cents. Leonid et Simone Wegener s'installèrent devant un grand écran pour les visionner.

Au bout de la deux centième environ, il ne faisait plus de doute pour eux que l'un des appartements abritait un bordel.

— C'est étonnant, tout ce qu'on peut voir sur des photos, dès lors qu'on se pose la question différemment, nota Simone Wegener.

Ils avaient dénombré plus de cinquante hommes qui pénétraient dans la maison et en ressortaient au bout d'une demi-heure ou d'une heure. Sur plusieurs clichés, on distinguait un jeune homme ouvrant la porte aux clients. On pouvait en conclure que l'appartement se trouvait au rez-de-chaussée.

Vers 13 heures, Steigerer les rejoignit. Simone Wegener lui montra les photos les plus parlantes et il la chargea de rappeler les collègues de Nimègue.

— Avec ça, il ne devrait plus y avoir d'obstacle à une perquisition, déclara-t-il avec contentement, puis se tournant vers Leonid : Venez, on va manger un morceau ! À 14 heures, on se retrouve tous ici et on met en commun les résultats de la matinée.

Leonid songea aux cent vingt euros, à peine, qui lui restaient, et avec lesquels, de plus, il allait devoir payer son hébergement. À la cantine, il prit une eau minérale et opta pour un soufflé. Tous réglaient avec une carte. Quand il sortit son portefeuille, Steigerer fit non de la tête :

— Vous êtes notre hôte.

À table, la conversation prit un tour plus personnel. Leonid apprit que Simone Wegener était mariée à un collègue et qu'elle avait deux petites filles qui fréquentaient le jardin d'enfants. Steigerer évoqua ses trois enfants adultes et leur maison, désormais trop grande, que sa femme et lui envisageaient de vendre. Le dénommé Thomas ou Tom se faisait gentiment taquiner parce qu'il passait la majeure partie de son temps libre sur l'autoroute pour aller retrouver sa copine à Copenhague.

— Et vous, demanda Steigerer, vous avez des enfants ?

Leonid secoua la tête, parla de Raïa, qui avait déménagé à Odessa, de la famille qui était le bien le plus précieux. Il évoqua les deux mondes qui coexistaient dans son pays. Il raconta la confiance et l'élan qui les avaient poussés, lui et beaucoup d'autres, à essayer de changer le pays au début des années quatre-vingt-dix. La rechute et le retour aux anciennes structures, puis le nouvel espoir suscité par la Révolution orange et la déception quand le nouveau gouvernement s'était révélé aussi corrompu que le précédent.

— Le système n'a pas changé. Pas de travail, pas de place à l'université, pas même une bonne note à ton semestre, si tu n'as pas les bons contacts ou une enveloppe pleine de billets à donner à qui de droit, expliqua-t-il. Tout marche comme ça, même la milice. Des hommes comme Bergermann ont tellement « intériorisé » ce principe qu'ils l'appliquent où qu'ils soient. Et il semblerait que ça fonctionne ici aussi.

Il s'ensuivit une discussion animée sur la différence entre corruption et lobbying, et il était déjà près de 14 heures lorsque Steigerer donna le signal du départ.

Dans l'open space, ils rassemblèrent leurs sièges à roulettes devant le mur de photos, qui s'était enrichi de celle de Konrad Blasch.

Thomas, qui avait approché un écran, présenta ses résultats et afficha différentes photos du fonctionnaire.

— Konrad Blasch, cinquante-cinq ans, est employé depuis 2004 à l'ambassade d'Allemagne à Kiev. Il est né en 1955 à Halle an der Saale, a fait des études de droit à Iéna, mais n'a pas passé l'examen. De 1982 à 1 989, il était en poste au bureau du procureur général de Dresde, mais je n'ai pas encore trouvé ce qu'il y faisait. Est-ce que je creuse dans cette direction ? conclut-il en s'adressant à Steigerer.

Celui-ci secoua la tête.

— Pour l'instant, ce n'est pas prioritaire.

Thomas poursuivit :

— Blasch parle russe couramment. Après la chute du Mur, il a déménagé à Berlin, où il a travaillé jusqu'en 1993 comme traducteur free-lance. En 1994, il a été recruté au ministère des Affaires étrangères, au département des traductions, et, quatre ans plus tard, il était muté à l'ambassade d'Allemagne à Moscou, où il a également rejoint le service linguistique. En 2000, il a demandé sa mutation au service des visas. En 2004, toujours à sa demande, il est passé au service des visas de Kiev. Il est divorcé. Sa première femme, dont il a un fils, vit à Dresde. En 2005, il a épousé une Ukrainienne en deuxièmes noces.

Divers documents défilèrent à l'écran.

— En ce qui concerne sa situation financière, je sais seulement qu'il est propriétaire d'un appartement de cent trente mètres carrés dans le quartier le plus chic de Kiev et d'une belle villa à Potsdam. Je n'ai pas encore eu accès à ses comptes, mais, si nous obtenons une autorisation, je suis certain que nous découvrirons des choses intéressantes.

Steigerer passa la main sur sa cicatrice et dit :

— Attendons le fax de Kiev. Nous aurons peut-être de nouveaux éléments !

Puis ce fut au tour de Simone Wegener de présenter les conclusions tirées des photos envoyées par Nimègue. Elle annonça que les collègues hollandais perquisitionneraient l'appartement le soir même. Leonid songea à Olena et à la petite chance qui subsistait de la retrouver là-bas.

Et il pensa qu'il devait appeler Artemi. De nouveau, il recula. Ce soir, il aurait le calme nécessaire pour ça.

33

Zone d'exclusion, octobre 2010

La fébrilité qui l'a poussée à écrire à la lueur de la lampe, la veille, l'a aussi empêchée de dormir. Elle retire les couvertures des fenêtres. Une lumière grisâtre pénètre dans la maison et dessine des contours vagues autour des meubles et des objets. Après s'être lavée et habillée, après avoir allumé le poêle et préparé du thé, elle s'installe de nouveau à sa table. Ce sentiment d'urgence inexplicable… Dans son esprit, elle a tout l'hiver devant elle, mais un pressentiment qu'elle ne comprend pas la pousse à se dépêcher.

Iakov m'a frappée par deux fois ; par deux fois, je l'ai supporté, car il s'est excusé le lendemain. Puis le mois d'avril 1992 est arrivé, et j'ai appris que j'étais enceinte de trois mois. Le médecin m'a fait tout un exposé sur la probabilité que l'enfant soit handicapé ou mort-né et m'a donné d'emblée un rendez-vous pour avorter. Je savais que c'était la bonne décision et je me suis rangée à son avis.

Le soir, j'ai annoncé à Iakov que j'étais enceinte, mais je n'ai pas réussi à parler du rendez-vous pour l'avortement. Je n'oublierai jamais son regard. Il s'est mis à hurler : « Tu te débarrasses de ça tout de suite ! Un enfant difforme avec une Tchernobylza, il ne manquait plus que ça ! »

Ses mots étaient plus douloureux que n'importe lequel de ses coups. J'étais incapable de répondre, je restais là, sur ma chaise, à l'écouter vociférer. Quand il est allé se coucher, je n'ai pas quitté ma place, devant la table de la cuisine. Difficile de décrire ce qui se passait en moi. J'ai pleuré sur ton sort et sûrement aussi sur le mien, mais sous les cendres de cet amour germait autre chose. La phrase de Iakov me revenait sans cesse : « Un enfant difforme avec une Tchernobylza. » J'étais au courant des risques, mais je connaissais des femmes de la zone d'exclusion qui avaient accouché d'enfants en bonne santé ces deux dernières années.

Est-ce cette nuit-là que j'ai décidé de te mettre au monde, toi, ma petite Katerina, contre toute raison ? Je ne sais plus. En tout cas, je me suis levée et j'ai commencé à rassembler tout ce qui appartenait à Iakov dans de grands sacs en plastique. Pour finir, j'ai pris la clé de l'appartement dans sa poche de veste. Puis je me suis fait du thé et j'ai attendu qu'il se lève.

Tandis qu'il se lavait dans la cuisine, je suis allée dans la chambre, j'ai regroupé ses vêtements avec le reste et j'ai posé les deux sacs sur le palier. Pendant le petit déjeuner, je lui ai dit que je ne voulais plus le revoir. J'avais peur de sa réaction, mais je sentais une fierté nouvelle en moi et je ne voulais plus m'aplatir devant lui comme une carpette. Il m'a lancé un regard inquisiteur. Lui aussi semblait percevoir le changement car il a attrapé ma main et m'a dit d'un ton enjôleur : « Tu ne penses pas ce que tu dis, Valentina. Tu es tourneboulée pour l'instant, mais ça va passer et… quand ce sera fini… »

Je n'ai pas retiré ma main, je l'ai laissé parler et je ne voulais qu'une chose : qu'il disparaisse. Quand il est parti au travail, je l'ai suivi jusqu'à la porte et avant qu'il ait compris ce que signifiaient les sacs sur le palier, je l'ai refermée derrière lui. Il a cogné, tempêté et juré, puis il est parti. Dans les deux semaines qui ont suivi, il s'est présenté à plusieurs reprises devant la porte, ivre. Une fois, il m'a interceptée devant la maison. Il a d'abord lâché quelques excuses d'une voix repentante, avant de m'insulter en me traitant de putain.

Après, ça a été fini. Je ne l'ai plus jamais revu. Quelques mois plus tard, Ludmila m'a appris qu'il ne travaillait plus au garage.

Je suis désolée de parler de ton père en ces termes, mais dans ces pages il n'y a de place que pour la vérité.

Je ne te cacherai pas non plus que, pendant la grossesse, j'ai eu des moments de désespoir et que j'ai passé des nuits à pleurer. J'étais une Tchernobylza, sans mari qui plus est, et je sais que tous me prenaient pour une folle, dans mon entourage. Plus la date de l'accouchement approchait, plus j'étais déchirée entre l'espoir et la peur.

Quand tu es venue au monde, le 4 novembre, et que le médecin a dit : « Elle est petite, certes, mais tout va bien, à ce qu'il semble », je n'en croyais pas mes oreilles. Au cours des premières heures, je ne cessais de vérifier tes proportions et de recompter tes doigts et tes orteils. J'étais la plus heureuse de la terre.

Le thé est froid. Elle a complètement oublié de le boire. En écrivant les dernières phrases, c'est comme si elle revivait le bonheur d'alors. Et plus de dix-huit ans après, elle sait que ce n'est pas seulement le fait d'avoir un enfant en bonne santé qui avait provoqué cette euphorie. C'était aussi la fierté. Elle ne s'était pas résignée, elle était passée outre aux doutes et aux prévisions alarmistes. Elle avait pris son destin en main.

Elle se dirige vers le poêle, verse le thé dans une casserole et le fait réchauffer.

Ces premières années avec Mykola et Katerina font partie des jours heureux de son existence. Malgré le nombre croissant de chômeurs, l'augmentation des prix chaque mois et l'inflation galopante – telle que son salaire ne suffisait même pas à acheter les denrées alimentaires de première nécessité –, elle était pleine de confiance, car elle avait Marianna. Tous les quinze jours, du début du printemps à la fin de l'automne, son amie venait en voiture et lui rapportait des fruits et des légumes de la datcha.

Elle bénéficiait également de colis humanitaires envoyés par l'Ouest. En 1994, elle reçut deux couettes, deux oreillers et des vêtements d'hiver pour les enfants. Au cours de ces années, elle retrouva parfois la légèreté qu'elle avait connue à Pripiat, aux côtés de Glev. Cette foi sans borne dans l'avenir, dans le fait que les choses s'arrangeraient toujours.

Il est 9 heures passées, et le ciel laiteux promet une journée sans soleil. Elle verse le thé brûlant dans sa tasse. Kisa s'est lovée sur la chaise et Valentina la chasse. « Oh non ! ce n'est pas ta place. Prends le fauteuil ! »

Notre bonheur a duré quatre ans, et je ne veux surtout pas le minimiser, encore moins le passer sous silence, car, plus tard, il m'est arrivé de penser que j'avais trop souvent considéré cette époque – de même que mon existence insouciante à Pripiat – comme normale, que j'avais pris ce bonheur pour acquis, scandaleusement persuadée que ça durerait toujours. Bien sûr, nous nous débattions avec mille soucis quotidiens. Souvent, le chauffage tombait en panne pendant l'hiver, et les conduites d'eau gelaient. Un camion-citerne passait alors dans la journée pour nous ravitailler. Comme j'étais au travail, Mykola ne pouvait pas aller à l'école, puisqu'il fallait que quelqu'un reste à la maison pour remplir le jerrycan, car la fontaine de la rue principale était gelée, elle aussi. En outre, l'inflation grignotait toujours davantage mes revenus. Mais je vous avais, Mykola et toi.

Et puis l'été 1996 est arrivé. J'avais bien remarqué que Mykola était pâle et fatigué depuis quelque temps, mais je l'attribuais au fait qu'il avait beaucoup grandi les derniers mois. Il s'est mis à se plaindre de maux de tête. Et quand il a eu de la fièvre, je l'ai emmené à la polyclinique. Le médecin n'a pas caché son inquiétude et m'a aussitôt envoyée à l'hôpital de Kiev, où il a été hospitalisé. Ludmila a veillé sur toi, ma petite, pendant que je m'occupais de Mykola, une semaine durant, faisant les allées et venues et la cuisine, lui apportant à manger à l'hôpital pour lutter contre son manque d'appétit. Tant que les médecins ne disaient rien, je voulais me convaincre que tout s'arrangerait.

Le 19 juin, le médecin m'a entraînée dans le couloir et m'a dit : « Leucémie aiguë ». J'avais enfoui ce mot dans un coin de ma tête, sans y toucher. Comme les petits enfants qui se cachent les yeux et croient qu'on ne les voit plus, je m'étais interdit de penser ce mot.

Elle pose le crayon à côté du cahier. Ses dernières phrases sont irrégulières, tracées d'une écriture malhabile. Elle tourne les pages précédentes : elle sait que, chaque fois qu'elle rencontre un passage rédigé d'une main tremblante, c'est qu'elle a omis de citer Mykola. Peut-être devrait-elle écrire : « J'ai évité de parler de ton frère ; je ne l'ai évoqué qu'à la marge car, aujourd'hui encore, sa mort m'est insupportable. Les quelques années passées avec lui restent protégées dans un cocon au fond de moi, et dès que j'y touche, j'ai la sensation d'abîmer cette fine toile qui le préserve et de l'abandonner. »

Le médecin avait continué ses explications, mais elle avait cessé de l'écouter. Suffoquant, elle s'était appuyée contre le mur du couloir, assaillie par des images vieilles de dix ans. Elle se revoyait accompagnant son fils de trois ans à la crèche, elle le voyait jouer dans le sable au bord du Pripiat, sept heures seulement après l'accident. Elle entendait Glev lui dire : « Il faut que vous partiez, que vous partiez le plus loin possible ! » Elle revoyait Mykola assis dans la voiture, tandis que le compteur Geiger crépitait comme un fou dans la main du soldat. Elle croyait encore sentir sous ses doigts l'étoffe de la petite veste contaminée qu'elle lui avait enfilée quand elle l'avait emmené à Ritchytsia.

Quand elle avait repris son souffle, elle avait dit au médecin : « Le jour de la catastrophe. Le 26 avril 1986, il a joué à Pripiat au bord de la rivière. »

L'homme avait évité son regard et secoué la tête : « Ça fait dix ans ; ça n'a rien à voir. Il n'y a aucun lien de cause à effet. » Elle savait qu'il mentait et il le savait aussi, selon elle.

Il s'était éloigné précipitamment, et ses paroles avaient résonné en elle encore longtemps après, alors qu'elle se tenait toujours au mur.

Le lendemain, on lui avait dit qu'une chimiothérapie aurait de bons résultats et on lui avait indiqué le prix des perfusions. Trois mois de salaire. Trois mois de salaire pour chacune. « C'est urgent, avait insisté le médecin, ce serait bien que vous réunissiez rapidement l'argent pour le premier traitement. »

Je ne pouvais pas payer le traitement, je ne pouvais que demander l'argent à Marianna. Elle m'a donné tout ce dont elle pouvait se passer, mais ça ne suffisait même pas pour la moitié d'une perfusion.

Quatre jours après, on nous a renvoyés à la maison. En nous disant qu'on ne pouvait plus rien faire pour Mykola dans ces conditions.

L'été 1996 n'a ni couleur ni saveur, juste le goût d'une vibrante détresse. Et le poids de la culpabilité. Ma culpabilité. Mykola allait mourir parce que je n'étais pas en mesure de payer son traitement.

Il restait allongé sur le canapé, et Ludmila et Marianna se relayaient auprès de lui pendant la journée car il fallait que je travaille pour assurer notre subsistance. Son corps chétif semblait fondre de semaine en semaine. Un soir sur deux, le Dr Kovaliov de la polyclinique rentrait avec moi à la maison pour le voir. Il lui administrait des analgésiques et des antibiotiques, et s'occupait de lui du mieux qu'il pouvait.

J'avais grandi sans Dieu, mais Ludmila était croyante, et j'ai prié avec elle. J'ai offert à ce Dieu ma vie contre celle de Mykola.

Le 4 septembre, il s'est plaint de maux de ventre, et son état a paru s'aggraver d'heure en heure. J'étais au travail quand Artemi, envoyé par Ludmila, est arrivé en courant et m'a dit : « Mykola a très mal. » Je suis partie sur-le-champ, et le Dr Kovaliov m'a accompagnée et l'a examiné. Il m'a emmenée dans la cuisine pour m'annoncer : « Hémorragie interne. Vous devez le laisser partir à présent. »

Devant la mort, l'espoir se moque de la raison et du savoir, et se raccroche au ciel. Je me suis raccrochée à la foi de Ludmila, voulant croire à cette vie réconfortante après la mort.

Le Dr Kovaliov lui a injecté un puissant analgésique, et j'ai tenu la petite main décharnée de Mykola dans la mienne quand il a rendu son dernier soupir.

Je n'ai pas pleuré. J'ai maintenu sa mâchoire avec un bandage avant que la rigidité cadavérique déforme son visage. Nous l'avons lavé et habillé. J'avais sorti les vêtements qu'il préférait avant sa maladie. Ils étaient beaucoup trop grands à présent, et Marianna a replié l'excédent de tissu derrière son dos et l'a cousu. Deux jours plus tard, nous l'avons enterré à côté de son grand-père.

Sans la responsabilité que j'avais envers toi, je n'aurais jamais survécu à cette épreuve. Pendant des semaines, j'ai accompli mécaniquement les tâches du quotidien. Du matin au soir, une seule formule guidait mes actes : « Tu dois ! » Tu dois te lever. Tu dois habiller Katerina. Tu dois aller au travail.

C'est le temps qui a instauré de la distance. Chaque jour gagné sur l'adversité, chaque nouvelle semaine a mis un peu de distance et créé ce cocon dans ma poitrine. Une toile très fine s'est tissée, couche après couche, autour de mes souvenirs, et c'est là que je garde précieusement Mykola.

C'est à toi que je dois d'avoir retrouvé le chemin de la vie. Sans ta confiance enfantine absolue, je n'y serais pas arrivée.

Il est midi ; elle jette un regard soucieux au-delà du jardin et de la clôture. Pourquoi Artemi ne vient-il pas ? Est-ce que Leonid Kyjan ne s'est toujours pas manifesté ? Elle balaie d'un geste brusque une mèche de cheveux qui lui barre le front. Elle ne devrait pas être aussi impatiente. Cependant, il y a cette fébrilité en elle. La veille, elle l'avait mise sur le compte du douloureux chapitre de la mort de Mykola. Mais, à présent, elle l'a écrit en son âme et conscience, et la fébrilité persiste et sape sa confiance. Et le revoilà, cet embryon de pensée qu'elle refoule, qui est tapi dans un coin de sa tête. Si elle ne revient pas…

34

Zyfflich, octobre 2010

Lessmann contempla en silence le papier couvert de caractères cyrilliques que tenait Olena.

— C'était à elle, dit-elle doucement. Katerina Chtchoukina.

Il sursauta en entendant le nom et songea : « Je ne veux pas le savoir. » En même temps, il eut honte de la lâcheté de sa réflexion et s'entendit demander :

— Qu'est-ce qu'il y a écrit dessus ?

— L'adresse de Vera Lessmann.

Il reconnut le code postal et se demanda pourquoi il ne l'avait pas remarqué quand il avait trouvé le papier. Mais, sur le moment, il s'inquiétait pour elle. Tania. Non, Olena, étendue sur le lit après s'être ouvert les veines.

Elle se tenait debout devant lui, en proie à une agitation extrême, bien qu'elle soit immobile.

— Quand nous avons reçu nos documents pour le voyage, nous sommes allées dans un café Internet et nous avons cherché le restaurant et l'hôtel où nous devions travailler. Katerina avait ce papier sur elle. Sur la carte, nous avons repéré que Zyfflich n'était pas loin de Düsseldorf. Elle m'a dit que ta femme Vera était venue à Troïchina avec un convoi d'aide humanitaire et qu'elle avait rendu visite à sa mère. À l'époque, Katerina avait six ou sept ans et elle était très fière de savoir déjà écrire. Elle a promis d'envoyer une lettre, mais ne l'a jamais fait. Elle a seulement gardé l'adresse pendant toutes ces années.

Olena croisa les bras devant sa poitrine comme pour se réchauffer et se racla la gorge.

— Après, nous avons été enfermées dans cette maison et on nous a tout pris, mais elle a réussi à cacher le papier. C'était une sorte de talisman pour elle. Un petit espoir. Puis il a été question qu'on nous envoie à Nimègue et… nous savions seulement que Zyfflich se trouvait à la frontière hollandaise.

La jeune fille fondit de nouveau en larmes.

— Quand on nous a emmenées, j'ai caché le papier dans l'ourlet de ma robe. Au moment du transfert, nous nous sommes enfuies, mais Bülent a rattrapé Katerina. Je ne savais pas que c'était l'adresse de Vera Lessmann. Je savais juste que c'était la bonne rue.

Elle se tut. Une poule sortit en caquetant de la grange, deux merles se chamaillèrent dans les pommiers, tandis que retentissaient au loin les cloches de l'église du village.

Elle attendit. Elle avait répondu à sa question, elle avait expliqué pourquoi elle avait débarqué dans cette ferme. À présent, elle voulait savoir ce qui s'était passé à Nimègue au cours des derniers mois. Lessmann ne savait par où commencer ; il avait du mal à se retrouver dans la chronologie des événements.

Il finit par avouer :

— Je l'ai retrouvée en mai.

Il entendit Olena s'étrangler. Aussitôt, les trois mois précédant la mort de Marina se désintégrèrent en cette succession de week-ends où il avait été la voir et où il avait voulu se persuader qu'il faisait ce qu'il fallait. Il faillit dire que c'était Marina qui l'avait voulu ainsi. Mais il eut honte de cette excuse facile et la garda pour lui.

Au lieu de cela, il murmura :

— Je voulais te protéger.

C'était la vérité. Une partie de la vérité.

Olena s'était remise à pleurer.

— Moi ? cria-t-elle, incrédule. Tu voulais me protéger ? Mais de quoi ?

Il aurait pu dire : « De ce monde de la nuit, de cette vie dans laquelle moi-même je me perdais, qui sapait ma propre image de moi et me faisait honte. »

Il écarta cette idée, et ses soixante-dix années d'existence disparurent sous les huit derniers mois.

Pourquoi n'avait-il pas averti la police quand il avait retrouvé Marina ? Son regard se porta au-delà du jardin et du verger, jusqu'au terrain en friche. La réponse se trouvait-elle là ?

Peut-être.

Peut-être que Mario Swoboda était une des raisons, mais il n'y avait pas réfléchi. Ce qu'il avait pensé, c'est qu'Olena pourrait s'en aller. Qu'il resterait seul, à remplir ses journées de gestes qui ne servaient qu'à tenir jusqu'au soir. Comme ça avait été le cas après la mort de Vera. Pendant des mois, il ne s'était levé le matin que parce qu'il devait s'occuper des animaux. Il avait fallu des années pour que les journées ne soient plus douloureuses et que la solitude fasse partie de sa vie.

Tandis qu'il se faisait cet aveu en son for intérieur, il entendit Olena lui demander :

— À cause de ça ?

Il leva les yeux sur elle. Elle avait suivi son regard.

— Swoboda ? Tu l'as laissée mourir parce que tu t'es dit que j'allais parler de Swoboda ?

Ses mots l'atteignirent comme un coup de poing en pleine figure.

Il avait tu Marina. Et il l'avait tuée.

Olena tourna les talons et rentra dans la maison.

Il resta encore quelques minutes sans bouger, avant de la suivre. Il monta lentement à l'étage. Elle était dans sa chambre et enfilait la grosse veste en lainage bleu qu'ils avaient achetée quelques jours auparavant à Essen.

— Où vas-tu ? demanda-t-il d'un ton las.

— Je ne sais pas comment Katerina est morte. Comment veux-tu que je sache si ce n'est pas toi qui l'as tuée ? rétorqua-t-elle brutalement.

Il chancela et se retint à la rampe de l'escalier. Puis il sentit la colère monter. Elle prit le sac et tenta de passer devant lui.

— Ne redis plus jamais ça, lui lança-t-il d'une voix vibrante en l'attrapant par le bras.

Elle se dégagea brusquement, perdit l'équilibre et bascula.

Un cri bref et un fracas sourd. Elle se retrouva allongée au pied de l'escalier. Il se fit un silence de mort. Des vêtements, une trousse de toilette et des chaussures tombés du sac jonchaient les marches. Il descendit très lentement et s'agenouilla à côté d'elle.

— Olena ?

35

Düsseldorf, octobre 2010

Vers 15 h 30, le fax se mit à ronronner et à cracher les avis de visas de l'ambassade d'Allemagne. Il n'y en avait que huit. Sur la dernière feuille, une mention précisait que l'on n'avait malheureusement pas pu finir, mais que le reste leur parviendrait le lendemain.

Les documents étaient décevants. Ils portaient différentes signatures, mais jamais celle de Blasch.

— Ça aurait été trop beau ! commenta Steigerer, frustré, en jetant les fax sur son bureau.

Leonid les prit et se mit devant la fenêtre pour les examiner de nouveau. Il les relut ligne à ligne, déchiffra même les tampons mot à mot.

Ils avaient espéré que les formulaires permettraient une avancée décisive, et l'abattement était général.

Soudain Leonid brisa le silence :

— Les avis de visa ont tous un tampon « À présenter de nouveau ». Qu'est-ce que ça signifie ?

Pendant un instant, on aurait pu entendre une mouche voler, puis l'agitation s'empara de l'open space. Steigerer regarda sa montre : 4 heures moins 5. Il attrapa son téléphone et il eut de la chance : la jeune femme du matin était encore là.

— Demain, vous recevrez le reste des avis. Nous n'avons pas pu…

Steigerer l'interrompit :

— Non, non, c'est bon. J'ai une autre question. Dans quel cas apposez-vous le tampon « À présenter de nouveau » sur un avis de visa ?

Puis il appuya sur la touche haut-parleur.

Manifestement soulagée de ne pas avoir encore à se justifier, elle expliqua :

— Quand les renseignements ne sont pas clairs et qu'un complément d'examen est requis.

— D'accord, répondit Steigerer, mais comment ça se passe ?

Ils entendirent la femme réprimer un soupir d'agacement.

— Eh bien, quand les renseignements contenus dans les documents fournis posent des problèmes de vérification, on appose le tampon « À présenter de nouveau » et on transmet le dossier à un collègue qui se charge d'éclaircir la question. Ensuite, le document revient avec la mention « Réglé » ou « N'a pu être réglé » au responsable du dossier, qui accepte ou refuse alors de délivrer le visa.

Steigerer remercia et demanda d'un ton aussi neutre que possible :

— Afin que je n'aie pas à vous déranger une fois de plus, est-ce que ça vous ennuierait de me communiquer le nom et la ligne directe du collègue qui s'occupe de ces cas ?

— C'est M. Blasch qui les traite chez nous, mais il ne sera joignable que la semaine prochaine.

— Il est en congé ? s'enquit aimablement Steigerer.

— Non, il est en déplacement professionnel en Allemagne.

Dès que Steigerer eut raccroché, Thomas s'exclama :

— Ça y est, on le tient !

Steigerer les gratifia de son sourire de travers.

— Ça, c'est du sacré bon boulot ! lança-t-il à Leonid, avant de s'adresser à tous : Maintenant, il faut faire vite. Si Blasch ne sait pas encore que nous avons les avis, il ne va pas tarder à l'apprendre. Nous devons coincer le gars avant qu'il quitte l'Allemagne.

Il se leva et se dirigea vers la porte.

— Je m'occupe de l'autorisation d'accès aux comptes, et toi, Thomas, tu creuses. Je veux tout sur Blasch, ses contacts, ses épouses, ses loisirs, tout ! Nous savons qu'il est allé chercher Adriana Mazur à l'université, qu'il a vérifié les avis, délivré les visas et qu'il connaît Bergermann. Puis, se tournant vers un autre collègue : Arrange-toi pour découvrir où Blasch se trouve à l'heure qu'il est !

Steigerer parti, Leonid resta planté devant la fenêtre. Incapable de passer à autre chose dans l'immédiat, il laissait ses pensées vagabonder. Igor devait encore le croire en détention provisoire, soupçonné de meurtre, et se faisait sûrement du souci. Par ailleurs, il mourait d'envie de savoir qui avait informé Igor de la mort d'Adriana Mazur. Lui envoyer un mail à son adresse à la milice était trop risqué. Et en privé, Igor n'utilisait que son téléphone portable, mais Leonid ne connaissait pas le numéro par cœur.

Il jeta un coup d'œil au parking, déserté par la plupart des voitures, à cette heure. Il tenta encore de trouver une formulation pour annoncer la mort de Katerina par SMS, mais n'y parvint pas. Il avait beau multiplier les « malheureusement » et les « je suis désolé », le message sonnait toujours aussi brutalement, sans empathie. Artemi lui avait paru sympathique : peut-être saurait-il trouver les mots qu'il fallait avec Valentina Chtchoukina ?

Le pare-brise d'une Audi gris métallisé renvoyait un rayon du soleil couchant qui l'aveuglait. Derrière son dos, il entendait le bruit des conversations et du téléphone, et le cliquetis des doigts sur les claviers.

Steigerer revint avec l'autorisation de contrôle des comptes et, tandis que Thomas se mettait au travail, Leonid s'approcha de lui :

— Il faut que je prenne contact avec Igor. Est-ce que ça vous ennuierait d'appeler Kiev et de demander à lui parler ? Juste au cas où ce serait quelqu'un d'autre qui décrocherait. Ils sont certainement encore persuadés que je suis en détention.

Après un temps de réflexion, Steigerer déclara :

— Le mail que cet Igor vous a écrit prouve qu'il possédait des informations…

Leonid l'interrompit et insista :

— C'est bien pour ça que je dois savoir de qui il les tenait.

— Vous avez envisagé que ça puisse être lui, le ripou ?

Depuis le mail, Leonid avait tourné et retourné la question dans sa tête, et il était toujours arrivé à la même conclusion. Il secoua la tête, catégorique.

— Je considère que c'est exclu !

Steigerer donna son feu vert, mais en voyant l'heure, ils décidèrent de remettre l'appel au lendemain pour être sûrs de joindre Igor.

Thomas réunit ensuite les collègues pour leur présenter les premiers résultats de l'épluchage des comptes.

— Blasch est employé d'ambassade, et il déclare un revenu annuel de 60 000 euros environ. À première vue, tout semble en règle. Des retraits d'espèces ou des paiements par carte de crédit n'apparaissent pas sur ce compte. En net, il tombe à peu près 3 600 euros par mois sur son compte. Dont partent un peu plus de 1 000 euros de pension alimentaire à sa première femme, 1 200 euros de loyer et frais annexes à Kiev, ainsi que 580 euros pour l'internat de son fils du premier mariage et encore 380 euros pour diverses assurances. Le reste est viré automatiquement chaque mois sur un compte de dépôt.

Thomas balaya l'assemblée du regard.

— Reste à savoir de quoi il vit.

— Sa femme ? demanda Leonid. Combien gagne-t-elle ?

— Justement, si l'on en croit la déclaration de revenus, elle n'en a pas, répondit Thomas du tac au tac.

Il tapa sur son clavier, et la photo d'une femme d'une trentaine d'années apparut à l'écran.

— Oksana Blasch, née en 1978, travaillait comme esthéticienne jusqu'à son mariage. À présent femme au foyer. Mais… – il marqua une pause rhétorique – les relevés de comptes d'Adriana Mazur enregistrent chaque mois des virements variant de mille à deux mille euros en provenance de Kiev. Et devinez qui détient le compte qui effectue les virements ? Une certaine Oksana Blasch.

Steigerer se leva.

— Parfait, c'est mieux qu'un premier soupçon ! Est-ce que nous savons à présent où se trouve Konrad Blasch ?

La réponse fusa, triomphale :

— À Bonn. Il participe à un congrès.

— Il n'est sûrement pas là juste pour le congrès, lâcha Steigerer avec un ricanement. Faites-le amener !

L'opération se révéla plus difficile que prévu. Blasch n'était pas à son hôtel. Un congressiste expliqua aux policiers sur place qu'il était allé voir son fils et qu'il serait de retour le lendemain matin.

Il était plus de 20 heures. Deux des collègues étaient déjà partis, et, quand Thomas prit congé, Simone Wegener attrapa son sac et demanda à Leonid :

— Je vous redépose dans la Friedlandstrasse ?

Il se souvint alors qu'il n'avait pas de logement pour la nuit. C'était une situation désagréable, et il songea un instant à accepter et à chercher ensuite un hébergement. Il opta cependant pour la vérité.

— Non, je ne peux plus y loger. Mais vous connaissez peut-être une pension bon marché ?

Steigerer intervint :

— Je vais aller manger un morceau et je reviens ici, après. Les collègues de Nimègue doivent nous contacter à l'issue de la perquisition de l'appartement pour nous donner les premiers résultats. Je veux les attendre. Si vous n'êtes pas trop pressé, vous pouvez venir chez moi. Ce ne sont pas les lits qui manquent !

Leonid accepta aussitôt, et ils se rendirent à pied dans un restaurant chinois. Ils marchaient d'un bon pas, dans la fraîcheur du soir, chacun perdu dans ses pensées. Même s'ils ne se connaissaient que depuis deux jours, ce n'était pas le style de silence gêné qui s'installe quand on ne sait pas quoi se dire, plutôt la marque d'une sorte de respect et de confiance mutuels.

Pendant le dîner, la conversation tourna d'abord autour de Bergermann et Blasch : ils firent le point sur les informations qu'ils possédaient. Leonid décrivit plus en détail la nature de son travail au sein du Groupe IV. Cette fois, il ne fit pas mystère de la méfiance qui régnait entre eux et de ses soupçons à l'encontre d'Anatoli Parov et d'Anna Baïdakova. En reconstituant la chronologie des événements, il arrivait à la conclusion qu'Anna Baïdakova avait été dépassée par l'ampleur de sa tâche à la tête de la cellule. Elle avait tenté de garder la mainmise en toutes circonstances, afin que son incompétence n'apparaisse pas au grand jour. Il confia à Steigerer :

— Je me trompe peut-être, mais je crois qu'Anna Baïdakova n'a pas les nerfs assez solides pour jouer sur les deux tableaux.

Vers 22 heures, ils retournèrent au commissariat. Steigerer s'absenta brièvement et revint avec deux expressos. La discussion ayant dérivé vers la sphère privée, Leonid l'interrogea sur sa cicatrice.

Steigerer se passa la main sur la joue gauche et dit :

— Noël 1996. Querelle familiale sous le sapin de Noël. À l'époque, j'étais commissaire à Dortmund et, comme les hommes de la patrouille étaient débordés, j'y suis allé avec un collègue. Quand nous sommes arrivés, tout était calme. L'homme a ouvert et nous a aussitôt fait entrer. Dans le couloir, il m'a agressé avec un couteau.

Il repassa la main sur sa joue.

— Ce petit souvenir me rend parfois service dans les interrogatoires. Avec ce genre de cicatrice, les gens ne supposent pas que vous puissiez être une victime. Ils vous prennent plutôt pour un bagarreur et un dur à cuire. Il m'a fallu du temps pour le comprendre, conclut-il avec son sourire de travers.

Ce fut alors que l'affichage de l'ordinateur se modifia, et un tout jeune collègue néerlandais apparut à l'écran. Steigerer et lui avaient l'air de se connaître car ils se tutoyèrent. La perquisition à Nimègue avait été un succès. Dans un appartement, ils avaient mis la main sur trois clients, deux proxénètes et cinq jeunes filles. Quatre d'entre elles étaient visiblement originaires d'Europe de l'Est. Olena, dont Simone Wegener avait envoyé la photo, ne faisait pas partie du groupe. La communication avec les jeunes filles était compliquée, mais elles avaient identifié Katerina Chtchoukina sur une photo comme étant Marina. On n'était pas sûr d'avoir bien compris, cependant, d'après l'une d'elles, Marina avait été revendue.

— Nous espérons avoir un interprète demain, déclara le collègue néerlandais, mais je ne suis pas très confiant. Les filles ont peur, et même la perspective de rentrer chez elles ne semble pas les rassurer.

Il était près de minuit quand la conversation s'acheva. Steigerer demanda à Leonid :

— Que deviennent ces filles une fois de retour à la maison ?

Leonid secoua la tête.

— Elles n'ont pas d'avenir, et elles le savent. Elles sont une honte pour leur famille, qu'elles se soient prostituées volontairement ou qu'elles y aient été contraintes. Peu importe. Elles sont rejetées ou ne supportent pas les humiliations qu'on leur inflige et s'en vont. Généralement, elles finissent de nouveau sur le trottoir.

Il poursuivit ses explications pendant le trajet en voiture pour se rendre chez Steigerer :

— Beaucoup d'entre elles sont des Tchernobylzy. C'est ainsi qu'on appelle celles qui ont vécu dans la zone d'exclusion ou celles dont les parents s'y trouvaient à l'époque de la catastrophe. On ne se marie pas avec une Tchernobylza : on ne peut pas avoir d'enfants sains avec elle. C'est une règle implicite. Ces filles n'ont quasiment aucune chance de fonder une famille. Elles basculent souvent dans l'illégalité, dans l'espoir d'avoir un bon travail, peut-être même de se marier avec un homme qui ne connaîtrait pas leur origine. Mais l'histoire se termine presque toujours de la même façon.

Ils passèrent devant une station-service, et Leonid, gêné d'arriver les mains vides, dit :

— Peut-être… j'aimerais bien acheter des fleurs pour votre épouse quelque part.

— C'est très aimable à vous, répondit Steigerer, mais ma femme n'est pas là. Elle est chez notre fille à Fribourg.

La maison des Steigerer était effectivement très spacieuse. Elle était située en périphérie de la ville, et comme chez Andreï, elle possédait une cuisine américaine avec une sorte de bar qui la séparait du salon-salle à manger. Sauf que, chez eux, la surface de la pièce était multipliée par trois. Leonid songea à son appartement d'une pièce et au fait que, dans son pays, il faisait partie des privilégiés parce qu'il l'occupait seul.

Ils burent encore un whisky et allèrent se coucher. Leonid pensa à Olena. Il ne l'avait pas trouvée, mais peut-être apprendrait-il quelque chose auprès des autres filles de Nimègue. Il s'endormit en songeant à Valentina et à Artemi, à qui il n'avait toujours pas envoyé de message.

36

Zone d'exclusion, octobre 2010

Elle n'a pratiquement pas fermé l'œil de la nuit. Les hurlements des loups n'avaient cessé de se rapprocher, et vers trois heures du matin, les bêtes n'étaient pas loin de la clôture.

Kisa avait sauté de son fauteuil et s'était mise à tourner en rond dans la pièce. Autant pour la chatte que pour elle-même, elle avait murmuré : « Ne t'inquiète pas, Kisa ! Ils trouvent suffisamment de proies à l'extérieur. Ils ne s'intéressent pas à nous. »

Le ciel matinal est couvert, et le soleil levant peint des bandes de feu entre les nuages. La pie est de retour. Elle pousse son « tcha-ka tcha-ka » en direction de Kisa, qui s'avance vers l'arbre en s'aplatissant, prête à bondir.

Le crayon ne mesure plus que trois centimètres à peine et le cahier est presque plein, cependant elle doit encore parler des jours de mai 1998.

Tu étais capable de t'occuper seule pendant des heures, et il émanait de toi une satisfaction tranquille qui me rendait parfois honteuse. Simplement, l'effort physique te fatiguait vite. « Son cœur n'est pas des plus costauds, disait le médecin. Mais il est sain et il se renforcera avec les années. » Tu étais tellement curieuse de tout ! Comme tu avais envie d'apprendre ! À six ans, tu savais lire et écrire. J'étais si fière ! À l'époque, je me suis promis de tout faire pour que tu puisses aller à l'université.

En mai 1998, l'une des bénévoles de l'Organisation Semljaki[1] *m'a appelée à la clinique. Un convoi humanitaire était arrivé d'Allemagne avec des médicaments et du matériel médical. Une partie était destinée à notre polyclinique, et elle me dit : « Une femme du groupe aimerait te rencontrer. » Je ne pensais pas que c'était pour moi à titre personnel. Je croyais qu'elle voulait s'informer auprès d'une infirmière sur notre travail à la clinique.*

Elle devait venir à la maison, et j'étais tout excitée. Après mon service du matin, je suis partie faire des courses et j'ai acheté pour une petite fortune d'œufs et de crème. Je me suis procuré du sucre chez Ludmila, j'ai ouvert le dernier bocal de pêches au sirop du jardin de Marianna et j'ai fait un gâteau.

Elle a sonné à la porte vers quatre heures, accompagnée d'un jeune homme. Oleksandr était de Kiev et il devait nous servir d'interprète. La femme avait l'air extrêmement nerveuse. Elle s'est présentée : elle s'appelait Vera Lessmann. Rétrospectivement, je pense

1. Terme russe pour « compatriotes ».

que dès que nous nous sommes vues, j'ai su pourquoi elle venait. Mais je peux me tromper.

Elle avait apporté des cadeaux. Un album de coloriage et une boîte de vingt-quatre crayons de couleur pour toi et une magnifique et grande écharpe en lainage dans un camaïeu de bleu pour moi. Elle m'a effectivement posé des questions sur mon travail à la clinique. Peut-être est-ce sa fébrilité qui a éveillé mes soupçons. Je croyais sentir à l'intonation de sa voix qu'elle avait autre chose en tête.

Puis elle a sorti une chemise en carton de son sac, et Oleksandr a traduit : « Mais la raison pour laquelle je suis réellement venue... »

Elle a étalé des documents sur la table. J'ai vu les caractères étrangers sur les papiers, j'ai entendu le son de sa langue et je n'ai pas eu besoin de traduction pour savoir de quoi elle parlait.

Elle avait été adoptée en 1946, mais elle l'avait appris seulement huit ans auparavant, sur le lit de mort de sa mère. Depuis, elle avait fait des recherches pour découvrir ses origines.

Oleksandr poursuivait sa traduction d'une voix neutre : « Je sais que je suis née à Waltrop dans un camp dans lequel il y avait une baraque d'accouchement pour les travailleuses de l'Est. Mon acte de naissance est faux : il prétend que je suis née le 2 mars 1945. Dans les archives, j'ai pu consulter les documents du camp et, d'après eux, aucun enfant n'est né ce jour-là. En revanche, pendant cette première semaine de mars, deux jeunes femmes ont accouché. L'une d'elles, Anna Maszynska, était polonaise et âgée de dix-neuf ans, l'autre avait dix-sept ans, elle s'appelait Anastassia Sokolova et venait d'Ukraine. Il s'agit bien de votre mère ? »

J'étais incapable d'avoir les idées claires, et je ne parvenais qu'à la regarder sans comprendre. Les cheveux ondulés, parsemés de nombreux fils d'argent, l'arc élevé de ses sourcils et même la façon dont elle repoussait les mèches de son visage. Je le savais. Je crois que, à cet instant, j'étais prête à lui parler du papier que j'avais trouvé derrière la photo. Mais peut-être ai-je reconstruit ce souvenir après coup ?

Elle a continué de parler, et ce qu'Oleksandr traduisait était monstrueux.

« J'ai réussi à retrouver Anna Maszynska, il y a quelques années. Elle était repartie avec sa fille. Anastassia Sokolova a d'abord travaillé chez un paysan, puis elle a été transférée dans un bordel de travailleuses de l'Est, à Marl. C'et là qu'elle est tombée enceinte. Je présume que c'est pour ça qu'elle n'a pas voulu de moi et qu'elle m'a abandonnée. »

Mensonge. Mensonge. Mensonge. Je n'avais que ce seul mot en tête. Baba avait travaillé dans une usine. C'est ce qu'elle avait raconté.

« Valentina Maksimovna ? » Le jeune homme m'a touché le bras. « Vous avez entendu ? Mme Lessmann a demandé si elle peut voir des photos de votre mère. »

Je ne lui ai pas montré la photo de mariage, la seule photo de ta Baba. « Il n'existe pas de photos, ai-je dit. Elles sont toutes restées dans la zone d'exclusion. » Les autres phrases se sont enchaînées automatiquement.

« Sokolova est un nom courant. Ma mère n'est jamais allée en Allemagne. Pendant la guerre, elle vivait à Ritchytsia. »

Je l'ai vue se raidir pour refouler ses larmes et tenter de cacher sa déception. Plusieurs fois, elle m'a redemandé si j'étais sûre. Elle a cité le nom du village dont Baba était originaire, qu'elle avait retrouvé sur une liste de déportation, mais j'ai tout nié en bloc, sans pouvoir penser autre chose que : ma mère n'était pas une prostituée.

Elle laisse tomber le crayon, prise d'une nausée incontrôlable. Elle se précipite dans le jardin, essaie de respirer à fond et vomit. Elle va chercher la bêche dans la remise, afin d'enterrer ça. À l'époque, elle avait menti à cette femme, les yeux dans les yeux. Et en mentant, elle était redevenue la petite fille sentant le regard de sa mère qui la traversait et cherchait une autre derrière elle. Elle avait trente-huit ans, pourtant cette douleur enfantine l'avait complètement submergée, cet après-midi-là.

Elle s'appuie sur la bêche et tremble. Elle tremble parce qu'il fait froid, mais aussi parce qu'elle s'avoue pour la première fois que, pour elle, il ne s'agissait pas seulement de protéger sa mère contre cette accusation diffamatoire. Ses dénégations avaient quelque chose de méchant. Elle avait ressenti une certaine satisfaction à voir la déception se peindre sur le visage de Vera Lessmann. Cette femme incarnait le mensonge qui s'était dressé entre sa mère et elle durant toutes ces années, et, pendant un court instant absurde, elle l'avait rendue responsable de tous les malheurs de sa vie.

Les nuages se sont amoncelés au cours des dernières heures. Ils écrasent le pays d'une chape grise, et l'étroite bande qui subsiste entre ciel et terre est saturée d'un silence tendu et de l'odeur de la pluie. Elle range la bêche dans la remise et reçoit les premières grosses gouttes juste avant de rentrer dans la maison. Puis plus rien ne les arrête, et des cataractes s'abattent d'en haut. Les chiffons avec lesquels elle a comblé les interstices des fenêtres se gorgent d'eau, des ruisseaux courent sous la porte. Armée de deux torchons et d'une bassine, elle lutte pendant près d'une heure contre l'envahisseur. Puis l'averse se calme. Déjà, elle croit sentir l'humidité accumulée dans les murs.

Elle se relève péniblement et constate qu'elle avait repoussé le cahier contre la fenêtre et qu'une flaque s'est formée à cet endroit. Le papier du quart supérieur s'est imbibé, il est déjà gondolé. Elle réprime ses larmes. Deux heures durant, elle tient le cahier à la verticale devant le poêle, tournant les pages l'une après l'autre jusqu'à ce qu'elles soient toutes sèches. Le papier reste gondolé et les lettres sont légèrement délavées, mais elles sont lisibles.

Vers le soir, elle peut enfin s'installer à la table.

Vera Lessmann était encore là lorsque tu es rentrée de l'école, et tu l'as bombardée de questions sur elle, sur son pays. Tu as tenu à avoir son adresse pour lui écrire en Allemagne. Ça m'a fait peur. Je voulais que cette femme disparaisse de notre existence, mais je n'ai rien dit.

Je ne sais plus si c'est toi ou Oleksandr qui a noté l'adresse, mais je me souviens de t'avoir expliqué, le lendemain, que ça ne marcherait pas, cette histoire de lettre : « Elle n'arrivera pas. Ils ont une autre écriture, en Allemagne, et les facteurs ne savent pas lire le cyrillique. »

Tu ne lui as pas écrit, tu l'as oubliée, et moi non plus je n'ai plus pensé à elle pendant un an.

C'est alors que nous avons reçu ce courrier de l'école te proposant de participer à un voyage d'agrément en Allemagne.

Je ne voulais pas te laisser partir. Ce pays m'inspirait une crainte diffuse, une crainte diffuse de te perdre. Tu as pleuré et, pendant des jours, tu ne m'as pas parlé. Ton enseignante est venue me voir pour tenter de me convaincre. C'était le quatrième voyage de ce genre qu'elle organisait, et elle affirmait que tous les enfants revenaient reposés et en pleine forme, et que c'était une chance, précisément pour toi, avec ta constitution fragile. Elle avait amené avec elle une étudiante qui devait vous accompagner et, quand la jeune femme a dit « Valentina Maksimovna, je me porte garante que Katerina reviendra saine et sauve et en bonne santé », j'ai donné mon accord.

Le pire, ça a été la séparation à la gare de Kiev. Toutes ces images ! Je revoyais Glev monter dans le wagon. Je me revoyais, des semaines après, attendre en vain son retour. J'entendais Baba nous parler des convois de déportation vers l'Allemagne. Quand le train s'est ébranlé et que ta petite main s'agitant au loin a disparu, j'ai vu Vera Lessmann en train de t'attendre dans cette contrée étrangère. À la maison, j'ai fouillé dans ta chambre et je ne me suis calmée qu'après avoir retrouvé le papier avec l'adresse.

Tu m'as envoyé quatre lettres : tu adorais ce pays. Les promenades au zoo, les glaces, la piscine, les aires de jeux et les fêtes. Mais tu me confiais aussi ton mal du pays et que je te manquais. Bien sûr, je me suis réjouie de toutes ces belles expériences que tu vivais, mais la bonne nouvelle pour moi – à l'époque déjà j'avais honte –, c'était de savoir que je te manquais et ton pays aussi.

Le jour de ton retour, bien qu'on m'ait informée que le train arriverait vers midi et qu'on vous raccompagnerait tous à la maison, je me suis précipitée de bon matin à la gare de Kiev. J'ai couru dans les halls, j'ai étudié les panneaux d'affichage avec cette peur au fond de moi. La peur de voir le train arriver et que tu n'en descendes pas. Puis il a été annoncé sur un panneau, mais avec une heure de retard. J'ai poussé un hurlement. Tout le monde s'est retourné. Je sais que c'était ridicule, mais ce retard me semblait de mauvais augure.

Le souvenir de Glev et de mon attente désespérée ne me quittait pas. Enfin, le train est entré en gare. Une foule compacte de gens s'est déversée sur le quai. Et toi au milieu. Tu t'es ruée vers moi, avec de grands gestes et un sourire radieux aux lèvres, et je suis incapable de te décrire ce moment de soulagement. J'étais la plus heureuse du monde. Tu avais grossi, ta peau était bronzée et tu rayonnais. « Mais, maman, tu m'as dit, ils nous ramènent en bus à la maison. » Et ma peur m'a paru puérile.

Puis tu m'as présenté Olena, qui logeait dans la même famille que toi. « Mon amie, as-tu précisé avec fierté. Nous voulons devenir interprètes, toutes les deux. »

Dans le jardin, l'eau de pluie s'est infiltrée dans le sol, mais de larges flaques subsistent dans les petites allées entre les plates-bandes. Elle met une bûche dans le poêle. Ça ne suffira pas. La réserve de bois dans la remise ne suffira pas. Kisa pousse un miaulement de reproche.

« C'est bon. Quand ce sera sec, demain, j'irai en ramasser. »

Ce n'est pas le petit bois qui manque dans l'espèce de jungle autour de chez elle. Mais il faut le rapporter à la maison dans un panier. Après ça, elle a mal au dos pendant des jours.

En Allemagne, ils avaient donné ce médicament à Katerina. « Un tonicardiaque », avait dit l'enseignante. Et Katerina était effectivement devenue plus vigoureuse et pleine de vitalité. Les réserves avaient duré six mois. Pendant plus de deux ans, la famille d'accueil a envoyé des livres et des supports pédagogiques, puis les parents se sont séparés et le contact s'est rompu.

À son retour, Katerina avait vécu pendant des semaines dans la nostalgie des vacances enchantées en Allemagne, ce qui agaçait parfois Valentina. Elle avait le sentiment de ne pas être à la hauteur, et l'enthousiasme de sa fille semblait le lui rappeler à chaque instant.

« Je ne veux plus entendre ça ! » s'était-elle emportée, un jour. Alors, Katerina s'était assise sur ses genoux et lui avait murmuré : « Maman, c'était merveilleux là-bas, mais tu m'as tellement manqué ! Je n'y retournerai pas sans toi. »

Pourtant, dix ans plus tard, c'est exactement ce qu'elle avait fait.

37

Zyfflich, octobre 2010

Lessmann se pencha sur elle :

— Olena !

Il lui tapota les joues :

— Olena, je t'en prie, réveille-toi !

Il lui palpa le cou pour chercher son pouls.

Une ambulance. Il fallait qu'il appelle une ambulance.

Il la souleva avec précaution et grimpa l'escalier en la portant dans ses bras.

Un médecin. Elle avait besoin d'un médecin.

Il l'allongea sur le lit et lui dégagea les cheveux du visage. Elle avait une large plaie sur le front.

Il palpa prudemment son corps. Quand il appuya sur la dernière côte, elle poussa un gémissement et ouvrit les yeux.

— Ça va aller, se hâta-t-il de dire, il faut juste que tu restes sans bouger, et tout va s'arranger.

Il examina les écorchures sur ses bras et constata que son pied gauche était enflé.

— Une plaie, une côte cassée et une entorse au pied. Rien de grave, dit-il, et, comme pour se rassurer lui-même, il répétait sans cesse : Ça va se réparer. Rien de grave.

Il descendit précipitamment, alla chercher la trousse de secours dans la voiture, enveloppa des glaçons dans un torchon et remonta les marches quatre à quatre, en slalomant entre les vêtements et les chaussures. Il entoura sa cheville enflée avec le torchon plein de glaçons, désinfecta délicatement sa blessure au visage, qu'il couvrit de gaze. Elle n'avait toujours pas dit un mot, ouvrant les yeux de temps à autre et lui jetant un regard las.

Elle garderait une cicatrice au front, mais tout pouvait guérir. Peut-être un traumatisme crânien. Ça se manifesterait plus tard. Ça pouvait être dangereux.

Quand il se leva et se posta devant la fenêtre, il eut l'impression de se réveiller.

Tout lui semblait soudain si familier. Tout semblait se répéter. Même la peur qu'il avait éprouvée au cours de la dernière demi-heure était la même. C'était exactement comme ça que tout avait commencé. C'était exactement l'erreur qu'il avait commise il y a huit mois. À ce moment-là, elle était allongée dans sa salle de bains, et il n'avait pas appelé d'ambulance. Parce qu'il ne savait pas comment expliquer.

Et à présent ? Pourquoi… ?

Il se tourna vers elle. Elle reposait sur le lit, les paupières closes, et il entendit de nouveau ses mots accusateurs : « Comment puis-je savoir que tu ne l'as pas tuée ? » Cette fois-ci, il ne ressentit aucune colère.

— Olena, dit-il doucement.

Elle ouvrit les paupières.

— Olena, je ne l'ai pas tuée.

Elle hocha la tête imperceptiblement.

— Je sais, murmura-t-elle.

« Et pourtant c'est moi qui l'ai tuée », songea-t-il, mais il ne prononça pas les paroles.

Il descendit dans l'entrée et composa le numéro des secours.

— Une ambulance ! demanda-t-il. Elle est tombée dans l'escalier.

Il indiqua son adresse et répondit à leurs questions sur l'état d'Olena.

Puis il ramassa les habits, les chaussures et la trousse de toilette dans l'escalier, alla chercher un sac de voyage dans sa chambre et rangea ses affaires dedans.

Elle l'observait. Il ouvrit son armoire, prit les deux pyjamas de la jeune fille et les ajouta, remarqua que l'œil sous la plaie devenait jaune peu à peu, et lui dit :

— L'ambulance va arriver.

Son regard s'éveilla.

— Qu'est-ce que je dois dire ? demanda-t-elle.

Il referma la fermeture à glissière du sac.

— Je ne sais pas.

Il sortit, attendit devant la maison, cherchant à mettre de la distance avec Olena et les huit derniers mois. Il ignorait ce qui allait se passer ; la suite ne dépendait pas de lui, et il s'étonnait que cette pensée ne l'inquiète pas. Olena n'avait ni papiers ni assurance maladie, et l'hôpital informerait la police. Peut-être parlerait-elle de Swoboda, et il irait en prison. Au nom du peuple, elle le condamnerait.

Mais le « peuple » lui était égal. Il accepterait la peine. Non parce qu'il avait abattu Swoboda. Il avait vu les pieds de Marina… Non, il avait vu les pieds de Katerina et ne regrettait pas d'avoir tiré sur Swoboda. Il accepterait la peine parce qu'il avait abandonné Katerina à son sort.

Les ambulanciers descendirent Olena sur un étroit brancard et la portèrent dans le véhicule.

Lessmann voulut leur donner le sac, mais l'un des hommes objecta :

— Le mieux, c'est que vous nous suiviez.

Il secoua la tête.

— Je ne peux pas partir d'ici, dit-il en forçant l'homme à le prendre.

Il voulait tirer un trait sur tout ça, voulait qu'elle disparaisse de sa vie maintenant et pour toujours.

L'ambulance sortit de la cour et Kolia courut derrière elle jusqu'au portail. Lessmann le rappela, alla chercher un râteau dans la remise et commença à rassembler les feuilles mortes dans la cour. Mettre les choses en ordre pour la dernière fois. Le paysan d'à côté récupérerait le chien, les moutons et les poules.

38

Düsseldorf, octobre 2010

Vers 8 heures, Leonid et Steigerer étaient de nouveau au bureau. Steigerer ouvrit un mail du ministère public, qui avait reçu une demande de renseignements de la milice ukrainienne concernant l'homicide Mazur. Le message précisait : « Nous avons fait savoir que M. Leonid Kyjan n'était pas suspect dans cette affaire et que l'accusation de cambriolage était levée. »

— Dommage ! commenta Steigerer, en montrant le mail à Leonid. Mais il fallait s'attendre à une demande de renseignements de leur part.

Leonid hocha la tête.

— À vrai dire, ça rend les choses plus simples. À présent, je peux appeler directement Igor.

Il composa le numéro. Ce fut une femme inconnue qui décrocha. Il voulut parler à Igor, et elle lui répondit d'un ton raide :

— M. Charov ne travaille plus chez nous.

— Où travaille-t-il ?

— Je ne sais pas. Comme je vous l'ai dit, Igor Charov n'est plus dans la milice.

Leonid eut besoin de quelques secondes pour digérer l'information.

— Alors passez-moi Anna Baïdakova !

— Le commandant Baïdakova n'est plus là non plus. Elle a été mutée à Donetsk.

— Et Parov, qu'est-il arrivé à Anatoli Parov ?

— Le lieutenant Parov est encore dans la maison.

— Igor Charov, il a été suspendu ?

Cette fois, la réponse arriva après un temps d'hésitation :

— Charov est parti à sa propre demande.

— Pouvez-vous m'indiquer son numéro privé ?

Il l'entendit tourner des pages, puis elle lui donna un numéro de téléphone.

Quand Leonid raccrocha, il pensa à Igor et se rappela ce qu'il lui avait dit : « Je veux juste terminer mon temps dans la milice. Je mets de l'argent de côté pour m'offrir un bon télescope, puis je me retirerai dans ma datcha et j'observerai les étoiles. »

Comment pouvait-il se payer le luxe de démissionner ? Steigerer avait-il eu raison de se méfier de lui ?

Il appela le numéro privé, mais personne ne répondit.

Entre-temps, toute l'équipe était arrivée, et il y avait du nouveau. Blasch était en route pour Düsseldorf, sous escorte des collègues de Bonn. Ils récapitulèrent de nouveau les faits. Simone Wegener leur apprit qu'un interprète était aux côtés des policiers à Nimègue pour interroger les filles.

Leonid essaierait de joindre Igor plus tard.

Konrad Blasch attendait dans la salle d'interrogatoire, la tête haute, très droit dans son costume parfaitement coupé, et, quand Steigerer entra, il se plaignit et le menaça de conséquences graves.

— Asseyez-vous, monsieur Blasch ! commanda sèchement Steigerer.

Il se mit à compulser ses papiers avec une lenteur exagérée et commença par Adriana Mazur.

Blasch nia la connaître. Steigerer le confronta aux virements d'argent, et Leonid, derrière la glace sans tain, vit l'employé d'ambassade blêmir.

Sans l'affirmer explicitement, Steigerer laissa entendre qu'il le tenait pour le meurtrier d'Adriana Mazur.

— Vous êtes fou ? protesta Blasch en secouant énergiquement la tête. Quand voulez-vous que je l'aie fait ?

— Dans la nuit de mardi à mercredi, répondit Steigerer. Vous étiez déjà à Bonn.

— À Bonn, mais pas à Düsseldorf, s'insurgea Blasch, furieux.

Steigerer hocha la tête et constata aimablement :

— Vous voyez, il y a deux secondes, vous prétendiez ne pas connaître Adriana Mazur, et maintenant vous savez qu'elle a été tuée à Düsseldorf.

Il sortit les demandes de visas et les étala sur la table, qui disparut sous les formulaires.

— Ils n'y sont pas tous, affirma-t-il comme pour tranquilliser Blasch.

Celui-ci observa les papiers et répliqua d'un ton plus assuré :

— Des demandes de visas. Oui, et alors ?

Steigerer se pencha en avant :

— Eh bien, l'ambassade de Kiev m'a appris ce que signifiait ce petit tampon ici, ce discret « À présenter de nouveau ». Et c'est là que vous entrez en scène.

Il parla des restaurants et des hôtels censés avoir établi des contrats de travail, des fausses invitations émanant prétendument d'universités allemandes.

Blasch réclama un avocat, et Steigerer répondit :

— Avec plaisir. Vous expliquerez à votre avocat que vous êtes accusé de trafic d'êtres humains et de prostitution forcée dans trente cas, et ce n'est qu'un début, ainsi que de meurtre.

Jusque-là, Steigerer n'avait même pas prononcé le nom de Bergermann.

En attendant l'avocat, ils retournèrent dans le bureau, où Simone Wegener leur annonça les dernières nouvelles en provenance de Nimègue.

— Deux des filles ont identifié Katerina sous le nom de Marina. Elle a disparu à la mi-août, et on leur a dit qu'elle avait été revendue. Les filles ne se souviennent pas du jour exact, c'était sans doute au moment où son cadavre a été abandonné dans la forêt. Mais il y a autre chose d'intéressant. L'une d'elles avait fait la connaissance de Katerina et de son amie Olena avant, ici, en Allemagne. Elle l'appelait Tania.

Simone alla au mur d'affichage et détacha les photos de Mario Swoboda et Bülent Kelic.

— Elles étaient toutes les trois sous la protection de ces messieurs. Elle se rappelle qu'il y a eu un très gros problème quand elles ont été transférées en Hollande parce que Olena s'est enfuie pendant l'opération. Ça devait être début février, et il semblerait que Swoboda l'ait cherchée pendant des jours.

Un silence se fit. On n'entendait que Thomas taper sur son clavier.

— Au début du mois de février, Swoboda a disparu, et peu après Bülent a été retrouvé mort, déclara-t-il au bout d'un instant.

Puis, levant les yeux de son écran, il ajouta :

— Eh bien, comme les deux n'ont pas retrouvé la fille, Bergermann a donné le signal de la mise à mort.

— Dans le cas de Bülent, peut-être, objecta Steigerer, pensif, mais pour Swoboda, je ne suis pas si sûr. Les gens de Bergermann ne prennent pas la peine de faire disparaître un cadavre.

Il se tourna de nouveau vers Simone :

— Il faut qu'ils nous transmettent les dépositions au plus vite. Ça nous permettra d'obtenir l'autorisation de perquisitionner le club que dirigeait Swoboda.

— Ils le feront dans la journée, mais je n'ai pas fini, poursuivit la jeune femme. Cette fille a aussi déclaré que Katerina avait un client régulier qui venait d'Allemagne et qui ne la touchait pas. Elle prétendait qu'il était envoyé par Olena.

L'un des collègues se racla la gorge ostensiblement.

— Je veux bien, mais ça me paraît un peu tiré par les cheveux. N'oublions pas que la fille était droguée au dernier degré.

Un murmure approbateur parcourut la pièce.

— Olena a disparu depuis, intervint Leonid. Il n'est pas exclu qu'elle ait été recueillie par quelqu'un.

Steigerer hocha la tête :

— C'est vrai, mais ce qui m'inquiète, c'est que Swoboda s'est volatilisé au même moment. Et si nous en croyons le témoignage de la fille de Nimègue, il cherchait Olena.

Peu après, l'avocat de Blasch fit irruption dans le bureau et déclara que son client était prêt à faire une déposition.

39

Zone d'exclusion, octobre 2010

Valentina est assise sur son lit, le petit album avec les photos de Mykola et Katerina ouvert sur les genoux. Il n'y en a pas beaucoup. La plupart ont été prises par Marianna, qui lui en a fait cadeau. La dernière photo de Katerina, c'est Ludmila qui la lui a donnée. C'était à Pâques 2009. Elle est debout à côté d'Artemi ; elle porte sa robe bleue d'été et des chaussures à talons pour paraître plus grande. L'album est à moitié rempli. Il reste encore beaucoup de place pour de nouvelles photos.

Ma petite, nous nous sommes privées de tout, et j'ai réussi à mettre un peu d'argent de côté pour tes études. C'est à ce moment que le gouvernement nous a transmis la propriété des appartements. Un geste généreux, en apparence. En tout cas, on nous l'a vendu ainsi. Il nous a fallu plusieurs semaines pour comprendre qu'il s'agissait d'un cadeau empoisonné, quand ont commencé à pleuvoir les factures d'électricité, de gaz et d'eau, qui faisaient partie jusque-là de la prise en charge des familles de liquidateurs. À l'office du logement, on nous a dit : « L'appartement vous appartient. C'est à vous qu'il revient de régler les charges et l'entretien. »

Plus de la moitié de mon salaire partait en fumée pour payer ces factures, et les prix augmentaient tous les deux ou trois mois. Mes économies ont fondu à toute vitesse. J'ai accepté un boulot de femme de ménage en complément : je quittais la maison à 5 heures du matin et je rentrais tard le soir. Je pleurais souvent parce que je n'avais presque plus de temps pour toi et que je te sentais t'éloigner. Mais je pensais que tu comprendrais plus tard que c'était pour toi.

Ton amie Olena était toujours fourrée chez nous. Sa mère buvait, et elle ne se sentait pas bien chez elle. Elle avait un an de plus que toi, et j'étais contente qu'elle soit là.

Quand ils ont réduit le personnel de la polyclinique, j'ai été licenciée, et la perspective de te voir obtenir une place à l'université est devenue encore plus improbable. J'ai pris trois places de femme de ménage en plus. Je crois que je ne t'ai jamais dit combien tu étais merveilleuse. Le week-end, tu m'accompagnais au travail pour me donner un coup de main, et, à la maison, je n'avais presque rien à faire parce que tu t'occupais de tout avec Olena.

Quand elle y repense, elle comprend qu'elle a gâché ces années en gardant les yeux braqués sur l'avenir, indifférente aux jours et aux semaines qui s'écoulaient. Elle a consacré toute sa vie au travail, comme si ce n'était pas la sienne, comme s'il s'agissait d'en finir avec elle et de tourner la page.

Ses mains tremblent ; elle lâche le bout de crayon. Elle enfile sa veste d'hiver et ses bottes en caoutchouc, sort jusqu'à la rue et regarde dans la direction d'où Artemi doit venir. Elle reste ainsi sans bouger pendant de longues minutes, guettant le bruit du scooter. Le vent charrie sans doute pour la dernière fois l'odeur des feuilles mouillées. Demain au plus tard, les températures diurnes repasseront au-dessous de zéro et après… Il faut absolument qu'Artemi vienne avant la neige.

Elle lève la tête, tend l'oreille, et croit l'entendre approcher, ce pressentiment qui la saisit et qui empoisonne son espoir.

Elle rentre précipitamment.

Devant la table, elle reprend le crayon. Le cahier n'a plus qu'une seule page blanche.

Olena a décroché son bac brillamment. Son enseignante a obtenu qu'elle puisse commencer ses études dans la foulée et payer les frais d'inscription par traites mensuelles. Elle travaillait en plus, et vous ne vous êtes pas beaucoup vues, cette année-là. Elle te manquait. Bien que tu ne l'aies jamais dit, je l'ai remarqué. Toi aussi, tu as eu de bons résultats au bac, mais tu n'as pas été autorisée à régler mensuellement les droits d'inscription. Tu as trouvé le boulot de vendeuse à l'étal de la Porte dorée, à Kiev. J'ai continué à faire des ménages du matin jusqu'à la nuit. En cumulant avec ce que tu touchais, nous avions calculé que tu aurais réuni la somme nécessaire en un an. Tu n'avais que dix-sept ans. Tu avais le temps.

Mais il y a eu ce samedi où tu es revenue avec la brochure. Tu m'as prise dans tes bras en disant : « En Allemagne, je peux gagner en trois mois l'argent pour les deux premiers semestres, tout en suivant les cours à la fac en auditeur libre. »

Je ne voulais pas te laisser partir. Nous nous sommes disputées. Je sais que mes arguments étaient légers. Ma peur diffuse ne faisait pas le poids face aux brochures sur papier glacé et à un revenu de près de neuf cents euros par mois. Et puis tu m'as dit que je ne voulais pas ton bonheur et que…

Le revoilà. Ce mot qu'elle avait investi, petite, de tant de visions grandioses et brillantes. Elle pourrait écrire : « Tout le bonheur du monde, ma chérie. Pour toi, je veux et je voudrai toujours tout le bonheur du monde. J'aurais supporté ta colère et ton silence pendant des semaines, mais ce reproche, je ne pouvais pas lui résister. »

Elle retourne le crayon et gomme les deux dernières lignes.

… de près de neuf cents euros par mois. Je t'ai parlé des filles qui étaient parties. À qui on avait promis un bon travail et qui étaient revenues couvertes de honte.

« Je sais, as-tu rétorqué. Je ne ferais jamais un truc comme ça. Là, c'est autre chose. C'est un échange d'étudiants avec l'université de Kiev. »

Quand tu es arrivée à la maison avec les lettres des universités et qu'Olena a traduit celle qui venait d'Allemagne, j'ai pensé : Je suis une vieille femme et je ne comprends rien à toutes ces nouvelles opportunités. Avec mes craintes, je te mets des bâtons dans les roues.

J'ai fait jurer à Olena de te protéger comme la prunelle de ses yeux. Et j'ai renoncé à m'opposer. Ça a été ma faiblesse. Ma faute.

Quand nous avons fait ta valise, j'en avais la nausée tant j'étais angoissée. Je t'ai dit : « Tu ne veux pas réfléchir encore ? » Tu as ri et tu m'as prise dans tes bras.

Tu avais noué tes cheveux et ta queue-de-cheval se balançait dans ton dos, tandis que vous vous dirigiez vers la voiture. J'étais debout sur le trottoir et je te suivais des yeux. Je t'ai laissée partir.

Tu avais promis de m'écrire : « Dès que je serai arrivée et que tout sera réglé, je t'écrirai. »

J'ai attendu. Une semaine. Deux. « Le courrier d'Allemagne peut mettre jusqu'à dix jours », m'a-t-on assuré. Certains jours, je réussissais à me persuader que tu allais bien et que tu étais tellement absorbée par ta nouvelle vie que tu avais oublié d'écrire. Trois semaines. Quatre. Pourtant, je savais que tu n'aurais jamais oublié.

Je me suis rendue à l'université. « Comment votre fille aurait-elle pu participer à un échange d'étudiants, si elle n'est pas étudiante ? » m'ont-ils dit. J'ai parlé d'Olena et de Gromov, je les ai suppliés de bien vouloir vérifier encore, mais ils se sont contentés de hocher la tête en regrettant. Le milicien qui a enregistré ma déclaration de disparition, ce midi-là, a déclaré : « En Allemagne ? Qu'est-ce que vous croyez que nous pouvons faire là-bas ? »

J'ai été malade pendant des semaines ; la peur qui brûlait en moi me donnait de la fièvre. Je rêvais souvent de Baba, j'entendais Vera Lessmann dire « …transférée dans un bordel », puis je te voyais.

Ma mère. Ma fille.

Parfois je pense qu'il existe peut-être quelque chose comme le destin. Que le temps dessine un grand cercle et que l'histoire se répète.

Mon ultime espoir se nourrit du passé. Ta Baba est revenue d'Allemagne, à l'époque.

J'attends.

40

Hôpital de Clèves, octobre 2010

À peine dans l'ambulance, on lui avait demandé sa carte d'assurée sociale, et elle avait haussé les épaules d'un air embarrassé. Aux urgences, elle dut dicter son nom. « Olena Litovtchenko. » Et bien qu'elle ignorât ce qui l'attendait, elle était contente de l'épeler.

— Il me faut votre carte d'assurée sociale, dit l'infirmière.

Olena prit une profonde inspiration :

— Je n'en ai pas.

Le regard de la femme changea :

— Est-ce que vous avez d'autres papiers, n'importe lesquels ?

Quand Olena souffla « Non », elle secoua la tête et dit :

— Clandestine. C'est ça ?

Elle n'attendit pas la réponse. Elle disparut et revint avec un médecin.

— Nous allons soigner vos blessures, dit-il d'un ton neutre, mais vous comprendrez que nous soyons dans l'obligation d'informer la police.

Olena ne réagit pas. Elle souffrait trop du pied, et elle pensait à Lessmann. « La police va te renvoyer chez toi. Tu n'as rien fait de mal », avait-il dit.

On lui fit des radios et on lui enveloppa le pied dans une attelle en plastique. On mit une suture adhésive sur sa plaie. Le médecin parla d'un léger traumatisme crânien et dit que la côte n'était que fêlée. Il lui adressa un sourire d'encouragement.

— Vous avez eu de la chance. Nous allons vous donner un médicament contre la douleur.

Elle vit qu'il ne cessait de regarder les cicatrices de ses poignets.

L'infirmière qui avait posé la question de l'assurance revint avec une feuille, dont elle lut le contenu d'une voix triomphale.

— L'ambulance est allée vous chercher chez Lessmann à Zyfflich. Quel est votre lien avec cette famille ? Vous travailliez chez eux ? Ils vous employaient illégalement ?

Comme Olena ne répondait pas, elle dit d'un ton acerbe :

— Si vous n'avez pas d'assurance maladie, j'ai besoin d'une adresse de facturation. Mais c'est comme vous voulez. La police ne va pas tarder : ils trouveront bien les informations.

Un aide-soignant lui apporta un fauteuil roulant, mais, quand elle s'assit, elle fut prise de nausée et se mit à vomir. Le médecin revint, contrôla de nouveau ses pupilles et décida :

— On va la garder en surveillance cette nuit et demain on avisera.

Elle était couchée dans un lit d'un blanc éclatant et réfléchissait, les yeux clos. Que devait-elle dire à la police ? Elle repensait aux premiers jours chez Lessmann, quand il lui avait fait manger de la soupe à la cuillère et qu'il avait chassé Mario et Bülent.

Les images lui revenaient sans cesse en mémoire. Elle revoyait Katerina trébucher et tomber, revoyait Mario l'attraper et la traîner à la voiture. Elle se retrouvait dans cette maison aux fenêtres occultées, avec son amie arrangée comme une petite fille. Se retrouvait dans l'avion pour l'Allemagne. Et à la sortie, ils étaient là. Ces dernières semaines à Kiev dont elle ne voulait pas se souvenir, qu'elle avait bannies de son esprit.

Elle avait fait sa connaissance à la fac. Vassyl Gromov l'avait abordée en lui parlant de sa demande de semestre à l'étranger. Elle avait d'abord été méfiante, mais il tenait son formulaire à la main et il lui avait dit qu'il travaillait à l'université. Il lui avait remis la brochure et l'avait convoquée pour un entretien dans son bureau le soir même. Elle l'avait rencontré à trois reprises dans ce bureau de l'université, et c'est seulement une fois en Allemagne qu'elle avait compris que les rendez-vous avaient toujours lieu le soir parce que ce n'était pas son bureau. Il lui avait expliqué le projet d'échange, avait toujours fourni des réponses sensées à ses questions circonspectes, et il était charmant.

Katerina était venue l'attendre dans le hall à la sortie du deuxième entretien. La fois d'après, il avait demandé : « C'était ta petite sœur ? Elle est mignonne. Elle a quel âge ? Douze ans ? Treize ? »

Elle avait ri et lui avait parlé de Katerina. Alors il avait proposé : « Si tu veux, je peux me débrouiller pour que ta copine vienne aussi. » Il lui avait adressé un clin d'œil complice : « Je vais la faire passer en douce. Comme elle n'est pas étudiante, elle ne pourra avoir qu'une invitation en auditeur libre et ne restera que trois mois, mais… »

Elle était folle d'impatience d'annoncer la bonne nouvelle à Katerina, et Gromov l'avait accompagnée à la Porte dorée pour lui parler.

Son amie s'était d'abord montrée sceptique et, si Gromov était venu seul, elle l'aurait sûrement envoyé balader. Elle ne lui avait pas fait confiance à lui, mais à elle. Et si Valentina Maksimovna avait finalement accepté, c'était aussi parce qu'elle avait confiance en elle. Elle l'avait adjurée : « Promets-moi que tu veilleras sur elle », et Olena avait répondu : « Comme sur la prunelle de mes yeux ! »

Et à présent, elle allait rentrer à la maison. Sans Katerina. Il faudrait qu'elle dise à Valentina : « J'ai trahi Katerina bien avant qu'elle tombe cette nuit-là, à la frontière hollandaise, et qu'elle lâche ma main. »

Non. Non, elle n'arriverait pas à le dire.

Une jeune infirmière entra dans sa chambre et posa un plateau avec du thé et des biscottes.

— Vous n'avez droit à rien d'autre, désolée, expliqua-t-elle gentiment, sinon vous allez encore vomir.

L'infirmière était sur le point de sortir quand Olena lui demanda :

— La police va arriver quand ?

Elle se retourna :

— Je ne sais pas, mais ça va prendre encore un peu de temps. Il y a des personnes qui viennent exprès de Düsseldorf.

41

Düsseldorf, octobre 2010

L'interrogatoire de Blasch dura plus de deux heures.

Il chuchotait constamment avec son avocat, semblant peaufiner ses réponses. Dans un premier temps, il n'avoua que ce qu'on pouvait prouver contre lui. Quand le nom de Bergermann tomba, il devint manifestement nerveux, mais prétendit ne l'avoir rencontré que lors de manifestations officielles, et ne dévia pas de cette version.

Steigerer essaya une autre méthode :

— Monsieur Blasch, nos investigations montrent que tous les fils de cette affaire convergent vers vous. Je ne crois pas que vous ayez passé vous-même la corde autour du cou de Mme Mazur, mais s'il n'y a personne d'autre, je suis bien obligé de partir du principe que l'ordre venait de vous.

Blasch secoua la tête avec véhémence :

— Non. J'ai reçu les noms des filles, j'ai laissé passer les demandes de visa et le paiement d'Adriana Mazur transitait par moi. Rien de plus.

Steigerer se pencha en avant :

— Voyez-vous, monsieur Blasch, nous avons progressé. Nous avons un témoin. Vous avez été vu à l'université de Kiev en compagnie de Mme Mazur quand elle préparait le projet d'échange.

Blasch éclata de rire.

— Ce n'est pas possible. Je ne l'ai jamais rencontrée. Ni à Kiev ni ici, en Allemagne.

Steigerer prit le dessin de Nesterov dans la chemise et le lui glissa sous le nez.

— C'est Akim Nesterov qui a réalisé ce croquis : je suis certain qu'il vous identifiera en cas de confrontation.

Blasch se décomposa. Il demanda de nouveau à parler à son avocat en privé. La conversation ne dura que quelques minutes.

Quand tous eurent repris leur place, Blasch expliqua :

— C'est Igor Charov qui tirait les ficelles à Kiev ! C'est de lui que je recevais mes instructions, ma rémunération et l'argent pour Adriana Mazur.

Il se tut pendant plusieurs secondes, et ses phrases continuèrent de résonner dans le vide. Installé dans la petite pièce derrière le miroir sans tain, Leonid écoutait, pétrifié.

Blasch poursuivit :

— Au printemps, il m'a appelé pour que je détruise immédiatement toutes les demandes non traitées arrivées via Gromov. Deux jours après, la milice réclamait les demandes de visas. Puis Gromov a été assassiné, mais je ne l'ai appris que plus tard. Pendant des semaines, il ne s'est rien passé. Tout semblait s'être calmé. Puis Adriana Mazur a appelé en parlant d'un Ukrainien qui semblait bien renseigné. J'ai transmis l'information à Charov sur-le-champ, et il a répondu qu'il s'en occupait.

Pendant un long instant, il fixa le dessin qui le représentait :

— Depuis, plus moyen de le joindre !

Hébété, Leonid se leva de sa chaise derrière le miroir et quitta la petite salle. Il avait besoin de prendre l'air. Il descendit par l'ascenseur, contourna le bâtiment en suivant l'étroit chemin dallé et s'assit sur les marches de l'entrée latérale.

Igor ? Le petit homme insignifiant, le collègue chevronné qui l'avait soutenu avec tant de loyauté ? Leonid avait eu l'impression qu'Igor faisait progresser l'enquête, mais, rétrospectivement, il se rendait compte qu'il ne lui avait fourni en réalité que les éléments que Leonid était sur le point de découvrir. Il avait réussi à ne jamais éveiller sa méfiance. Le collègue fiable et dépourvu d'ambition, parfaitement informé de l'avancement de l'enquête. La méfiance de Leonid à l'égard de Baïdakova et de Parov avait été du pain bénit pour lui. Et quand ils s'étaient approchés trop près de Gromov, Igor avait été le premier informé.

Il n'avait failli se faire prendre qu'une seule fois : lorsqu'il était apparu que la révélation sur le témoin contre Gritsko avait été expédiée de son PC. Avec quel empressement il avait cherché le mail, et comme il l'avait vite retrouvé ! Et ce regard contrit et son exercice d'auto-flagellation pour avoir si souvent négligé de déconnecter correctement son ordinateur… Leonid l'avait cru. Avec quelle habileté il avait géré les informations concernant la nébuleuse de sociétés de Bergermann ! Leonid avait appris deux ou trois bricoles grâce à ses contacts avec les douanes et l'administration fiscale, mais la plupart des informations venaient directement d'Igor. L'autre ne prenait aucun risque à les dévoiler, puisque Leonid avait accepté sa proposition de conserver les documents chez lui.

Et puis ce dernier mail, deux heures après le meurtre d'Adriana Mazur : « *Fais attention à toi… Dépêche-toi de quitter l'Allemagne !* »

C'était à vrai dire le seul objectif de toute la mise en scène. Ils savaient que le soupçon de meurtre ne tiendrait pas longtemps. Il était essentiel que Leonid quitte l'Allemagne. Le plus vite possible. À aucun prix il ne devait collaborer avec la police allemande.

Il se leva et revint sur ses pas pour regagner l'entrée principale.

Il riait amèrement en songeant au Groupe IV. Anna Baïdakova, qui jouait sa partition personnelle pour masquer son incompétence. Anatoli Parov, qui ouvrait la main dès qu'une information pouvait rapporter gros. Et à présent Igor Charov.

Dans l'ascenseur, il prit une profonde inspiration et éprouva un certain soulagement.

Pour l'instant, il n'était que suspendu de ses fonctions, mais il ne retournerait pas à la milice. Ça faisait déjà trop longtemps qu'il s'accrochait à l'illusion que les choses pouvaient changer.

Dans le couloir, Steigerer vint à sa rencontre.

— Kyjan, nous vous cherchions.

Leonid s'immobilisa et secoua la tête d'un air résigné :

— Je lui faisais confiance.

Steigerer hocha la tête :

— Vous n'étiez pas le seul, ni le premier. Blasch a avoué qu'il était son contact à Kiev depuis des années.

Quand ils pénétrèrent dans le bureau, Simone Wegener leur apporta des photos imprimées en disant :

— Un appel des collègues de Clèves ! Olena Litovtchenko a été conduite à l'hôpital, là-bas. Une ambulance est allée la chercher dans une ferme proche de la frontière. Habitée par un certain Matthias Lessmann, soixante-neuf ans. Olena serait tombée dans l'escalier de la maison.

Une demi-heure plus tard, Simone Wegener et Leonid étaient en route pour Clèves.

« Au moins Olena, songea Leonid pendant le trajet. Au moins, je pourrai ramener Olena. »

Ils eurent d'abord un entretien avec le médecin. Simone lui demanda sans détour si la jeune fille avait été maltraitée.

— On n'est jamais sûr à cent pour cent de la réalité d'une chute dans un escalier, mais plusieurs indices tendent à le prouver, déclara-t-il. Elle ne souffre d'aucun traumatisme grave ni de blessures remontant à plusieurs jours ou plusieurs semaines. En revanche, elle a essayé de s'ouvrir les veines il y a quelques mois. Le mieux est que vous discutiez directement avec elle.

Olena leva sur lui un regard apeuré et, quand Leonid se mit à lui parler en ukrainien, elle fondit en larmes.

Elle raconta son histoire, passant alternativement de l'allemand à l'ukrainien, comme si elle marchait entre deux mondes. Elle parla de Gromov et de la maison où on les avait enfermées, Katerina et elle. Elle identifia Mario Swoboda et Bülent Kelic sur les photos que Simone lui montra. Elle raconta leur tentative d'évasion, et qu'elle seule avait réussi à s'enfuir.

— J'errais sur la route, et Lessmann m'a vue et il m'a aidée.

Puis elle se tut comme pour signifier que son histoire s'arrêtait là.

Simone essaya en douceur d'en savoir plus.

— Il s'est passé près de neuf mois depuis votre fuite. Vous êtes restée de votre plein gré dans la ferme ?

Olena hocha la tête.

— N'ayez pas peur ! S'il vous a retenue là-bas, vous pouvez nous le dire. Qu'est-ce qu'il a exigé de vous ? Ça ne remonte pas à très longtemps, ajouta-t-elle en montrant les poignets d'Olena.

Celle-ci se tut un long instant. Puis elle sembla s'être décidée et affirma d'un air presque buté :

— Lessmann a été gentil avec moi. Il ne m'a pas touchée.

Elle raconta qu'elle était restée car elle ne voulait pas repartir sans Katerina. Que Lessmann l'avait aidée à chercher son amie. Puis elle exhuma la coupure de journal cachée sous son oreiller.

— Katerina est morte, murmura-t-elle.

Simone posa de nouveau la question de Mario Swoboda :

— Nous savons qu'il vous cherchait.

Elle haussa les épaules :

— Je ne l'ai pas revu depuis le soir où je me suis échappée.

Épilogue

Le 30 octobre 2010, Olena prit l'avion pour rentrer en Ukraine en compagnie de Leonid Kyjan. Il n'avait pas envoyé de SMS à Artemi et partit dès le lendemain pour la zone d'exclusion avec Olena. Valentina Chtchoukina comprit tout dès qu'elle les aperçut.

Olena prit l'habitude de rendre visite à Valentina et ne cessa qu'à sa mort, au début de l'automne 2011. Elle emporta le cahier avec son récit.

Leonid donna sa démission et se reconvertit au métier de guide-interprète pour touristes allemands et anglais. Il s'était mis à fréquenter régulièrement Nesterov, et le vieux peintre lui enseignait la patience. Le 25 novembre 2011, à l'occasion d'une exposition en Crimée, Nesterov fit don d'une petite sculpture. Elle représentait trente-quatre jeunes filles dont les corps se croisaient ou se fondaient les uns dans les autres. Lors du vernissage, elle fut offerte à Bergermann en remerciement de son engagement au service de l'art. Sur le chemin du retour, comme on put le lire dans les journaux le lendemain, Bergermann fut tué par une bombe placée sur le siège arrière de sa voiture.

Lessmann attendit la police pendant des jours, mais elle ne vint pas. Au lieu de cela, il reçut en novembre une lettre du ministère public. Une amende. Pour avoir caché une étrangère en situation irrégulière. Pour s'être rendu coupable d'avoir facilité un délit.

En secouant la tête, il marcha jusqu'au pré où paissaient les moutons et caressa Trine derrière les oreilles.

— Ils disent « rendu coupable ». Parce qu'Olena a habité ici. Ils ne savent pas ce que c'est que la culpabilité !

Le Groupe IV fut définitivement dissous en décembre 2011 pour raison d'absence de résultats.

Igor Charov n'est jamais réapparu.

DU MÊME AUTEUR
AUX ÉDITIONS DU MASQUE :

Rompre le silence, 2013
Le Violoniste, 2014

PAPIER À BASE DE FIBRES CERTIFIÉES

Le Livre de Poche s'engage pour l'environnement en réduisant l'empreinte carbone de ses livres. Celle de cet exemplaire est de :
350 g éq. CO_2
Rendez-vous sur www.livredepoche-durable.fr

Composition réalisée par PCA

Achevé d'imprimer en septembre 2018, en France sur Presse Offset par
Maury Imprimeur – 45330 Malesherbes
N° d'imprimeur : 230171
Dépôt légal 1re publication : octobre 2018
LIBRAIRIE GÉNÉRALE FRANÇAISE – 21, rue du Montparnasse – 75298 Paris Cedex 06

31/8368/4